U0840676

双语版石黑一雄作品

远山淡影

A Pale View of Hills

〔英〕石黑一雄——著

张晓意——译

上海译文出版社

图书在版编目（CIP）数据
远山淡影：汉、英/（英）石黑一雄
（Kazuo Ishiguro）著；张晓意译．— 上海：上海译文
出版社，2019.4
（双语版石黑一雄作品）
书名原文：A Pale View of Hills
ISBN 978-7-5327-8074-7

Ⅰ.①远… Ⅱ.①石… ②张… Ⅲ.①长篇小说—英
国—现代—汉、英 Ⅳ.①I561.45

中国版本图书馆CIP数据核字（2019）第039528号

图字：09-2009-401号

远山淡影（双语版）
［英］石黑一雄/著　张晓意/译
责任编辑/管舒宁　装帧设计/张志全工作室

上海译文出版社有限公司出版、发行
网址：www.yiwen.com.cn
200001　上海福建中路193号
苏州市越洋印刷有限公司印刷

开本 890×1240　1/32　印张 10.75　插页 6　字数 214,000
2019年4月第1版　2019年4月第1次印刷
印数：0,001—8,000册

ISBN 978-7-5327-8074-7/I·4962
定价：78.00元

总目录

远山淡影

第一部

第一章

我们最终给小女儿取名叫妮基。这不是缩写，这是我和她父亲达成的妥协。真奇怪，是他想取一个日本名字，而我——或许是出于不愿想起过去的私心——反而坚持要英文名。他最终同意妮基这个名字，觉得还是有点东方的味道在里头。

妮基今年早些时候来看过我，四月的时候，那时天还很冷，细雨绵绵。也许她本打算多待几天，我不知道。但我住的乡下房子和房子里的安静让她不安，没多久，我就看出来她急着想回伦敦自己的生活中去。她不耐烦地听着我的古典唱片，随意地翻着一本本杂志。经常有她的电话，她大踏步走过地毯，瘦瘦的身材挤在紧紧的衣服里，小心地关上身后的门，不让我听到她的谈话。五天后她离开。

直到来的第二天她才提起景子。那是一个灰暗的、刮着风的早晨，我们把沙发挪近窗户，看雨水落在花园里。

“你指望过我去吗？”她问。“我是说葬礼。”

“不，没有。我知道你不会来。”

“我真的很难过，听到她的死讯。我差点就来了。”

“我从不指望你会来。”

“别人不知道我到底是怎么了，”她说，“我没有告诉任何人。我想我那时觉得很丢脸。别人不会真的理解的，他们不可能理解我的感受。姐妹之间应该是很亲近的，不是吗？你可能不太喜欢她们，可你还是和她们很亲近。但是我和她根本不是这样。我甚至都不记得她长什么样了。”

“是啊，你很久没见到她了。”

“我只记得她是一个让我难受的人。这就是我对她的印象。可是我真的很难过，听到她的消息。”

也许不单单是这里的安静驱使我女儿回伦敦去。虽然我们从来不长谈景子的死，但它从来挥之不去，在我们交谈时，时刻萦绕在我们的心头。

和妮基不同，景子是纯血统的日本人，不止一家报纸马上就发现了这个事实。英国人有一个奇特的想法，觉得我们这个民族天生爱自杀，好像无需多解释；因为这就是他们报导的全部内容：她是个日本人，她在自己的房间里上吊自杀。

那天晚上，我站在窗前，看着外面漆黑一片，突然听到妮基在我身后问：“你在看什么呢，妈妈？”她坐在房间那头的长靠背椅上，膝盖上放着一本软皮书。

“我在想以前认识的一个人。以前认识的一个女人。”

“在你……来英国之前认识的？”

“我在长崎时认识的，要是你指的是这个。”她还看着我，我就补充道，“很久以前了。在我认识你父亲之前很久。”

这下她好像满意了，嘟囔了句什么，继续看她的书。从很多方面来说，妮基是个孝顺的孩子。她不仅仅是来看看景子死后我的情况；她是出于一种使命感来的。这几年，她开始欣赏起我过去的某些方面。她来是准备告诉我：事实仍旧如此，我不应后悔从前做的那些决定。简而言之，是来安慰我说我不应为景子的死负责。

如今我并不想多谈景子，多说无益。我在这里提起她只是因为这是今年四月妮基来我这里时的情形，正是在那段时间里，我在这么多年后又想起了佐知子。我和佐知子并不很熟。事实上我们的友谊就只有几个星期，那是在许多年前的一个夏天。

那时最坏的日子已经过去了。美国大兵还是和以前一样多——因为朝鲜半岛还在打仗——但是在长崎，在经历了那一切之后，日子显得平静安详。空气中处处感觉到变化。

我和丈夫住在东边的城郊，离市中心有一小段电车的距离。旁边有一条河，我听说战前河边有一个小村庄。然而炸弹扔下来以后就只剩下烧焦的废墟。人们开始重建家园，不久，四栋混凝土大楼拔地而起，每栋有四十间左右的独立公寓。这四栋楼里，我们这一栋是最后建的，也宣告重建计划暂告一段落；公寓楼和小河之间是一片好几英亩废弃不用的空地，尽是污泥和臭水沟。很多人抱怨这会危害健康，确实，那里的污水很吓人。一年到头死水积满土坑，到了夏天还有让人受不了的蚊子。时不时看见有公务人员来丈量土地、在本子上写写画画，但是好几个月过去，没有任何动静。

这些公寓楼的住户都和我们相似——都是刚结婚的年轻夫妇，男人们在规模渐大的公司里找到了不错的工作。很多公寓都是公司所有，然后以优惠的价格租给员工们。每间公寓都是一样的：榻榻米的地板，西式的浴室和厨房。房子不大，天气暖和一点时又不凉快，不过大家普遍感到心满意足。可是我记得公寓楼里又确实有一种临时过渡的感觉，好像我们都在等着有一天我们会搬到更好的房子里去。

一座小木屋在战争的炮火和政府的推土机中幸存下来。我从窗户就能看见木屋独自伫立在那片空地的尽头，就在河岸边上。是乡下常见的那种木屋子，斜斜的瓦屋顶都快碰到地面了。我不干活时经常站在窗前盯着它看。

从佐知子搬到那里受到的关注看来，我不是唯一一个盯着木屋看的人。有一天大家看到两个男的在那里忙活，大家议论着他们是不是政府的人。后来就听说有个女的带着她的小女儿住进了那里，我自己也看见过她们几次，看见她们小心翼翼地走过臭水坑。

我是在快夏天时——那时我已经怀孕三四个月了——第一次看见那辆破旧的白色美国大车的，车子正跌跌撞撞地穿过空地朝河边开去。那时天已经快黑了，小屋后的最后几缕阳光滑过金属的车身。

后来一天下午，我在电车站听到两个女人在谈论刚搬进河边那间破房子的那个女人。其中一个对另一个说，那天早上她跟那个女人说话，却受到了明显的冷落。听话的人也觉得新来的人似乎不是很友善——大概是傲慢。她们觉得那个女人至少有三十岁了，因为那个孩子至少十岁了。第一个女人说陌生人是东京腔，肯定不是长崎人。她们说了一会儿她的那个"美国朋友"，然后第一个女人又回头说这个陌生人早上是如何冷落她的。

如今我并不怀疑那时和我住在同一区的女人里有的也受了很多苦，也充满了痛苦、可怕的回忆。但是看着她们每天围着自己的丈夫和孩子忙得团团转，那时的我很难相信——她们的生活也曾经历了战争的不幸和噩梦。我从来不想显得不友好，可是大概我也从来没有刻意努力显得友好。因为那时我还是想独自一人、不被打扰。

那天我饶有兴趣地听着那两个女人谈论佐知子。我至今还清楚地记得那天下午电车站的情景。六月的雨季终于过去，天开始放晴，湿透了的砖头和水泥都开始变干。我们站在一座铁路桥上，山脚下铁路的一侧是鳞次栉比的屋顶，好像一座座房子从山坡上滚下来。越过这些房子，再过去一些，就是我们的公寓楼，像四根水泥柱子立在那里。当时我隐隐地同情佐知子，有时我远远地看着她，感觉她不太合群，而我觉得自己可以理解她的那种心情。

那年夏天我们成了朋友，至少有一小段时间她允许我介入她的私事。如今我已经记不得我们是怎么认识的。我只记得一天下午，我在出公寓区的小路上看见她在我前头。我急忙走上前去，而佐知子不缓不慢地迈着步子。那时我们应该已经知道对方的名字，因为我记得我边往前走边叫她。

佐知子转过身站住、等我追上她。“什么事？”她问。

“找到你太好了，”我有点上气不接下气地说，“你女儿，我出来时看见她在打架。就在水沟旁。”

“她在打架？”

“和另外两个孩子。其中一个是男的。看起来打得挺凶。”

“我知道了。”说完她继续往前走去。我跟在她的旁边。

“我不是想吓你，”我说，“可真的看起来打得挺凶。事实上我想我看到你女儿脸划伤了。”

“我知道了。”

“就在那里，空地边上。”

“你想他们还在打吗？”她继续往山上走。

“呃，我想不打了。我看见你女儿跑了。”

佐知子看着我，笑了笑。“你不习惯看小孩子打架？”

“呃，我想小孩子是会打架。但我想我应该告诉你一声。还有你看，我想你女儿不是要去上学。另外两个孩子继续往学校的方向走，而她却回河那边去了。”

佐知子没有回答，继续往山上走。

“其实，”我接着说，“我以前就想跟你说了。是这样的，最近我时常看见你的女儿。我在想，她是不是偶尔会逃学。”

小路在山顶上分岔了。佐知子停住脚步，转向我。

“谢谢你的关心，悦子，”她说，“你真好心。我肯定你会是一位好母亲。”

之前我和电车站的女人一样认为佐知子三十岁上下。然而也许是她略显年轻的身材骗了大家，她的脸远不止三十岁。她用一副觉得有点好笑的神情看着我，而她神情里的某些东西让我尴尬地笑了笑。

“很感激你这样来找我，”她又说道，“可是你瞧，我现在忙得很。我得到城里去。”

“知道了。我只是想最好来跟你说一声，没别的。”

她又用那副觉得好笑的神情看了我一会儿，然后说：“太谢谢你了。现在请原谅，我得到城里去了。”她欠了欠身，走向通往电车站的小路。

“只是她的脸划伤了，”我稍稍提高了声音，说。“而且河那边有些地方很危险。我想最好来跟你说一声。”

她再次转过身来，看着我。“你要是有空，悦子，”她说，“今天能帮我看一下女儿吗？我下午会回来。我肯定你们能处得来。”

“要是你希望如此，我不介意。我得说，你女儿看上去还很小，不能让她一整天自己一个人待着。”

“太谢谢你了，”佐知子再次说道，然后又笑了笑。“没错，我肯定你会是一位好母亲。”

和佐知子分开后，我走下山，穿过公寓区，很快回到了我们的公寓楼外，面对着那片空地。我没有看见小女孩，正打算进去，突然看见河边有动静。万里子刚才肯定是蹲下去了，因为现在我可以清楚地看见她小小的身影穿过泥地。刚开始，我想忘了这整件事，回去干活。但是最后，我迈开步子向她走去，小心地避开水沟。

我印象那是我第一次跟万里子说话。所以很可能她那天早上的反应并没有什么奇怪的地方，毕竟我对她来说是陌生人，她很有理由不相信我。要是我那时确实感到一种奇怪的不安，那也只不过是对万里子的态度的自然反应。

那时雨季刚过去几个星期，河水还很高、很急。空地和河岸之间有一道陡坡，小女孩就站在坡底的泥地里，那里的土显然湿得多。万里子穿着一件普通的到膝盖的棉布连衣裙，剪得短短的头发让她的脸像个男孩子。她抬头看着站在泥土坡上头的我，没有笑容。

“你好，”我说，“我刚刚和你母亲说话。你肯定就是万里子吧。”

小女孩还是盯着我，没有吭声。之前我以为她的脸受伤了，现在看清楚那只是被土弄脏了。

“你怎么没去上学？”我问。

她还是不说话。过了一会儿才说：“我不上学。”

“可小孩子应该上学。你不想去吗？”

“我不上学。”

“可你妈妈没有送你到这里的学校去吗？”

万里子没有回答。相反，她往后退了一步。

“小心，”我说。“你会掉到河里的。很滑。”

她还是站在坡底抬起头来瞪着我。我看见她的小鞋子躺在旁边的泥土里。她的脚丫子和鞋子一样陷在泥土里。

“我刚刚和你母亲说过话，”我说，亲切地笑了笑，“她说你可以到我家来等她。就在那里，那栋楼里。你可以来尝尝我昨天做的蛋糕。好不好，万里子？你还可以跟我说说你自己。”

万里子还是小心地看着我。然后，她一边目不转睛地看着我，一边弯下腰捡起鞋子。一开始我以为她这是要跟我走。可是她还是一直盯着我，我才明白她是抓住鞋子随时准备跑掉。

“我不会伤害你的，”我紧张地笑了笑，说，“我是你妈妈的朋友。”

我记得这就是那天上午我和万里子间发生的一切。我不想吓着她，不久就转身回去。这孩子的反应着实让我失望；那时，这类小事都会让我对做母亲产生怀疑。我对自己说，这不是什么大不了的事，将来我一定有机会和这个小女孩做朋友。而后来，我是在大约两周后的一个下午才又和万里子说话的。

那天下午之前，我从没进去过那间房子，佐知子请我去时我很意外。我马上想到她是有事才请我去的，而事实确实如此。

屋里很整洁，但是很破旧。屋顶的木梁看上去很旧、不牢固，到处都有一股霉味。房前的大部分拉门都打开了，好让阳光从走廊照进来。尽管如此，房子里的大部分地方还是照不到太阳。

万里子躺在离阳光最远的角落里。我看见她身旁的影子里有什么东西在动，走近一看，一只大猫蜷缩在榻榻米上。

“你好，万里子，”我说，“你还记得我吗？”

她停下抚摸猫的手，抬起头来。

“我们以前见过，”我又说，“记得吗？在河边。”

小女孩好像没有认出我来。她看了我一会儿，又继续抚摸她的猫。我听见在我身后，佐知子正在屋子中间地面的炉子上准备泡茶。我正想走过去，突然听见万里子说：“它快生小猫了。”

“哦，真的？太好了。”

“你要一只小猫吗？”

“谢谢你，万里子。我得看看。可是我肯定它们全都会找到好地方的。”

“你为什么不要一只？”孩子说，“另外一个女人说她要一只。”

“我得看看，万里子。另外一位女士是谁？”

“另外一个女人。在河对岸。她说她要一只。”

“可是我想河对岸没有人住，万里子。那里只有树和林子。”

“她说她要带我去她家。她住在河对岸。我没有跟她去。”

我看了她一会儿。突然我想到了什么，笑了出来。

“那是我，万里子。你不记得了吗？那天你妈妈进城去时我叫你去我家。”

万里子再次抬起头来看我。“不是你，”她说，“是另外一个女人。她住在河对岸。她昨晚来这儿了。那时妈妈不在。”

“昨晚？你妈妈不在？”

“她说她要带我去她家，可是我没有跟她去。因为天黑了。她说我们可以拿那个灯笼”——她指了指挂在墙上的灯笼——“可是我没有跟她去。因为天黑了。”

在我身后，佐知子站起身来，看着她女儿。万里子不说话了，转过身去，继续抚摸她的猫。

“我们到走廊去吧，”佐知子对我说，手里端着盛着茶具的托盘。“那里比较凉快。”

我们去了走廊，把万里子留在角落里。在走廊上看不到河水，但是可以看到斜坡和河边潮湿的泥土。佐知子在垫子上坐下，开始倒茶。

“这里到处都是流浪猫，”她说，“对要出生的这些小东西我可没那么乐观。”

“是啊，很多野猫野狗，”我说，“真不像话。万里子的猫是在这里捡的吗？”

“不，我们带来的。我是不想带它来，可是万里子不听。”

“你们从东京一路带来？”

“哦，不。我们在长崎住了快一年了。在城市的另一头。”

“哦，真的？我才知道。你和……和朋友一起住？”

佐知子停下正在倒茶的手，看着我，双手握着茶壶。我在她眼里又看见了上次她看着我的那种觉得好笑的神情。

“我想你搞错了，悦子，”她终于说道，又接着倒茶。“我们住在我伯父家。”

“我向你保证，我只是……”

“是啊，当然。所以没什么不好意思的。”她笑了笑，把茶递给我。“抱歉，悦子，我并没有要取笑你。其实，我有事要找你。一点小忙。”佐知子开始给自己倒茶，这时，她的态度变得严肃许多。倒完茶，她放下茶壶，看着我。“是这样的，悦子，一些事情没有照我计划的那样。结果，我发现自己钱不够了。不是什么大数目，你知道。就一点点。”

“我明白的，”我压低声音，说。“你一定很艰难，带着万里子。”

“悦子，能帮帮我吗？”

我鞠了鞠躬。“我自己有些积蓄，”我说，几乎是耳语。“我很乐意帮忙。”

可是让我想不到的是，佐知子大笑起来。“太谢谢你了，”她说，“可是我并不是要叫你借钱给我。我有别的打算。前几天你提到一个开面店的朋友。”

“你是指藤原太太？”

“你说她需要一个帮手。像这样的小工作就可以帮我大忙。”

“这个嘛，”我拿不准地说，“你要的话我问问。”

“那真是太好了。”佐知子看了我一会儿。“可是你好像很没有把握，悦子。”

“没有的事。我下次看到她就帮你问。可是我在想”——我再次压低声音——“白天谁照顾你女儿呢？”

“万里子？她可以在店里帮忙。她很能干。”

“我相信她行。可是您看，我不知道藤原太太会怎么想。毕竟其实万里子白天应该上学才对。”

“我向你保证，悦子。万里子决不会造成什么麻烦。况且下星期学校就都放假了。我会保证不让她碍事的。这点你可以放心。”

我再次鞠了鞠躬。“我下次看到她就帮你问。”

“太感谢你了。”佐知子呷了一口茶。“其实我想让你这几天就去找你的朋友。”

“我试试看。”

“你真是太好了。”

我们沉默片刻。之前我就注意到了佐知子的茶壶；是用浅色瓷器做的，做工很精细。我手里的茶杯也是同一种精美的材料做的。精美的茶具与破旧的屋子和走廊下方泥泞的土地形成了强烈的对比。我之前就注意到这点，喝茶时这种感觉更加明显。当我抬起头来时才发现佐知子在看着我。

“我用惯了好陶瓷，悦子，”她说，“你瞧，我不是一直都住在这种”——她朝屋子挥了挥手——“这种地方。当然了，我不介意吃一点苦。可是对有些东西，我还是很讲究的。”

我欠了欠身，没说什么。佐知子也研究起她手里的杯子来。她小心地转动着杯子，细细观察，然后突然说道：“我想可以说我偷了这套茶具。可是我想伯父他不会太想它们的。”

我有些吃惊地看着她。佐知子把杯子放下，挥手赶走几只苍蝇。

“你说你住在你伯父家？”我问。

她慢慢地点了点头。“一栋很漂亮的房子。花园里还有池塘。和眼前的这一切很不一样。”

一时间我们两个人都往屋子里看。万里子还像我们出来时那样躺在她的角落里，背对着我们，好像在跟她的猫说话。

我们俩沉默了片刻后，我说：“我还不知道河对面住着人。”

佐知子转头看着远处的树木。“不，我没见过那里有人。”

“可是帮你看孩子的那个人。万里子说她是从那里来的。”

“我没有人帮我看孩子，悦子。我在这谁也不认识。”

“刚才万里子跟我说有个女的……”

“请别当真。”

“你是说那是万里子编出来的？”

有那么一小会儿，佐知子像是在想些什么。然后她才说：“对。是她编出来的。”

“我想小孩子经常干这种事。”

佐知子点点头。“你当妈妈后，悦子，”她笑着说，“你就得要习惯这种事了。”

接着我们聊到别的事上去了。那时我们的友谊刚刚开始，我们只谈论一些无关紧要的小事。直到几个星期后的一天早上，我才再次听到万里子提起那个来找她的女人。

第二章

那时，回到中川一带仍然会令我悲喜交加。这里山峦起伏，再次走在一座座房子间那些狭窄、陡峭的街道上总是给我一种深深的失落感。虽然我不会想来就来，但总也无法长久地远离这里。

拜访藤原太太同样会给我这种感觉；因为她是我母亲最好的朋友之一，一位和蔼的女士，头发已经花白。她的面店开在一条热闹的小巷子里；店门口有一块水泥地，屋顶伸了出去，客人就在那里，坐在木桌和长凳上吃面。她的客人主要是午休和下班时来光顾的上班族，其他钟点则没有什么客人。

那天下午我有点紧张，因为那是佐知子到那边工作后我第一次去。我在担心——替她们两个都担心——尤其是因为我不知道藤原太太是不是真的需要帮手。那天很热，小巷里都是人。进到阴凉处我真高兴。

藤原太太见到我很高兴。她让我在一张桌子旁坐下，然后去取茶。那天下午没有什么客人——可能一个都没有，我不记得了——也没有看见佐知子。藤原太太取来茶时，我问她："我的朋友在这里做得怎么样？她还行吧？"

"你的朋友？"藤原太太转头朝厨房的门看去。"她在削土豆。我想很快就会出来了。"然后，好像转念一想，她站起来，朝厨房门口走了几步。"佐知子太太，"她喊道，"悦子来了。"我听见里面传来一声应答。

藤原太太回来坐下，伸过手来摸我的肚子。"开始变明显了，"

她说，“你现在开始可得当心啊。”

“反正我也没干多少活，”我说。“我日子很清闲。”

“那就好。我记得我怀第一胎时，遇上了地震，挺大的地震。我那时怀的是和夫。可他后来也健康得很。别太担心，悦子。”

“我会的。”我朝厨房门口看了一眼，“我的朋友在这里做得还好吧？”

藤原太太顺着我的目光朝厨房看去。然后又转向我，说：“我想还好。你们是好朋友，对吗？”

“是的。我在现在住的地方没有多少朋友。我很高兴认识了佐知子。”

“是啊。那太好了。”她坐在那里，看了我几秒钟。“悦子，你今天很累的样子。”

“我想是很累。”我笑了笑。“我想是怀孕的缘故。”

“是啊，自然。”藤原太太还是看着我的脸。“但我是说你好像——不太开心。”

“不开心？才没有呢。我只是有点累，我没有比现在更开心了。”

“那就好。你现在得多想想开心的事。孩子啊。未来啊。”

“是的，我会的。想到孩子我就很开心。”

“很好。”她点点头，但还是盯着我。“心态决定一切。一位母亲应该得到她想要的所有的照顾，她需要以一种积极的心态来抚养孩子。”

“我确实很期待。”我笑了笑，说。厨房里传出声响，我又一次看过去，但还是没有看见佐知子。

“我每周都看见一个年轻的女子，”藤原太太接着说道。“怀孕六七个月了。我每次去墓地都看见她。我没有跟她说过话，但是她看上去很悲伤，和她的丈夫站在那里。真是羞愧啊，一个孕妇和她的丈夫每周日不做别的，就想着死人。我知道他们是敬爱死者，但仍旧不应该这样。他们应该想着未来才是。”

“我想她很难忘记过去。”

“我想是吧。我很同情她。但是现在他们应该向前看。每周都来墓地，这样怎么能把孩子带到这个世上来呢？”

“大概不能。”

“墓地不是年轻人去的地方。和夫有时会陪我去，但我从来没有要他一定要去。他现在也应该向前看了。”

“和夫还好吗？”我问。“他的工作顺利吗？”

“工作很顺利。下个月他就会得到晋升。但他也该想想别的事了。他不可能永远年轻。”

突然我看见外面太阳下来来往往的人群中站着一个小小的身影。

“哎呀，那不是万里子吗？”我问。

藤原太太坐在椅子上转过头去。“万里子，”她喊道。“你到哪里去了？”

万里子站在马路上不动。但不一会儿，她走进阴凉的水泥地，走过我们，在旁边的一张空桌子坐下。

藤原太太先是看着万里子，然后不安地看了我一眼，好像要说什么，但是她站了起来，朝小女孩走去。

“万里子，你到哪里去了？”藤原太太压低了声音，但我还是听得见。“你不可以老是这样子乱跑。你妈妈很生气。”

万里子看着自己的手指，没有抬头看藤原太太。

“还有万里子，请你不要那样子跟客人说话。你不知道那样子很没礼貌吗？你妈妈很生气。”

万里子还是看着自己的手指。在她身后，佐知子出现在厨房门口。我记得那天早上看见佐知子时，我再次惊讶于她比我原先以为的要老得多；她的长发都塞进了头巾里，这样一来，眼角和嘴角的皱纹变得更加明显。

“你妈妈来了，”藤原太太说，“我想她一定很生气。”

小女孩还是坐在那里，背对着她妈妈。佐知子很快地瞥了她一眼，笑着转向我。

“你好啊，悦子，”她说，优雅地鞠了一躬。“在这里见到你真是惊喜。”

在水泥地的另一头，两个上班模样的女人走进来坐下。藤原太太朝她们鞠了个躬，又转向万里子。

“你为什么不到厨房去一会儿呢？”她小声说。“你妈妈会告诉你要做些什么的。很简单的。我相信像你这么聪明的女孩子一定会做的。”

万里子没有反应。藤原太太抬头看看佐知子，一刹那，我觉得她们冷冷地交换了眼神。然后藤原太太转身向她的客人走去。看来她认识她们，边走过水泥地，边熟识地跟她们打招呼。

佐知子走过来在桌子边坐下。“厨房里真热啊，”她说。

“你在这里做得怎么样？”我问她。

“做得怎么样？哦，悦子，这真是很有趣的经历，在面店里工作。我得说，我从没想过有一天我会在这种地方擦桌子。但是”——她很快地笑了笑——“很有趣。”

“我知道了。那万里子呢，她习惯吗？”

我们都往万里子的桌子看去；那孩子还是看着她的手。

“哦，她很好，”佐知子说。“当然了，她有时候很好动。但是你怎么可能要她安静地待在这里呢？真遗憾，悦子，但是你看，我的女儿并没有我的幽默感。她不觉得这里很有趣。”佐知子笑了笑，又看看万里子。然后她站起来，朝她走去。

她静静地问：“藤原太太跟我说的是真的吗？”

小女孩没有回答。

“她说你又对客人不礼貌了。是真的吗？”

万里子还是不做声。

“她跟我说的是真的吗？万里子，人家问你话时你要回答。”

“那个女人又来了，”万里子说。“昨晚。你不在的时候。”

佐知子看了她女儿一两秒钟，然后说："我想你现在最好进去。进去，我来告诉你要干些什么。"

"她昨天晚上又来了。她说她要带我去她家。"

"进去，万里子，到厨房里去等我。"

"她要带我去她住的地方。"

"万里子，进去。"

水泥地的那边，藤原太太和那两个女人为了什么事大笑起来。万里子还是看着她的手掌。佐知子走开了，回到我这张桌子。

"请原谅，悦子，"她说。"我有东西在煮。我一会儿就回来。"然后她降低声音加了句："你不能指望她会对这种地方感兴趣，不是吗？"她笑了笑，走向厨房。到了门口，她再次转向她的女儿。

"快点，万里子，进来。"

万里子没有动。佐知子耸耸肩，进去了。

同样在那段时间，初夏时，绪方先生到我们这里来了，那是他那年早些时候搬出长崎后第一次到这里来。他是我的公公，可是我却老是把他当作"绪方先生"，即使在我自己也姓绪方的时候。那时，我已经认识他很久了——比我认识二郎还要久——一直叫他"绪方先生"，我从来不习惯叫他"爸爸"。

他们父子俩长得不像。如今回想起二郎，我的眼前出现一个矮矮、结实的、表情严肃的男人；我丈夫对外表一丝不苟，即使在家里，也经常穿衬衫、打领带。现在我还能想见他坐在客厅的榻榻米上，弓着背吃早、晚餐，就像我以前常见的那样。我记得他老是弓着背——像拳击手那样——不管站着还是走路。相反，他的父亲总是坐得直直的，神情轻松、和蔼。那年夏天他来的时候，他的健康状况还很好，身体硬朗、精神矍铄，不像有那么大岁数。

我记得一天早上，他第一次提到松田重夫。那时他已经住了几天了，显然觉得这间小四方屋子很舒适，想多住几天。那是一个明媚的早晨，我们仨在吃早餐，二郎还没去上班。

“你们的同学会，”他对二郎说。“在今晚，是吧？”

“不，是明天晚上。”

“你会见到松田重夫吗？”

“重夫？我想不会见到。他不常参加这些活动。我很抱歉得出去，不能陪你，爸爸。我想不去的，但是那样会让他们不高兴。”

“别担心。悦子会把我照顾得很好的。而且这些活动也很重要。”

“我想请几天假，”二郎说，“可是眼下我们很忙。我说过了，订单刚好在您来的那天来了。真是讨厌。”

“哪儿的话，”他父亲说。“我完全理解。我自己前不久也还在为工作忙碌呢。我没有那么老，你知道。”

“没有，当然没有。”

我们安静地吃着早餐。突然绪方先生说：

“那么你觉得明天不会遇到松田重夫。但是你们偶尔还是会碰面吧？”

“最近不常见了。长大以后大家就各走各的了。”

“是啊，都是这样。学生们都各走各的，然后发现很难保持联系。所以这些同学会就很重要。人不应该那么快就忘记以前的感情。应该时不时地看看过去，才能更好地认识事情。没错，我觉得明天你当然要去。”

“也许爸爸星期天的时候还在这里，”我丈夫说。“那样我们也许能去哪里走走。”

“嗯，好啊。好主意。但是如果你得上班，那一点儿也不要紧。”

“不，我想我星期天没事。很抱歉眼下我太忙了。”

“明天你们请了以前的老师没？”绪方先生问。

“据我所知没有。”

“真是遗憾啊，这种场合老师不太常被邀请。我以前有时也被邀请。在我年轻的时候，我们总是不忘要邀请老师。我认为这样才恰当。这是一个机会让老师看看他的劳动成果，让学生们向他表示感激。我认为老师应该出席才对。”

“是，也许您说得对。”

“现在的人很容易就忘记他们的教育归功于谁。”

“是，您说得很对。”

我丈夫吃完早餐，放下筷子。我给他倒了些茶。

“有一天我碰到了一件奇怪的小事情，”绪方先生说。“现在想想我觉得挺有趣。一天我在长崎的图书馆看见了一本期刊——一本教师期刊。我没听说过那个期刊，我教书的时候没有那个期刊。读那本期刊，你会以为现在日本的教师都变成共产主义者了。”

“显然共产主义现在在日本越来越流行，”我丈夫说。

“你的朋友松田重夫在上面发表了文章。想想我看见文章里提到我的名字时是多么惊讶。我没想到现在还有人记得我。”

“我肯定在长崎还有很多人记得爸爸，”我插了一句。

“太奇怪了。他提到远藤老师和我，说到我们的退休。要是我没理解错的话，他暗示说这一行没了我们真是庆幸。事实上，他甚至觉得我们在战争结束后就该被解职了。太奇怪了。”

“您确定是同一个松田重夫吗？”二郎问。

“同一个。栗山高中的。太奇怪了。我记得他以前常来我们家和你玩。你妈妈特别喜欢他。我问图书馆的管理员可不可以买一本，她说她会帮我订一本。到时我拿给你看。”

“这不是忘恩负义吗？”我说。

“当时我可惊讶了，”绪方先生转向我说。“是我把他介绍给栗山高中的校长的。”

二郎喝完茶，用毛巾擦了擦嘴。“太遗憾了。我说过了，我有一段时间没见到重夫了。请原谅，爸爸，但是我得走了，不然要迟到了。”

“哦，当然。工作顺利。”

二郎走下玄关，开始穿鞋。我对绪方先生说：“像爸爸这种地位的人一定会听到一些批评。这是很自然的。”

“是啊，”他说，笑了起来。“别在意这件事，悦子。我一点都不介意。只是二郎要去参加同学会，让我又想起了这件事。不知道远藤读到这篇文章没有。”

“祝您今天愉快，爸爸，”二郎在玄关那里说道。“可以的话我会争取早点回来。”

“胡说什么。别为我操心。工作重要。”

那天上午晚些时候，绪方先生从房里出来，穿着外套、打着领带。

“您要出去吗，爸爸？”我问。

“我想去见见远藤老师。”

“远藤老师？”

“对，我想去看看他最近过得怎么样。”

“可是您不是要在吃午饭前去吧？”

“我想我最好马上就去，”他看了看表，说。“远藤现在住的地方离长崎市区有点远。我得搭电车。”

“那让我给您准备一份便当吧，不用多长时间。”

“哎呀，谢谢了，悦子。那我就等几分钟。其实我是想让你帮我准备便当的。”

“那您就说出来，”我站起身来，说。“您不能老用这种暗示来得到您想要的东西，爸爸。”

“可是我知道你会领会我的意思的，悦子。我对你有信心。”

我走向厨房，穿上拖鞋，走进铺着瓷砖的地面。几分钟后，拉门开了，绪方先生出现在门口。他就坐在门口看我准备便当。

“你在给我做什么呢？”

“没什么。只是昨晚的剩菜。这么短的时间里，不可能要求更好的了。”

“但是我肯定你还是会把剩菜变得很可口。你拿蛋要做什么？

那个不是剩菜吧？”

“我要加一个煎蛋。您运气好，爸爸，我那么慷慨。”

“煎蛋。你一定要教我怎么做煎蛋。难不难？”

“很难。您这个年纪是学不来的。”

“可是我很想学。还有，你说‘您这个年纪’是什么意思？我还年轻，还可以学很多新东西。”

“您真的打算成为一名厨师吗，爸爸？”

“没什么可笑的。这些年来，我渐渐懂得欣赏做菜了。它是一门艺术，我确信这点，就像绘画或诗歌一样高雅。不能因为它的产品很快就消失了而不懂得欣赏。”

“您要坚持画画，爸爸。您画得越来越好了。”

“画画啊。”他叹了一口气。“画画已经不能像以前那样给我满足感了。不，我想我应该学做煎蛋做得跟你一样好，悦子。我回福冈前你一定要教我。”

“一旦您学会了，您就不会再觉得它是什么艺术了。也许女人应该把这些事情保密。”

他笑了起来，像是在对自己笑，然后又安安静静地看我做事情。

“你想是男孩还是女孩呢，悦子？”过了好一会儿他问道。

“我一点儿都不在乎。要是男孩就取您的名字。”

“真的？一言为定？”

“现在再想想，我又拿不准了。我不记得爸爸的名字了。征尔——这个名字不好听。”

“那只是因为我长得丑，悦子。我记得有一个班的学生说我长得像河马。可是你不应该光看外表就觉得不行。”

“没错。我们还得看看二郎是怎么想的。”

“是。”

“可是我希望我的儿子能取您的名字，爸爸。”

“那可真让我高兴。”他笑着朝我微微鞠了一躬。“可我是知道家人坚持要用自己的名字给孩子取名是多么讨人厌的。我记得我和老伴给二郎起名字的时候，我想用我一个叔叔的名字，可是孩子他妈不喜欢这种用亲戚的名字给孩子取名的做法。当然，后来她让步了。景子是个很固执的人。”

“景子是个好名字。要是女孩，也许可以叫景子。”

“你可不能这么匆忙地做决定。你要是没有说到做到，会让老人家很失望的。”

“对不起，我想到了就说出来了。”

“而且，悦子，我相信还有其他人的名字你想用。其他跟你亲近的人。”

“也许吧。不过要是男孩，我想用您的名字。您以前就像我的父亲。”

“我现在不像你的父亲了？”

“像，当然像。可是不一样。”

“我希望二郎是个好丈夫。”

“当然是了。我再幸福不过了。”

“孩子也会让你幸福。”

“是。怀孕的时机再好不过了。现在我们在这里安定下来了，二郎的工作也很顺利。这个时候要孩子最好。”

“那么你觉得幸福？”

“是的，我很幸福。”

“很好。我真替你们两个高兴。”

“给，做好了。”我把涂漆的便当盒递给他。

“啊对了，剩菜，”他说，接过去，深深地鞠了一躬。他微微打开盖子。“但看上去很可口。”

我终于回到客厅。绪方先生在玄关那里穿鞋。

“告诉我，悦子，”他头也不抬地说。“你见过这个松田重夫吗？”

“一两次。我们结婚后他来过。”

“但是现在他和二郎不是什么特别要好的朋友吧？”

“不是。我们寄寄贺年卡，仅此而已。”

“我要叫二郎写信给他。重夫应该道歉。要不然我就要叫二郎跟这个年轻人断交。”

“我知道了。”

“我本想早点跟他说，就在刚才吃早饭的时候。但是这种事最好留到晚上再说。”

“也许您说得对。”

绪方先生再次感谢我做的便当，然后出门了。

结果，那天晚上他并没有提起这件事。他们两个回家时都很累了，一整晚大都在看报纸，很少说话。只有一次绪方先生提到了远藤老师。那是在吃晚饭的时候，他轻描淡写地说了句：“远藤看来不错，只是想念他的工作。毕竟教书是他的生命。”

那天晚上躺在床上准备睡觉时，我对二郎说：“我希望爸爸对我们的接待还满意。”

“不然他还想要怎么样？”我丈夫说。“你要是这么不放心，干吗不带他出去走走？”

“你周六下午要上班吗？”

“怎么可能不上班？我进度已经落后了。他刚好挑在最不方便的时候来。实在太糟了。”

“但是我们周日还是可以出去，对吧？”

印象中我好像没有得到回答，虽然我久久地仰望着漆黑的房间、等着。辛苦地工作了一天之后，二郎总是很累，不想说话。

不管怎样，看来我是瞎操心绪方先生了，因为那次是他待得最久的一次。我记得佐知子来敲门的那天晚上他还在。

佐知子穿着一件我之前从没见过的裙子，肩膀上披着一条围巾。

脸上仔仔细细地化了妆，但是有一小撮头发松了，垂到了脸上。

“很抱歉打扰你，悦子，”她笑着说。“我在想万里子是不是在这里。”

“万里子？怎么了，没有啊。”

“哦，没关系。你没有见到过她？”

“抱歉，没有。她丢了？”

“不是的，”她笑了笑，说，“只是我回去时她不在屋子里，没别的。我肯定我很快就能找到她。”

我们在玄关那里说话，我突然发觉二郎和绪方先生在看这边，就介绍了佐知子。他们相互鞠了躬。

“真让人担心，”绪方先生说。“也许我们最好马上打电话给警察。”

“没这个必要，”佐知子说。“我肯定我会找到她的。”

“可是也许安全起见，还是打一下好。”

“真的不用”——佐知子的声音里有一丝生气——“没有必要。我肯定我会找到她的。”

“我帮你找，”我边说边穿上外套。

我丈夫不满地看着我，好像要说什么，但又没说。最后，他说：“天快黑了。”

“真的，悦子，不必这么大惊小怪的，”佐知子说。“不过要是你不介意出来一下的话，我感激不尽。”

“要小心，悦子，”绪方先生说。“要是没有很快找到孩子，就给警察打电话。”

我们下了楼。外面热气还未散尽，空地那头，太阳落得低低的，照亮了泥泞的水沟。

“公寓这一带你找了吗？”我问。

“没有，还没有。”

“那我们找找看吧。”我开始加快步子。“万里子可能待在什么朋友家吗？”

"我想不可能。真的，悦子"——佐知子笑了笑，拉住我的胳膊——"没必要这么慌张。她不会有事的。其实，悦子，我来找你是想告诉你一些事情。你瞧，事情终于定下来了。我们过几天就要去美国了。"

"美国？"也许是因为佐知子抓住我的胳膊，也许是因为吃惊，我停住了脚步。

"对，美国。你肯定没听说过这么个地方。"看到我吃惊她好像很开心。

我又走了起来。公寓楼这一带都是水泥路，偶尔会遇见几棵细细的小树，是楼盖好了以后种的。头顶上，大部分窗户的灯都亮了。

"你不再问我别的了吗？"佐知子追上我，说。"你不问我为什么要去？要和谁去？"

"若这是你想要的，那我真替你高兴，"我说。"可是也许我们应该先找到您的女儿。"

"悦子，你得明白，我没有什么丢脸的。我没有什么好隐瞒的。请你问些你想知道的事吧，我不觉得丢脸。"

"我想也许我们应该先找到您的女儿。我们可以以后再说。"

"好吧，悦子，"她笑了笑，说。"我们先找万里子吧。"

我们找了孩子们玩耍的地方，看了每一栋公寓楼，很快发现我们回到了原来的地方。突然，我看见其中一栋公寓的主入口有两个女人在说话。

"那里的两位太太也许能帮我们，"我说。

佐知子没有动。她朝她们看了看，说道："我不觉得。"

"但是她们可能见过她。她们可能见过您的女儿。"

佐知子还是看着她们。然后她冷笑一声，耸耸肩，说："好吧，我们去给她们一些嚼舌根的东西吧。我不在乎。"

我们走过去，佐知子礼貌又镇静地问了她们。两位太太交换了关切的眼神，但是她们都没有看见小女孩。佐知子请她们放心，没什么可担心的，我们就离开了。

“我肯定这下她们高兴了，”她对我说。“现在她们有东西可聊了。”

“我相信她们肯定没有恶意。她们看上去都是真的很关心。”

“你真好，悦子，不过不必跟我说这些。我从来不在乎她们那样的人想什么，现在我更不在乎了。”

我们停住脚步。我看了看四周，又望望公寓的窗户。“她会在哪儿呢？”我说。

“你瞧，悦子，我没有什么丢脸的。我没有什么好瞒着你的。或者是瞒着那些女人。”

“你想我们要不要到河边找一找？”

“河边？哦，我已经找过了。”

“那另一边呢？她可能到对面去了。”

“我想不会，悦子。其实，要是我没猜错的话，她现在已经回去了。大概还很高兴自己惹了这些麻烦。”

“那我们去看看。”

我们回到空地边，太阳已经落到河的下面去了，只能看见河边柳树的轮廓。

“你不用跟着我，”佐知子说。“我很快就会找到她了。”

“没关系。我和你一起去。”

“那好吧。一起走吧。”

我们朝小屋走去。地上凹凸不平，我只穿着木屐，很难走。

“你出去了多久？”我问。佐知子在我前面一两步；她没有回答，我想她可能没有听到，又问了一遍：“你出去了多久？”

“哦，不太久。”

“是多久？半小时？不止？”

“我想大概三四个钟头。”

“我知道了。”

我们一路穿过泥地，尽量当心不踩到臭水坑。快到小屋时，我说：“也许我们应该到对面看一看，以防万一。”

“树林里？我女儿不会在那里的。我们进屋去看看吧。没必要这么担心，悦子。”她又笑了笑，但是我觉得她的笑声里有丝丝的颤抖。

屋里没有电灯，一片漆黑。我在玄关等着，佐知子进屋去。她叫她女儿的名字，打开连着主室的两个小房间的拉门。我站在玄关，听着她在黑暗里来回走动，然后她回到玄关。

“也许你是对的，”她说。“我们最好到对面看看。”

河边的半空中有很多小虫子。我们静静地朝下游的小木桥走去。走过木桥，对岸就是之前佐知子提到的树林。

我们正走在桥上，佐知子突然转向我，飞快地说道：“我们最后去了酒吧。我们本来是要去看电影的，加里·库珀演的，可是排队的人太多了。城里很挤，又有很多喝醉酒的。最后我们去了酒吧，他们给了我们单独的一间小房间。”

“我知道了。”

“我想你没有去过酒吧吧，悦子？”

“没有，没去过。”

那是我第一次到河对岸去。脚下的泥土很软，甚至感觉要陷下去。这也许只是我的想象，但是那时我在河边觉得凉飕飕的，很不自在，像是感觉到有事要发生。我重新加快脚步，朝前面漆黑的树林走去。

佐知子拉住我的胳膊不让我往前走。我顺着她的目光看见河边草地上离河很近的地方躺着一捆什么东西。模模糊糊地看不清楚，只看见地上有一团比周围草地颜色深的黑影。我的第一反应是要冲过去，却发现佐知子还呆呆地站着，盯着那团东西看。

“那是什么？”我傻乎乎地问。

“是万里子，”她静静地说。当她转过头来看着我时，眼睛里有一种异样的神情。

第三章

也许随着时间的推移，我对这些事情的记忆已经模糊，事情可能不是我记得的这个样子。但是我清楚地记得有一个神秘的咒语把我们两个定住了。天越来越暗，我们呆呆地站在原地，盯着远处河边的那个影子。突然间，咒语解除了，我们两个都跑了起来。跑近时，我看见万里子缩成一团侧躺着，背对着我们。佐知子比我早一点到那里，我怀着孕，行动不方便，等我到时，佐知子已经站在孩子身边了。万里子的眼睛睁着，一开始我还以为她死了。但是后来我看见她的眼睛动了，用奇怪的、空洞的眼神盯着我们。

佐知子单腿跪下，扶起孩子的头。万里子还是那么盯着。

“你没事吧，万里子？”我有点上气不接下气地说到。

她没有回答。佐知子也不做声，检查着她的女儿，把她在怀里翻来翻去，好像她是一个易碎的、没有感觉的洋娃娃。我发现佐知子的袖子上有血，再一看，是万里子身上来的。

“我们最好叫人，”我说。

“不严重，”佐知子说。“只是擦伤。看，伤口不大。”

万里子躺在水沟里，短裙有一面浸在黑色的水里。血从她大腿内侧的伤口流出来。

“怎么了？”佐知子问她女儿。“出什么事了？”

万里子还是盯着她妈妈看。

“她可能吓着了，”我说。“现在最好别问她问题。”

佐知子扶万里子站了起来。

“我们很担心你，万里子，”我说。小女孩狐疑地看了我一眼，转过去，走了起来。她走得很稳；腿上的伤看来并无大碍。

我们往回走，过了木桥，沿着河边走。她们两个走在我前面，没有说话。我们回到小屋时，天已经全黑了。

佐知子把万里子带进浴室。我点燃主室中间的炉子泡茶。除了炉子，刚才佐知子点亮的一盏吊着的旧灯笼是屋子里唯一的亮光，屋里大部分地方都还是漆黑一片。角落里，几只黑色的小猫仔被我们吵醒，开始骚动不安。它们的爪子在榻榻米上发出沙沙的声音。

再次出现时，母女两人都换上了和服。她们进了隔壁的一间小房间，我又等了一会儿。佐知子的声音透过隔板传了出来。

最后，佐知子一个人出来了。“还是很热，”她说，走过房间，把通向走廊的拉门打开。

“她怎么样了？”我问。

“她没事。伤口没什么。”佐知子在拉门旁坐下来吹风。

“我们要不要把这件事报告警察？”

“警察？要报告什么呢？万里子说她爬树，结果摔倒了，弄了那个伤。”

“这么说她今天晚上没有和什么人在一起？”

“没有。她能和谁在一起呢？”

“那个女人？”我说。

“哪个女人？”

“万里子说的那个女人。你现在还认为是她编出来的吗？”

佐知子叹了口气。“我想不完全是编的，”她说。“是万里子以前见过的一个人。以前，她还很小的时候。”

“可是这个女人今晚会不会在这里呢？”

佐知子笑了笑。“不会的，悦子，不可能。不管怎么说，那个女人已经死了。相信我，悦子，说什么有个女人，都是万里子发难时的小把戏。我已经很习惯她这些小把戏了。”

“可是她为什么要编这些故事呢？”

“为什么？”佐知子耸了耸肩。“小孩子就喜欢做这些。悦子，你自己当了妈妈以后也要习惯这些事情。”

“你肯定她今天晚上没有和什么人在一起？”

“很肯定。我很了解自己的女儿。”

我们都不说话了。蚊子在我们周围嗡嗡叫。佐知子用手掩住嘴打了个哈欠。

“你瞧，悦子，”她说，“我很快就要离开日本了。你好像不是很在意。”

“我当然在意了。而且我很高兴，要是这是你所向往的。不过不会遇到……很多困难吗？”

“困难？”

“我是指，搬到另一个国家，语言、习惯都不同。”

“我明白你的意思，悦子。但是说真的，我不觉得有什么可担心的。你瞧，我听说过很多有关美国的事，对美国并不完全陌生。至于语言嘛，我已经会说很多了。我和弗兰克都说英语。我在美国住一阵子后，就能像美国女人一样说话了。我真的不觉得有什么可担心的。我知道我能行。”

我微微鞠了一躬，但没说什么。两只小猫朝佐知子坐的地方走来。她看了它们一会儿，然后笑了笑。“当然了，”她说，“有时我也在想事情会怎么样呢。但是真的”——她对我笑了笑——“我知道我能行。”

“其实，”我说，“我担心的是万里子。她会怎么样呢？”

“万里子？哦，她没问题的。你了解小孩子。他们比大人更能适应新环境，不是吗？”

“不过对她来说仍是个很大的变化。她准备好了吗？”

佐知子不耐烦地叹了口气。“说真的，悦子，你觉得我难道没有考虑过这些吗？你以为我决定要离开这个国家前没有首先考虑女儿的利益吗？”

“当然，”我说，“你一定会仔仔细细地考虑。”

“对我来说，女儿的利益是最重要的，悦子。我不会做出有损她的未来的决定。我已经仔细地考虑过了整件事情，我也和弗兰克商量过了。我向你保证，万里子没事的。不会有问题的。”

“可是她的学习呢，会怎么样呢？”

佐知子又笑了。“悦子，我又不是要到深山老林去。美国有学校。而且你要明白，我的女儿非常聪明。她爸爸出身名门，我这边也是，我的亲戚都是很有地位的人。悦子，你不能因为……因为眼前的事物就认为她是什么贫农的孩子。”

“没有。我从来没有……”

“她很聪明。你没有见过她真正的样子，悦子。在眼前这种环境里，小孩子自然有时有点笨拙。但你要是在我伯父的家里头看见她，你就会发现她真正的品质。大人跟她说话时，她回答得清楚、流利，不会像很多小孩子那样傻笑或者扭扭捏捏。而且绝没有这些小把戏。她去上学，跟最优秀的孩子交朋友。我们还给她请了一位家庭教师，老师对她的评价很高。她这么快就能赶上真是叫人吃惊。”

“赶上？”

“这个”——佐知子耸耸肩——“很不幸，万里子的学习总是时不时地被打断。这个事，那个事，我们又经常搬家。但是我们现在比较困难，悦子。要不是战争，要是我丈夫还活着，万里子就能过上我们这种地位的家庭应有的生活。”

“是的，”我说。“没错。”

佐知子可能是听出我的语气不大对，抬起头来看着我。当她往下说时，语气变紧了。

“我不用离开东京的。悦子，”她说。“但是我离开了，为了万里子。我大老远地来我伯父家住，是因为我认为这样对我女儿最好。我本来不用这么做的，我根本用不着离开东京。”

我鞠了一躬。佐知子看了我一会儿，然后转头凝视着屋外漆黑的一片。

“可是如今你离开了你伯父家，”我说。“现在又即将要离开日本。”

佐知子生气地看着我。“你为什么这么说话呢，悦子？你为什么不能祝福我呢？就因为你妒忌？”

“我是祝福你的。而且我向你保证我……”

“万里子在美国会过得很好的，你为什么不肯相信？那里更适合孩子的成长。在那里她的机会更多，在美国女人的生活要好得多。”

“我向你保证我替你高兴。至于我自己，我再心满意足不过了。二郎的工作很顺利，现在又在我们想要的时候有了孩子……”

“她可以成为女商人，甚至是女演员。这就是美国，悦子，什么事情都有可能。弗兰克说我也有可能成为女商人。在那里这些事情都有可能发生。”

“我相信。只是就我而言，我对我现在的生活非常满意。”

佐知子看着那两只小猫在她身旁的榻榻米上乱抓。有几分钟我们两个都没有说话。

“我得回去了，”我打破沉默。“他们要担心我了。”我站起来，可是佐知子仍然看着那两只小猫。“你们什么时候离开？”我问。

“这几天。弗兰克会开车来接我们。周末我们就会坐上船了。”

“那么我想你不会再去给藤原太太帮忙了吧。”

佐知子抬起头来看我，冷笑道：“悦子，我要去美国了。我不再需要到面店工作了。”

“我知道了。”

“其实，悦子，要请你转告藤原太太。我不会再见到她了。”

“你不自己跟她说吗？”

她不耐烦地叹了口气。“悦子，难道你不能体会对我这样的人来说每天在面店里工作有多讨厌吗？不过我不抱怨，要我做什么，我就做什么。但是现在都结束了，我不想再见到那个地方了。”一只小猫在抓佐知子和服的袖子。佐知子用手背重重地拍了它一下，小家伙急忙往回跑过榻榻米。“所以请向藤原太太转达我对她的问候，”她说。“也祝她生意兴隆。”

“我会的。现在请原谅，我得走了。”

这次，佐知子站起来，送我到玄关。

“我们离开前我会去道别的，”我穿鞋时她说。

一开始这好像只是一个很普通的梦；我梦见了前一天看见的事——我们看见一个小女孩在公园里玩。第二天晚上，我又做了同样的梦。其实，这几个月里，我做了几次这样的梦。

那天下午，我和妮基到村子里去时，看见小女孩在玩秋千。那是妮基来的第三天，雨小了，变成毛毛细雨。我有几天没有出门了，走在蜿蜒的小路上，户外的空气令我神清气爽。

妮基走得很快，每走一步，窄窄的皮靴子都咯咯响。虽然我也可以走得很快，但是我更喜欢慢慢走。妮基，我认为，应该懂得走路本身的快乐。再者，虽然她在这里长大，却体会不到乡下给人的感觉。我们边走，我边把我的想法原原本本地说给她听。她反驳说这里不是真正的乡下，只是迎合住在这里的有钱人的一种居住模式。我想她说得对；我一直没敢到英国北部的农业区去，妮基说，那里才是真正的乡下。尽管如此，这些年来，我越来越喜欢这些小路带来的平静和安详。

到村子后，我带妮基去我有时光顾的茶馆。村子不大，只有几间旅馆和商店；茶馆开在街角，在一家面包店楼上。那天下午，妮基和我坐在靠窗的桌子，我们就是从那里看见小女孩在底下的公园玩。我们看见她爬上一个秋千，朝坐在旁边长椅上的两个女人喊。她是个活泼可爱的小女孩，穿着绿色橡胶雨衣和小橡胶雨靴。

“也许你很快就会结婚生孩子，”我说。“我怀念小孩子。”

“这是我最不想做的事了，”妮基说。

“好吧，我想你还太年轻。”

“这和年不年轻没关系。我就是不喜欢一群小孩子在你旁边大喊大叫。”

“别担心，妮基，”我笑了，说。“我不是在强迫你生孩子。我刚刚突然心血来潮想当外婆，没别的。我想也许你能让我当上外婆，不过这事不急。”

小女孩站在秋千上，拼命拉链子，可是不知怎么，就是没办法让秋千荡得更高。但是她仍旧笑着，又朝那两个女人喊。

“我的一个朋友刚生了孩子，”妮基说。“她高兴得不得了。我真不明白。那小东西乱喊乱叫的。”

“至少她很开心。你的朋友几岁？”

“十九岁。”

“十九岁？比你还小。她结婚了吗？”

“没有。这有什么差别？”

“可是这样子她肯定不高兴。”

“为什么不高兴？就因为她没结婚？”

“是的。还有她才十九岁。我不敢相信这样她会高兴。”

“她结没结婚有什么差别？她想要孩子，所有的事情都是她计划好的。”

“她告诉你的？”

“可是，妈妈，我了解她，她是我的朋友。我知道她想要孩子。”

长椅上的女人站了起来。其中一个喊那个女孩子。小女孩从秋千上下来，跑向她们。

“那孩子的父亲呢？”我问。

“他也很高兴。我记得当他们发现他们有孩子了，我们全都出去庆祝。”

“可是人们总是假装高兴的样子。就像昨天晚上我们在电视上看的那部电影。”

“什么电影？”

“我想你没有在看。你在看你的杂志。”

“哦那个。那电影很烂。”

“是很烂。但我就是这个意思。我肯定没有人在知道有孩子时会像电影里的人那样。”

“说真的，妈妈，我真不知道你怎么能坐得住看那种垃圾。你以前都不习惯看电视。我记得以前我电视看太多，你总是叫我把电视关掉。”

我笑了。“你瞧，我们的角色变了，妮基。我相信你是为我好。你一定不能让我像那样浪费时间。”

我们离开茶馆往回走时，空中乌云密布，雨也变大了。我们刚走过一个小小的火车站不多远，就听见后面有人喊：“谢林汉姆太太！谢林汉姆太太！”

我回头看见一个穿着大衣的小个子女人正急急地走过来。

“我猜是你，”她追上我们，说。“你最近好吗？”她给了我一个灿烂的微笑。

“你好，沃特斯太太，”我说。“很高兴又见到你。”

“看来又是坏天气。哦，你好，景子”——她碰了碰妮基的袖子——“我没注意是你。”

“不是，”我急忙说，“这是妮基。”

“妮基，没错。天啊，你长这么大了，亲爱的。难怪我弄混了。你长这么大了。”

“你好，沃特斯太太，”妮基舒了口气，说。

沃特斯太太住在附近。现在我偶尔才见到她，几年前她教我的两个女儿钢琴。她教了景子好几年，而妮基只在小时候教了一年左右。我很快就发现沃特斯太太的钢琴技术有限，而且她对音乐的总的看法也常常让我生气。比如说，她把肖邦和柴可夫斯基的作品都称为“动听的旋律”。可是她为人和蔼可亲，我不忍心把她换掉。

“你最近怎么样，亲爱的？”她问妮基。

“我？哦，我住在伦敦。”

“哦，是吗？你在那里干什么呢？读书？”

“我其实也没干什么。只是住在那里。”

“哦，我知道了。不过你在那里很开心，是吧？这是最主要的，不是吗？”

“是的，我很开心。”

“那就好，这是最主要的，不是吗？那景子呢？”沃特斯太太转向我。“她最近怎么样？”

“景子？哦，她搬到曼彻斯特去了。”

“哦，是吗？听说那个城市总的来说还不错。她喜欢那里吗？”

“我最近没有她的消息。”

“哦，好吧。我想没有消息就是好消息。景子还弹琴吗？”

“我想还弹。我最近都没有她的消息。”

沃特斯太太终于看出我不想谈论景子，尴尬地笑了笑，放开这个话题。景子离开家的这几年来，每次遇见我，沃特斯太太总是要问起景子。我很明显不想谈论景子，而且到那天下午都还讲不出我女儿在什么地方。但是沃特斯太太从不把这些放在心上。很可能以后我们每次见面，沃特斯太太还会笑着向我打听景子的事。

我们到家时，雨一直淅淅沥沥地下着。

“我想我让你丢脸了，对吗？”妮基对我说。我们又坐在沙发上，看着外面的花园。

“你怎么会这么想？”我说。

“我应该跟她说我正在考虑上大学什么的。”

“我一点都不介意你说自己什么。我不觉得丢脸。”

“我想你不会。”

“不过我想你对她很不耐烦。你从来都不太喜欢她，不是吗？”

“沃特斯太太？哦，我以前很讨厌上她的课。无聊死了。我常常睡着，然后耳边不时有小小的声音，叫你把手指放在这里、这里或这里。是你的主意吗，让我上钢琴课？”

“主要是我的意思。你瞧，以前我对你期望很高。”

妮基笑了。“对不起我没学成。可这得怪你自己。我根本没有学音乐的天赋。我们屋里有个女孩是弹吉他的，她想教我几个和弦，可是我根本就不想学。我想沃特斯太太让我这辈子都讨厌音乐了。”

“将来有一天你可能会重新爱上音乐，那时你就会感激上过那些课了。”

“可是我把学的全忘了。”

“不可能全忘的。那个年纪学的东西是不会全丢掉的。”

“反正是浪费时间，”妮基嘟囔道。她坐在那里看着窗外，过了一会儿，转向我说：“我想很难跟别人说吧。我是指景子的事。”

“我那样说最省事，”我答道。“她着实吓了我一跳。”

“我想是这样。”妮基又面无表情地看着窗外。“景子没有来参加爸爸的葬礼，对吧？”她终于说道。

“你明知道她没去干吗还问？”

“我随口说说，没什么。”

“你是要说因为她没有参加你爸爸的葬礼所以你也不参加她的葬礼？别这么孩子气，妮基。”

“我不是孩子气。我是说事实就是这样。她从来不是我们生活的一部分——既不在我的生活里也不在爸爸的生活里。我从没想过她会来参加爸爸的葬礼。”

我没有回答，我们静静地坐在沙发上。然后妮基说：

“刚才真是不自在，和沃特斯太太说话的时候。你好像很喜欢？”

“喜欢什么？”

"假装景子还活着。"

"我不喜欢骗人。"也许是我的话蹦得太快，妮基好像吓了一跳。

"我知道，"她轻声说。

那天晚上雨下了一整夜，第二天——妮基来的第四天——仍旧淅淅沥沥地下个不停。

"今天晚上我换个房间可以吗？"妮基说。"我可以睡空房间。"我们刚吃完早餐，正在厨房里洗盘子。

"空房间？"我笑了笑。"这里现在都是空房间。你要睡空房间当然可以，没有什么不可以。你不喜欢你的旧房间了？"

"睡在那里我觉得不自在。"

"太没良心了，妮基。我本来希望你还把它当作自己的房间的。"

"我是这么想来着，"她急忙说。"我不是不喜欢那个房间。"她不说了，用干毛巾擦着刀子。最后她终于说："是另外那间。她的房间。就在正对面，让我觉得不自在。"

我停下手里的事，板着脸看着她。

"我忍不住，妈妈。一想到那间房间就在正对面我就觉得怪怪的。"

"睡空房间去吧，"我冷冷地说。"可是你得自己铺床。"

虽然我对妮基换房间的要求表现得很生气，但是我并不想难为她。因为我自己也曾对那个房间感到不安。在许多方面，那个房间是这栋房子里最好的房间，从那里看果园视野极好。但是很长时间里，它一直是景子极小心守护的私人领域，所以即使在她已经离开了六年后的今天，那里仍然笼罩着一股神秘的空气——这种感觉在景子死后更加强烈。

在她最终离开我们的前两三年，景子把自己关在那个房间里，把我们挡在她的世界之外。她很少出来，虽然有时我们都上床睡觉后我听到她在房子里走动。我猜想她在房间里看杂志，听广播。她没有朋友，也不许我们其他人进她的房间。吃饭时，我把她的盘子留在厨房里，她会下来拿，然后又把自己锁起来。我发现房间里乱糟糟的。有发霉的香水和脏衣服的味道，我偶尔瞥见里面，地上是成堆的衣服和无数的时尚杂志。我只得连哄带骗叫她把衣服拿出来洗。最后我们达成共识：每几个星期，我会在她房间门口看见一袋要洗的衣服，我把衣服洗了，拿回去。后来，大家渐渐习惯了她的做法，而当她偶尔心血来潮冒险到客厅里来时，大家就都很紧张。她每次出来无一例外地都是以争吵收场，不是和妮基吵架，就是和我丈夫吵架，最后她又回到自己的房间里去。

我没有见过景子在曼彻斯特的房间，她死的那个房间。作为一个母亲，这么想可能有点病态，但是听到她自杀的消息时，我脑子里的第一个想法——甚至在我感到震惊之前——是：在他们发现之前她那么吊着多久了。在自己家里，我们都一连几天看不见她；在一个没有人认识她的陌生城市里，更别指望会很快被人发现。后来，验尸官说她已经死亡“好几天了”。是房东太太开的门，她以为景子没有交房租就离开了。

我发现这个画面一直出现在我的脑海里——我的女儿在房间里吊了好几天。画面的恐怖从未减弱，但是我早就不觉得这是什么病态的事了；就像人身上的伤口，久而久之你就会熟悉最痛的部分。

“在空房间里睡我至少能暖和些，”妮基说。

“妮基，你晚上要是觉得冷，把暖气打开就好了。”

“我知道。”她叹了口气。“最近我总是睡不好。我想我老做噩梦，但是醒来后就想不起来了。”

“昨天晚上我做了一个梦，”我说。

“我想可能跟这里的安静有关。我不习惯晚上这么安静。”

“我梦见了那个小女孩。昨天我们看见的那个。公园里那个。”

“我在车上就能睡着，可是我不记得怎么在安静的地方睡觉了。”妮基耸耸肩，把一些餐具扔进抽屉里。“也许在空房间里我能睡得好一点。”

我跟妮基说起这个梦，在我第一次做这个梦的时候。这也许表明我从那时起就觉得这不是一个普通的梦。我肯定从一开始就怀疑——虽然不确定是为什么——这个梦跟我们看见的那个小女孩没多大关系，而是跟我两天前想起佐知子有关。

第四章

一天下午，我丈夫下班回来之前，我正在厨房里准备晚饭，突然听见客厅传来奇怪的声音。我停下手里的活侧耳倾听。声音又响了——是很难听的小提琴声。声音持续了几分钟，然后停了。

当我终于来到客厅时，发现绪方先生正弯着腰坐在棋盘前。夕阳照射进来，尽管开着电风扇，屋里还是湿气很重。我把窗户开得更大些。

“你们昨晚没有把棋下完吗？”我走向他，问。

“没有。二郎说他累了。我猜这是他的诡计。你瞧，我在这里把他围住了。”

“这样啊。”

“他仰赖我现在的记性不好了。所以我在温习我的步子。”

“您真是厉害，爸爸。可是我想二郎不会这么狡猾的。”

“也许吧。我敢说现在你比我更了解他。”绪方先生继续研究棋盘，过了一会儿，抬起头来，笑了笑。“你一定觉得很有趣吧。二郎在公司里辛苦工作，而我在家里等他下班回来和我下棋。我就像一个孩子在等爸爸回来。”

“哦，我宁愿您还是下棋的好。您刚才的琴声实在是太可怕了。”

“太没礼貌了。我还希望能感动你呢，悦子。”

小提琴放在旁边的地板上，已经放回盒子里了。绪方先生看着我打开盒子。

“我看见它放在那边的架子上，就擅自拿下来了。”他说。“别担心，悦子。我拿得很小心。”

“我看不一定。正如您说的，爸爸现在像个小孩子。”我拿起小提琴仔细检查。“只不过小孩子够不着那么高的架子。”

我把琴塞到下巴底下。绪方先生一直看着我。

“给我拉一首吧，”他说。“我肯定你拉得比我好。”

“那是肯定的。”我把琴重新放下，搁在一旁。“可是我好久没拉琴了。”

“你是说你都没有练习？太可惜了，悦子。你以前是那么喜欢这个乐器。”

“我想我以前是很喜欢。可现在很少碰了。”

“太不应该了，悦子。你以前是那么喜欢。我还记得以前你三更半夜拉琴，把全家都吵醒了。”

“把全家都吵醒了？我什么时候干过这种事？”

“有，我记得。你刚来我们家住时。”绪方先生笑了笑。“别在意，悦子。我们都原谅你了。现在我想想，你以前最崇拜哪个作曲家来着？是门德尔松吗？”

“是真的吗？我把全家都吵醒了？”

“别在意，悦子。那是好几年前的事了。给我拉一首门德尔松的吧。”

“可是你们干吗不阻止我？”

“只是刚开始的几个晚上。而且我们一点都不介意。”

我轻轻地拨了拨琴弦。音已经走调了。

“我那时肯定成了您的负担，”我静静地说。

“胡说。”

“可是家里其他人。他们肯定觉得我是个疯丫头。”

“他们才不会把你想得这么坏。毕竟最后你跟二郎结了婚。现在好了，悦子，别说这些了。给我拉一首吧。”

“我那时候像什么样子呢，爸爸？我像个疯子吗？”

“你被吓坏了，这是很自然的事。大家都吓坏了，我们这些幸存下来的人。现在，悦子，忘了这些事吧。我很抱歉提起这件事。”

我再次把琴放到下巴底下。

“啊，”他说，“门德尔松。”

我就这么把琴夹在下巴下。过了几秒钟，我放下琴，叹了口气，说：“我现在拉不出来。”

“对不起，悦子。”绪方先生说，声音变沉重了。“也许我不应该碰琴的。”

我抬起头来看他，笑着说：“瞧，小朋友现在知道错了。”

“我在架子上看见它，想起了以前的事。”

“我以后再拉给您听吧。我练习练习。”

他微微地鞠了一躬，眼里又露出了喜悦。

“我会记着你说过的话的，悦子。说不定你还可以教教我。”

“我不能什么都教您，爸爸。您还说您要学做菜。”

“啊对了。还有那个。”

“您下次来的时候我再拉给您听吧。”

“我会记着的，”他说。

那天晚上吃完饭，二郎和父亲坐下来下棋。我收拾完晚餐的东西，拿了些针线活坐下来。棋下到一半时，绪方先生说：

“我刚想到了什么。你不介意的话，我要重新走那步。”

“当然可以，”二郎说。

“可是这样对你很不公平。特别是现在我的形势比你有利。”

“没关系。请重新走那步吧。”

“你不介意？”

“一点儿也不。”

他们继续静静地下棋。

“二郎，”几分钟后绪方先生说，“我在想，信你写了吗？给松田重夫的信？”

我停下手里的针线，抬起头来。二郎还在专心地下棋，他走完那一步才答道：“重夫？哦，还没。我打算写的。但是最近实在是太忙了。”

“当然，我十分理解。我刚好想到这件事，没什么。”

“我最近实在是没时间。”

“当然。不急。我并不是要老缠着你。只是信早点写的好。他那篇文章已经登出来几个星期了。”

“是，当然。您说得很对。”

他们接着下棋。有好几分钟，两个人都没有说话。突然绪方先生说：

“你觉得他会是什么反应呢？”

“重夫？我不知道。我说过了，我现在跟他不熟。”

“你说他加入了共产党？”

“我说不准。我上次见到他时，他确实说支持共产党。”

“真遗憾。不过话说回来，现在日本发生了太多事情让年轻人动摇。”

“是的，的确。”

“现在很多年轻人都被什么思想啊、理论啊冲昏了头。不过他可能会收回前言并道歉的。及时地提醒个人的责任之类的东西也没有。你知道，我怀疑他都没有停下来想过自己在干什么。我想他写那篇文章时是一手拿着笔，一手拿着共产主义的书。他最后会收回前言的。”

“很可能。我最近的工作实在是太多了。”

“当然，当然。工作第一。别为这件事操心。现在，是不是轮到我了？”

他们接着下棋，很少说话。有一次，我听见绪方先生说：“你走的跟我想的一样。你要动动脑筋才能从那里突围。”

他们下了好一会，突然有敲门声。二郎抬起头来，给我递了个眼色。我放下针线，站了起来。

我打开门，看见两个男人笑嘻嘻地朝我鞠躬。那时已经很晚了，一开始我以为他们走错门了。可后来我认出他们是二郎的同事，就请他们进来。他们站在玄关自顾自地笑着。其中一个矮矮胖胖的，脸很红。另一个瘦一些，皮肤很白，像欧洲人的白；但是他好像也喝酒了，脸颊上露出粉色的斑。他们系着的领带都松了，外套挂在手上。

二郎见到他们很高兴，叫他们进去坐。可是他们只是站在玄关，笑个不停。

“啊，绪方，”白皮肤的那个对二郎说，“我们可能来的不是时候。”

“不会。不过你们在这附近做什么呢？”

“我们去看村崎的哥哥。其实，我们还没回家呢。”

“我们不敢回家，所以来打扰你，”胖胖的那个插进来说。“我们没有跟太太说我们要晚点回去。”

“真是混蛋，你们两个，”二郎说。“你们干吗不脱鞋进来呢？”

“我们来的不是时候，”白皮肤的那个又说。“我看见你有客人。”他朝绪方先生笑了笑，鞠了一躬。

“这是我父亲，可是你们不进来我怎么介绍呢？”

客人终于脱了鞋，进来坐下。二郎把他们介绍给父亲，他们再次鞠躬，又笑了起来。

“你们是二郎公司的？”绪方先生问。

“是的，”矮矮胖胖的那个答道。“很荣幸，虽然他让我们很不好过。在办公室里我们叫你儿子‘法老’，因为他让我们像奴隶一样工作，自己却什么都不做。”

“胡说八道，”我丈夫说。

“是真的。他像苦役一样驱使我们，然后自己坐下来看报纸。”

绪方先生好像听得有点迷糊，但是看见其他人在笑，他也笑了笑。

“啊，这是什么？”白皮肤的那个指了指棋盘。“瞧，我就知道我们会打扰你们。”

“我们只是在下棋打发时间，”二郎说。

“接着下吧。别让我们这种混蛋打断你们下棋。”

“别傻了。有你们这样的笨蛋在旁边，我怎么能集中精神。”说着二郎把棋盘推到一边。有一两个棋子倒了，他看也不看就把它们摆正。“那么说，你们去看村崎的哥哥。悦子，给客人倒茶。”我丈夫说这句话之前，我已经往厨房走去了。可这时矮矮胖胖的那个突然拼命挥手。

“夫人，夫人，坐下。请坐下。我们一会儿就走。您请坐。”

“不麻烦，”我笑着说。

“不用，夫人，我求您”——他越说越大声——“正如您丈夫说的，我们只是两个混蛋。不用麻烦了，请坐下。”

我正想遵照他的意思，突然看见二郎生气地看了我一眼。

“至少喝杯茶再走，”我说。“一点儿也不麻烦。”

“既然坐下了，就多坐一会儿，”我丈夫对客人说。“反正我也想听听村崎的哥哥的事。他真的像人们说的那样疯疯癫癫的吗？”

“他的确是个怪人，”矮矮胖胖的那个笑着说。“今晚确实没有让我们失望。你听说过他妻子的事吗？”

我欠了欠身，悄悄地到厨房去。我泡了茶，在盘子上放了几块那天早些时候做的蛋糕。我听见客厅传来笑声，我丈夫也在笑。其中一个客人又很大声地叫了他一次“法老”。我回到客厅时，二郎和他的客人们聊得正欢。矮矮胖胖的那个正在说一件趣闻，说一个内阁大臣遇见麦克阿瑟将军的事。我把蛋糕放在他们旁边，给他们倒了茶，然后在绪方先生身边坐下。二郎的朋友又开了几个政治家的玩笑，然后白皮肤的那个假装生气了，因为另一个说了一位他敬仰的人物的坏话。大家笑他，他板起脸来。

“对了，花田，”我丈夫对他说。“有一天我在办公室听说了一件有趣的事情。我听说在上次选举时，你威胁你太太说要用高尔夫球棍打她，因为她不跟你选同样的人。”

“你听谁胡说的？”

“消息可靠的人说的。”

“没错，”矮矮胖胖的那个说。“还有，你太太打算报告警察说你政治胁迫。”

“胡说八道。再说，我没有高尔夫球棍了。我去年都卖掉了。”

“你还有一根七号铁杆，”矮矮胖胖的那个说。“上周在你家我看到过。你可能是用那个。”

“可是你不能说没有这事吧，花田？”二郎说。

“什么高尔夫球棍，都是胡说八道。”

“可是你没能让她照你说的做，这是真的吧。”

白皮肤的那个耸耸肩。“这个嘛，她要投给谁是她自己的权利。”

“那你为什么威胁她？”他的朋友问。

“我自然是在试着跟她讲道理。我太太投给吉田就因为他长得像她叔叔。女人就是这样。她们不懂政治。她们以为可以像选衣服那样选国家领导人。”

“所以你就用七号铁杆打她，”二郎说。

“是真的吗？”绪方先生问。从我把茶拿来到现在，他都没有说话。其他三人都不笑了，白皮肤的那个惊讶地看着绪方先生。

“没有。”他突然变得正经八百，微微鞠了一躬。“我没有真的打她。”

“不，不，”绪方先生说。“我是说你太太和你——你们真的投给不同的政党？”

“啊，是的。”他耸耸肩，然后苦笑了一下。“我能怎么办呢？”

“对不起。我不是要多管闲事。”绪方先生低低地鞠了一躬，白皮肤的那个回敬了一个。这一鞠好像成了信号，三个年轻人又开始说说笑笑起来。他们不谈政治了，聊起公司里的同事来。添茶时，我注意到虽然我端了不少蛋糕出来，但是已经快没了。我添完茶，回到绪方先生身旁坐下。

客人们待了一个小时左右。二郎送他们到门口，然后回来坐下，叹了口气。“晚了，”他说。“我得睡觉了。”

绪方先生正在研究棋盘。“我想有几个棋子摆错了，”他说。“我肯定马应该在这格，不是那格。”

“很可能。”

“那我把它放在这里了。同意吗？”

“好，好。我肯定您是对的。我们以后再把棋下完吧，爸爸。我得赶快睡觉了。”

“再走几步吧。我们很快就能下完了。”

“说真的，还是算了吧。我现在太累了。”

“好吧。”

我把刚才做的针线活收起来，坐着等其他人去睡觉。可是二郎翻开一份报纸读了起来。他看见盘子里还有一块蛋糕，就若无其事地拿起来吃。过了一会儿，绪方先生说：

“我们还是现在把它下完吧。只差几步了。”

“爸爸，我现在真的很累了。我明天早上还得上班呢。”

“是的，好吧。”

二郎继续一面看报纸一面吃蛋糕。我看见有一些蛋糕屑掉在榻榻米上。绪方先生又盯着棋盘看了一会儿。

“太奇怪了，”他终于说道，“你朋友刚刚说的事。”

“哦？什么事？”二郎的眼睛没有离开报纸。

“他和他太太投票给不同的政党的事。几年前这种事情是不可能的。”

“没错。”

“如今的事情都太奇怪了。不过我想这就是所谓的民主吧。”绪方先生叹了口气。“我们急着想从美国人那里学来的这些东西，不一定都是好的。”

“是的，确实不一定都好。”

“看看出了什么事。丈夫和妻子投票给不同的政党。再也不能在这些事上信任妻子，真是悲哀。”

二郎边看他的报纸边说：“是啊，太可惜了。”

“现在的妻子都忘了对家庭的忠诚。想干什么就干什么，一时高兴的话就把票投给另一个党。这事在现在的日本太典型了。人人借着民主的名义丢掉忠诚。”

二郎抬头看了他父亲一眼，很快又把目光移回报纸。“您说得很对，”他说。“不过当然了，美国人带来的东西也不全是坏的。”

“美国人，他们从来就不理解日本人的处世之道。从来没有。他们的做法也许很适合美国人，可是在日本情况就不一样，很不一样。”绪方先生又叹了一口气。“纪律，忠诚，从前是这些东西把日本人团结在一起。也许听起来不太真实，可确实是这样的。人们都有一种责任感。对自己的家庭，对上级，对国家。可是现在人们不再讲这些了，而是讲什么民主。当一个人想自私自利时，想丢掉责任时，就说民主。”

“是的，您说得对。”二郎打了个哈欠，挠了挠侧脸。

“就拿我这一行来说吧。多年来，我们有一套自己精心建立并热爱的体系。美国人来了，不假思索地把这套体系废除了、粉碎掉。他们决定要把我们的学校变得像美国那样的，我们的孩子应该学美国孩子学的东西。而日本人对这些全都欢迎，大谈特谈什么民主”——他摇了摇头——“学校里很多好东西都被毁了。”

“是的，我想您说得很对。”二郎再次抬起头来。“不过当然了，旧的教育体系里也有一些缺点，其他体系也是。”

“二郎，你说什么？你在哪里看到的吗？”

“只是我的看法。”

“那是你在报纸上看到的吗？我这一辈子都在教育年轻人。后来我看着美国人把整个教育体系都给粉碎了。现在的学校太奇怪了，他们教给孩子的为人处世之道太奇怪了。而且很多东西都不教了。你知道吗？现在的孩子离开学校时对自己国家的历史一无所知。”

“这确实令人遗憾。不过我也记得我上学时的一些怪事。比如说，我记得以前老师教过神是怎样创造日本的。我们这个民族是多么的神圣和至高无上。我们得把课本一个字、一个字地背下来。有些事情也许并不是什么损失。”

“可是二郎，事情不是这么简单。你根本不知道是怎么回事。事情绝不像你想的那么简单。我们献身教育，确保优良的传统传承下去，确保孩子们形成正确的国家观、民族观。以前的日本有一种精神把大家团结在一起。想象一下现在的孩子是怎么样的。在学校里他学不到什么价值观——也许除了说他应该向生活索取任何他想要的东西。回到家里，他发现父母在打架，因为他母亲拒绝投票给他父亲支持的党。这是什么世道？”

“是的，我明白您的意思。现在，爸爸，请原谅，我得去睡觉了。”

“我们尽了全力，像远藤和我这样的人，我们尽全力教导这个国家。很多好东西都被毁了。”

“确实太遗憾了。”我丈夫站了起来。“对不起，爸爸，可是我得睡了。我明天还要忙一天呢。”

绪方先生抬头看着他的儿子，脸上有些惊讶。“啊，当然。我把你拖得这么晚真是太不应该了。”他微微地鞠了一躬。

“没有的事。我很抱歉我们不能接着聊，可是我真的得去睡了。”

“啊，当然。”

二郎向他父亲道了晚安，离开客厅。绪方先生盯着二郎走出去的那扇门看了好几秒钟，好像在等他儿子随时会回来。然后他转向我，表情很不安。

“我没注意到已经这么晚了，”他说。“我不是有意不让二郎睡觉的。”

第五章

“走了？可他有没有在旅馆里留口信给你？”

佐知子笑了。“你太吃惊了，悦子，”她说。“没有，他什么也没留。他们只知道他昨天上午离开的。老实说，我猜到会这样。”

我才注意到我还端着盘子。我小心地把盘子放下，然后在佐知子对面的垫子上坐下。那天早上，公寓里吹着凉爽的微风。

“可是你多惨啊，”我说。“你把东西都收拾好、准备妥当，在等着他。”

“这对我来说不新鲜，悦子。在东京的时候——我是在东京认识他的——在东京的时候，也发生过同样的事。所以这对我来说不新鲜了。我已经学会预料到这类情况。”

“你还说你今晚要回到城里去？一个人去？”

“别大惊小怪的，悦子。跟东京比起来，长崎像是个沉闷的小镇。如果他还在长崎的话，我今晚就能找到他。旅馆可以换，可是他的习惯是不会改的。”

“可是太让人伤心了。你需要的话，我可以去陪着万里子到你回来。”

“啊，你太好了。万里子一个人待着没问题，不过要是你今晚愿意去陪她一两个小时，那真是太谢谢你了。不过我肯定事情自然会好起来的，悦子。你瞧，你要是有我的一些经历的话，你就懂得不为这种小小的挫折烦恼了。”

“可是要是他……我是说，要是他已经离开长崎了呢？”

“哦，他没有走远，悦子。再说，如果他真的要离开我的话，他会留个字条什么的，不是吗？所以说，他没有走远。他知道我会去找他。”

佐知子微笑着看着我。我不知道该说什么。

“再说了，悦子，”她接着说，“他大老远地到这里来。他大老远地到长崎来我伯父家找我，大老远地从东京来。若不是为了他答应过的事，他为什么要这么做呢？要知道，悦子，他最想做的就是带我去美国。这就是他想做的。这一点没有改变，现在只不过是稍稍的耽搁。”她干笑了一声。“你瞧，有时候他像个孩子。”

“可是你的朋友这样走了是什么意思呢？我不明白。”

“没什么好明白的，悦子，这没什么大不了的。他想做的就是带我去美国，过稳定、体面的生活。这是他真正想做的。不然他干吗要大老远地来我伯父家找我呢？所以说，悦子，没什么好担心的。”

“是的，我想没什么好担心的。”

佐知子好像还想说些什么，却停住不说了。她低头看了看盘子里的茶具。“那现在，悦子，”她笑着说，“我们倒茶吧。”

她静静地看着我倒茶。期间我很快地瞥了她一眼，她笑了，像是在鼓励我接着倒。我倒完茶，我们静静地坐了一会儿。

“对了，悦子，”佐知子说，“我想你已经跟藤原太太说了我的情况了吧。”

“是的。我前天见到她。”

“我想她一定在想我怎么了。”

“我告诉她有人要带你到美国去。她完全理解。”

“你瞧，悦子，”佐知子说，“我发现自己现在处境艰难。”

“是的，我可以理解。”

“经济方面，和其他各个方面。”

“是的，我明白，”我说，并微微地鞠了一躬。“你要的话，我当然可以跟藤原太太说。我相信在这种情况下她很乐意……”

“不，不，悦子”——佐知子笑了起来——“我不想回她的小面馆。我肯定很快就要离开、到美国去了。只是稍稍推迟几天，没别的。但是与此同时，你瞧，我需要一点钱。我记得，悦子，你以前说过可以帮我。”

她和蔼地微笑着看着我。我也看着她。片刻后，我鞠了一躬，说：

“我有一些私房钱。不是很多，但是我很乐意尽我所能。”

佐知子优雅地鞠了一躬，然后拿起她的茶杯，说：“我不会说个数让你为难。要借多少全看你自己。你觉得多少合适，我都会感激地接受。当然了，钱会及时归还，这点你尽管放心，悦子。”

“那是，”我静静地说。“我不担心这个。”

佐知子仍然和蔼地微笑着看着我。我说了声“失陪”，走出房间。

卧室里，阳光照射进来，照亮了空气中的灰尘。我在柜子底部的一排小抽屉旁跪了下来。我打开最底下的那个抽屉，取出各种东西——相册、贺卡、一个装着我母亲画的水彩画的夹子——小心翼翼地将它们放在旁边的地板上。抽屉的最底下放着一个黑色的漆制礼盒。打开盒子，里面装着一些我珍藏的信件——我丈夫不知道这些信件——和两三张小照片。我从盒子的最底下取出装着钱的信封。我小心翼翼地把东西放回原样，关上抽屉。离开卧室前，我打开衣橱，挑了一条样子合适的丝巾把信封包上。

我回到客厅时，佐知子正在给自己添茶，没有抬起头来看我。我把包好的丝巾放在她身旁的地板上时，她也没有看，继续倒茶。我坐下时她朝我点了一下头，然后喝起茶来。只是在放下杯子时，她很快地用余光瞥了一下坐垫旁的那包东西。

“你好像有点误会，悦子，”她说。“你瞧，对我所做的一切，我没有什么觉得丢脸或见不得人的。你想问什么都可以。”

“是的，当然。”

“比如说，悦子，你为什么从来不问我‘我的朋友’的事？你坚持这么叫他。真的没有什么可丢脸的。怎么了，悦子，你已经开始脸红了。”

“我向你保证我没有觉得丢脸。其实……”

“你有，悦子，我看得出来。”佐知子笑了一声，拍了一下掌。“可你为什么不明白我没有什么好隐瞒的，也没有什么好丢脸的？你为什么要脸红呢？就因为我提到弗兰克？”

“我没有觉得丢脸。我向你保证我从没想过……”

“你为什么从来不问我他的事，悦子？你肯定有很多问题想问。为什么不问呢？毕竟左邻右舍都很好奇，你一定也是，悦子。所以请别拘束，想问什么就问吧。”

“可是我真的……”

“快点，悦子，我要你问。问我他的事。我一定要你问。问我他的事吧，悦子。”

“那好吧。”

“好？说啊，悦子，问吧。”

“好吧。他长什么样，你的朋友？”

“他长什么样？”佐知子又笑了。“你就想知道这个？好吧，他和一般的老外一样高，他的头发开始变稀了。他不老，你明白。老外更容易秃头，你知道吗，悦子？现在再问点别的吧。你肯定还有其他事情想知道。”

“这个，说真的……”

“快点，悦子，问啊。我要你问。”

“可是我真的没有什么想……”

“肯定有，你为什么不问呢？问我他的事吧，悦子，问我吧。”

“好吧，其实，”我说，“我确实想知道一件事。”

佐知子好像突然僵住了。她把本来握在胸前的手放下，放回大腿上。

“我确实想知道，”我说，“他会不会说日语？”

有一会儿，佐知子没有做声。然后她笑了，神情变轻松了。她再次端起茶杯，抿了几口。她开口说话时，声音听起来很恍惚。

“老外学我们的语言很难，”她说，然后停了一下，出神地笑着。“弗兰克的日语很糟糕，所以我们用英语交谈。你懂英语吗，悦子？一点都不懂？是这样，以前我父亲英语说得很好。他有亲戚在欧洲，所以他一直鼓励我学英语。不过后来当然了，结婚后，我就不学了。我丈夫不许我学。他把我的英语书都收走了。可是我没有忘记英语。我在东京遇到老外时就都想起来了。”

我们静静地坐了一会儿。然后佐知子疲惫地叹了口气。

“我想我得赶快回去了，”她说。她弯下腰拿起包好的丝巾，没有打开看，就把它放进手提包里。

“不再喝点茶吗？”我问。

她耸了耸肩。“那就再来一点吧。”

我给她满上。佐知子看着我，然后说：“要是不方便——我是说今天晚上——也没有关系。万里子这么大了，可以一个人待着。”

“不要紧。我肯定我丈夫不会反对的。”

“你太好了，悦子，”佐知子有气无力地说。“也许我应该警告你。我女儿这几天情绪很不好。”

“没关系，”我笑着说。“我得习惯小孩子的各种脾气。”

佐知子又慢慢地喝起茶来，好像并不急着回去。然后放下茶杯，呆呆地看着自己的手背。

过了好一会儿，她终于开口说道：“我知道那时长崎这里遭受了可怕的事情。可是东京的情况也很坏。一周又一周，情况糟透了，不见好转。后来，我们都住在地道和破房子里，到处都是废墟。住在东京的人都目睹了一些可怕的事情。万里子也是。”她还是盯着自己的手背。

“是的，”我说。“那段时间一定很艰难。”

“这个女人。你听万里子说起的这个女人。是万里子在东京看到的。她在东京还目睹了一些其他的事情，一些可怕的事情，可是她一直记得那个女人。”她把手翻过来，看着手心，一会儿看看这手，一会儿看看那手，像是在作比较。

“而这个女人，”我说。“在空袭中被炸死了？”

“她自杀了。他们说她割断了自己的喉咙。我不知道她是谁。事情是这样的，那天早上万里子跑了出去。我不记得她为什么跑出去了，可能是在为什么事情生气。反正她跑到街上去了，所以我去追她。那时还很早，周围没有人。万里子跑进一条小巷子里，我跟了过去。小巷的尽头是一条运河，那个女人跪在那里，前臂浸在水里。一个年轻女人，很瘦。我一看见她就知道有什么不对劲。你瞧，悦子，她转过来，对万里子笑了笑。我知道有什么不对劲，万里子肯定也感觉到了，因为她停下不跑了。一开始我以为那个女人是个瞎子，因为她的眼神，她的眼睛好像什么也看不见。然后，她把手臂从水里拿出来，让我们看她抱在水底下的东西。是个婴儿。我拉住万里子，离开了那条巷子。”

我没有说话，等着下文。佐知子拿起茶壶给自己倒了些茶。

“正如我刚才说的，”她说，“我听说那个女人自杀了。几天以后。”

“那时万里子几岁？”

“五岁，快六岁了。她在东京还目睹了一些其他的事情。可是她一直记得那个女人。”

“她全看见了？她看见婴儿了？”

“是的。其实，很长时间里，我以为她并不懂得她看见的事情。那天之后她并没有提起这件事。那时她也没有特别不安。直到一个月左右以后，她才第一次提起这件事。那时我们睡在一栋老建筑里。我半夜醒来，看见万里子站着，盯着门口看。那里没有门，只有一个出入口。而万里子站着，盯着那里。我吓坏了。你知道，那个房子没有门，什么人都可以进去。我问万里子怎么了，她说有个女人站在那里看着我们。我问是什么样的女人，她说是那天早上我们看见的那个。站在门口看着我们。我起来看了看，可是那里并没有人。当然了，很可能是有个女的曾站在那里。那里什么人都可以进去。”

“我明白了。万里子把她当作你们见到的那个人了。”

“我猜想是这样的。不管是怎么回事，事情就是这样开始的，万里子对那个女人的幻想。我以为她长大以后就会好了，可是最近又开始了。如果今天晚上她又说起这个，请不要理她。”

“好的，我知道了。”

“你知道小孩子就是这样，”佐知子说。“他们编一些事情来玩，结果分不清哪些是真的、哪些是假的。”

“是的，我想这一点儿都不奇怪。”

“你瞧，悦子，万里子出生的时候很艰难。”

“是的，一定是这样的，”我说。“我很幸运。我知道。”

“那时很艰难。也许我不应该那时结婚。毕竟大家都看得出来战争快来了。可是话说回来，悦子，没有人知道战争是什么样的，那时没有。我嫁入了一个很有名望的家庭。我从没想到战争会造成这么大的影响。”

佐知子放下茶杯，一只手捋了一下头发。然后她很快地笑了一笑。“至于今天晚上，悦子，”她说，“我女儿很会自己跟自己玩。所以请不用太费心。”

说起儿子时，藤原太太的脸常常变得疲倦。

“他一天天变老，”她说。“很快他就只剩下老姑娘可挑了。”

我们坐在她的面摊前的水泥空地。一旁几张桌子上有一些上班族在吃午饭。

“可怜的和夫，”我笑了笑，说。“不过我可以理解他的感受。

美智子小姐的事太令人伤心了。而且他们订婚很长时间了，对吧？”

“三年。我从不明白干吗要订婚这么长时间。没错，美智子是个好女孩。我肯定她会第一个同意我的观点，和夫不应该再这样想着她了。她会希望和夫继续好好地生活下去。”

“不过和夫一定很难过。计划了那么多年的事情最后变成这个样子。”

“可是这些都已经过去了，”藤原太太说。“我们都应该把以前的事放在身后。你也是，悦子，我记得以前你难过极了。可是你挺过来了，继续生活。”

“是的，不过我很幸运。那个时候绪方先生对我很好。要是没有他，我不知道我会怎样。”

“是啊，他对你很好。而且当然了，你因此认识了你丈夫。不过这是你应得的。”

“要是绪方先生没有收留我，我真不知道我现在会怎样。不过我可以理解他是多么伤心——我是指您的儿子。即使是我，我有时也会想起中村君。我忍不住。有时候我醒过来，忘了自己在哪里。我以为我还在这里，在中川……”

“好了，悦子，别说了。”藤原太太看了我好一会儿，然后叹了口气。“不过我也是。像你说的，早上，醒来的时候，这事趁你不注意的时候就会找上你。我常常醒过来，心想我得赶快起来给大家准备早饭。”

我们谁也不说话了。过了一会儿，藤原太太笑了笑。

“你太坏了，悦子，”她说。“瞧，你让我都说了这些话。”

“我太傻了，”我说。“不管怎么说，中村君和我，我们之间从来都没有什么。我是说，我们并没有定下什么事。”

藤原太太还是看着我，出神地点了点头。这时，空地那一边的一个客人站了起来，准备离开。

我看着藤原太太走向他，是个穿着衬衫的整洁的年轻人。他们互相鞠躬，然后愉快地聊了起来。那人扣上公文包时说了些什么，藤原太太开心地笑了。他们又互相鞠了一躬，然后那人消失在午后上班的人群里。我刚好利用这个时间调整一下情绪。藤原太太回来时，我说：

“我得走了。眼下您忙得很。”

“你坐着休息吧。你才刚来。我给你弄点吃的。”

“不，不用了。”

“听我说，悦子，你要是不在这里吃，可得再过一个小时才能吃到午饭。你知道现在规律的饮食对你来说多么重要。”

“是，我想是的。”

藤原太太细细地看了我一会儿，然后说：“你现在有那么多的盼头，悦子。你在为什么事情不开心呢？”

“不开心？可我一点儿也没有不开心。”

她还是看着我，我紧张地笑了笑。

“孩子出生以后，”她说，“你就会开心起来了，相信我。而且你会是个好母亲的，悦子。”

“我希望如此。”

“你肯定会的。”

“是。”我抬起头来，笑了。

藤原太太点了点头。然后再次站起身来。

佐知子的小屋里越来越暗——屋里只有一盏灯笼——起先我以为万里子在盯着墙上的黑点。她伸出一根指头，那个东西动了一下。这时我才发现是一只蜘蛛。

“万里子，别碰它。这样不好。”

她把双手都放到背后，不过还是盯着蜘蛛看。

“以前我们养了一只猫，”她说。“在我们到这里来之前。那只猫会抓蜘蛛。”

“我知道了。住手，别碰它，万里子。”

“可是它没有毒。”

“是没有毒，可是别碰它，很脏。”

“以前我们养的那只猫，它会吃蜘蛛。我要是吃蜘蛛会怎么样？”

“我不知道，万里子。”

“我会生病吗？”

“我不知道。”我接着做我带来的针线活。万里子继续盯着蜘蛛。最后她说：“我知道你今晚晚上为什么过来。”

“我来是因为小女孩自己一个人待着不好。”

“是因为那个女人。是因为那个女人可能会再来。”

“你干吗不再多拿些画给我看呢？你刚才给我看的那些很漂亮。”

万里子没有回答，走向窗户，看着外面。

“你妈妈很快就回来了，”我说。“你干吗不再多拿些画给我看呢？”

万里子还是看着外面。最后，她回到去看蜘蛛前坐着的角落。

“你今天都做了什么，万里子？”我问。“你画画了吗？”

“我跟小胖和小美玩。”

“太好了。他们住在哪里？公寓里吗？”

“它是小胖”——她指了指身旁的一只黑色小猫——“它是小美。”

我笑了。“哦，我明白了。是可爱的小猫，是吗？不过你不和别的孩子玩吗？住在公寓里的孩子？”

“我跟小胖和小美玩。”

“可是你应该试着和别的孩子交朋友。我肯定他们都是好孩子。”

“他们偷了花花。那是我最喜欢的小猫。”

“他们偷了小猫？哦天啊，他们为什么要这么做？”

万里子开始抚摸小猫。“现在我没有花花了。”

“也许它很快就会出现了。我肯定那些孩子只是玩一玩。”

“他们杀了它。现在我没有花花了。”

“哦。他们怎么会做这种事？”

“我向他们扔石头。因为他们说了难听的话。”

“啊，你不应该扔石头，万里子。”

“他们说了难听的话。说妈妈。我向他们扔石头，他们就偷走了花花，不把它还回来。”

“咳，你还有其他的小猫啊。”

万里子又朝窗户走去。她的个子刚好够让她把手肘靠在窗沿上。有几分钟的时间，她看着外面，脸贴在窗户上。

“我想出去，”她突然说。

“出去？可是已经很晚了，外面很黑。而且你妈妈就快回来了。”

“可是我想出去。”

“待在这里，万里子。”

她还是看着外面。我试着看看她看到了什么；从我坐的地方我只看到一片漆黑。

“也许你应该对其他孩子好一点。这样你就可以和他们交朋友了。”

“我知道妈妈为什么叫你来。”

“你要是扔石头，怎么能交得到朋友呢？”

“是因为那个女人。是因为妈妈知道那个女人。”

“我不知道你在说什么，万里子。再跟我说说你的小猫。它们长大一些，你还会再给它们画画吗？”

“是因为那个女人可能会再来。所以妈妈叫你来。”

“我想不是这样。”

“妈妈见过那个女人。前两天的一个晚上，她看见她了。”

我猛地停下手里的针线活，抬起头来看万里子。她不再看着窗外，而是面无表情地看着我，样子很奇怪。

“你妈妈是在哪里看见这个——这个人的？”

“那里。在那里看见的。所以她叫你来。”

万里子离开窗户，回到她的小猫身边。母猫出现了，小猫都偎依到妈妈怀里。万里子在它们旁边躺下，小声地说起话来。她的低语让人隐隐地觉得不安。

“你妈妈就快回来了，”我说。“她现在会在干什么呢？”

万里子仍旧在低语。

“她跟我说了好多弗兰克的事，”我说。“他听上去是个好人。”

万里子不做声了。一刹那间，我们面面相觑。

“他是个坏蛋，”万里子说。

“你这样说可不好，万里子。你妈妈跟我说了好多弗兰克的事，他听上去确实是个好人。而且我相信他对你很好，不是吗？”

她站起来，走向墙壁。蜘蛛还在那里。

“对，我相信他是个好人。他对你很好，不是吗，万里子？”

万里子伸出手去。蜘蛛沿着墙壁慢慢地爬着。

“万里子，别碰它。”

“我们在东京养的那只猫，它会抓蜘蛛。我们本来要把它带来的。”

蜘蛛挪了地方以后，我看得更清楚了。它的腿又粗又短，每一条腿都在黄色的墙壁上投下一道阴影。

“它是只好猫，”万里子接着说。“它本来要和我们一起来长崎。”

“你们带它来了吗？”

“它不见了。我们出发的前一天。妈妈答应说我们可以带上它的，可是它不见了。”

“这样啊。”

她突然伸出手去，抓住了蜘蛛的一条腿，把它从墙壁上拿下来。其他几条腿在空中疯狂地乱舞。

“万里子，放开它。它很脏。”

万里子把手翻过来，蜘蛛爬到她的手掌上。她把另一只手盖上，把蜘蛛关在里面。

“万里子，放开它。”

“它没有毒，”她说，向我走来。

“没有毒，可是很脏。放回角落去。”

“可是它没有毒。”

她站在我面前，蜘蛛合在她手里。我从她的手指缝里看见蜘蛛的一条腿在慢慢地、有节奏地抖动。

“把它放回角落去，万里子。”

“我把它吃了会怎么样？它没有毒。”

“你会得重病的。好了，万里子，把它放回角落去。”

万里子把蜘蛛拿到嘴边，张开嘴巴。

“别傻了，万里子。很脏。”

她张大嘴巴，然后分开合着的手，蜘蛛掉在我的正前方。我吓得往后退。蜘蛛飞快地沿着榻榻米跑进我身后的黑暗里去。我过了一会儿才回过神来，这时万里子已经跑出小屋了。

第六章

我不知道那天晚上我找她找了多久。应该是挺久的，因为那时我的肚子已经很大了，我总是当心行动不能太匆忙。而且，到了外面，我突然发现走在河边十分惬意。河岸上有块地方草长得很高。那天晚上我一定是穿着木屐，因为我清楚地记得草在我脚边的感觉。我走着，身边一直萦绕着昆虫的叫声。

最后我终于听出来其中有个沙沙的声音，像有条蛇在我身后的草地里爬行。我停下来细听，发现了声音的来源；一条旧绳子缠在我的脚踝上，我在草地里一直拖着它。我小心地把它从脚上解下来。我把它拿到月光底下，它在我手指里湿漉漉的，满是泥。

“喂，万里子，”我喊道，她就坐在我前面不远的草丛里，蜷起腿，下巴靠在膝盖上。一棵柳树——河岸上有几株柳树——垂到她坐的地方。我往前走了几步，把她的脸看得更清楚些。

“那是什么？”她问。

“没什么。我走路时，它缠住我的脚了。”

“到底是什么？”

“没什么，只是一条旧绳子。你为什么跑到这里来？”

“你要一只小猫吗？”

“一只小猫？”

“妈妈说我们不能带着小猫。你要一只吗？”

“我不想要。”

“可是我们得赶快帮它们找到一个家。不然妈妈说我们就得把它们淹死。”

“那太遗憾了。”

“你可以要小胖。”

“这得看看。”

“你干吗拿着那个？”

“我说了，没什么。它缠住我的脚了。”我往前一步。“你这是做什么，万里子？”

“做什么？”

“你刚刚的表情很奇怪。”

“我没有。你干吗拿着绳子？”

“你刚刚的表情很奇怪。非常奇怪。”

“你干吗拿着绳子？”

我注视了她一会儿。她的脸上露出害怕的样子。

“那么，你不想要小猫吗？”她问。

“不，我不想要。你是怎么了？”

万里子站了起来。我走到柳树底下，看见小屋在不远处，屋顶的颜色比天空深。我听见万里子跑进黑暗里的脚步声。

我回到小屋的门口，听见里面传来佐知子生气的声音。我进屋时，母女俩都转过来看我。佐知子站在屋子中央，她女儿在她面前。她精心打扮的脸在灯笼的照射下像一张面具。

“恐怕万里子给你添麻烦了，”她对我说。

“啊，她跑到外面去了……”

“跟悦子道歉。”她狠狠地抓着万里子的胳膊。

“我还要出去。”

“你不许动。马上道歉。”

“我要出去。”

佐知子举起一只手重重地打孩子的大腿背。“马上跟悦子道歉。”

万里子的眼睛里闪烁着小小的泪珠。她很快地瞥了我一眼，然后转向她妈妈。“你为什么老是出去？”

佐知子再次举起手来警告她。

“你为什么老是和弗兰克出去？”

“你要不要道歉？”

“弗兰克像猪一样撒尿。他是臭水沟里的猪。”

佐知子吃惊地看着她的孩子，手停在半空中。

“他喝自己的尿。”

“住嘴。”

“他喝自己的尿，还在床上大便。”

佐知子还是生气地盯着她，人却呆住了。

“他喝自己的尿。”万里子挣开佐知子的手臂，若无其事地走过客厅。走到玄关，她转过身来，回瞪着她妈妈。“他像猪一样撒尿，”她又说了一遍，然后跑了出去。

佐知子还是盯着玄关，显然忘了我的存在。

“不去追她吗？”过了一会儿，我说。

佐知子看着我，好像稍微缓过来了。“不用，”她边说边坐下来。“别管她。”

“可是已经很晚了。”

“别管她。她高兴了就会回来了。”

水壶已经在炉子上滚了好一会儿了。佐知子把它从火上拿开，开始泡茶。我看了她一会儿，然后静静地问：

“找到你的朋友了吗？”

“是的，悦子，”她说。“我找到他了。”她继续泡茶，没有抬起头来看我。然后她说：“太谢谢你今天晚上到这里来了。我为万里子的事道歉。”

我还是看着她。最后，我说：“你现在打算怎么办？”

“打算怎么办？”佐知子添满茶壶，把剩下的水倒到火里。“悦子，我跟你说过很多次了，对我来说最重要的是我女儿的幸福。这是我优先考虑的。毕竟我是个母亲。我不是什么不懂得自重的年轻酒吧女郎。我是个母亲，我女儿的利益是第一位的。”

“当然。”

“我打算给我的伯父写信。我要告诉他我的行踪，他有权知道我现在的情况，我会都告诉他。然后他同意的话，我要跟他商量我们有没有可能回那里去。”佐知子双手拿起茶壶，轻轻地摇晃起来。“事实上，悦子，我很高兴事情变成这个样子。想象一下我女儿会多么的不习惯，突然发现自己在一个都是老外的地方，一个都是老美的地方。突然有一个老美做爸爸，想象一下她会多么不知所措。你明白我说的话吗，悦子？她这辈子已经有太多的动荡不安了，她应该找个地方安顿下来。事情变成这个样子也好。”

我嘟囔了一声表示同意。

“孩子，悦子，”她接着说，“就意味着责任。你很快就会明白这点了。这就是他害怕的，谁都看得出来。他怕万里子。这个，我不能接受，悦子。我必须先考虑我的女儿。事情变成这个样子也好。”她的手还在摇晃着茶壶。

“你一定很失望吧，”最后，我说道。

“失望？”——佐知子笑了——“悦子，你以为这种小事会让我失望吗？我在你这个年纪时也许会。可是现在不会了。过去这几年，我经历了太多的事情。不管怎样，我料到会这样。哦没错，我一点也不惊讶。我料到了。上次，在东京，也差不多是这样。他不见了，把我们的钱都花光了，三天内全都喝光了。其中很多是我的钱。你知道吗？悦子，我甚至在旅馆里当女佣。没错，当女佣。可是我不抱怨，我们钱凑得差不多了，再过几个星期我们就可以坐船去美国了。可是他把钱全喝光了。那么多个星期，我跪在地上擦地板，可是他三天内就全都喝光了。这次他又来了，和一文不值的酒吧女郎泡在酒吧里。我怎么能把我女儿的未来交到他这种人的手上？我是个母亲，我必须先考虑我的女儿。”

我们又都不说话了。佐知子把茶壶放下，盯着它。

“我希望你伯父能理解你，”我说。

她耸了耸肩。“至于我伯父，悦子，我会和他商量的。我愿意为了万里子而这么做。他要是不同意，我就再想别的办法。反正我不打算陪着一个洋酒鬼去美国。我很高兴他找了个酒吧女郎陪他喝酒，我肯定他们真是般配。可是至于我，我要做对万里子最好的事情，这就是我的决定。”

佐知子又盯着茶壶看了一会儿。然后她叹了一口气，站了起来，走向窗户，往外看。

“我们现在不去找她吗？”我说。

“不用，”佐知子边看着窗外边说。“她很快就会回来了。她想待在外面就让她待在外面吧。”

如今的我无限追悔以前对景子的态度。毕竟在这个国家，像她那个年纪的年轻女孩想离开家不是想不到的。我做成的事似乎就是让她在最后真的离开家时——事情已经过去快六年了——切断了和我的所有关系。可是我怎么也想不到她这么快就消失得无影无踪；我所能预见的是待在家里不开心的女儿会发现承受不了外面的世界。我是为了她好才一直强烈反对她的。

那天早上——妮基来的第五天——我很早就醒过来，脑子里的第一个念头是我没有听到这几个晚上和清晨都能听到的雨声。然后我想起了是什么让我醒过来。

我躺在被窝里，来来回回地看在微光中依稀可见的东西。几分钟后，我感觉平静了一些，就又闭上眼睛。可是我并没有睡。我想着那个房东——景子的房东——想着她是怎样终于打开曼彻斯特的房门的。

我睁开眼睛，又看着房间里的东西。最后我爬起来，穿上晨衣，去盥洗室。我小心不吵醒睡在我隔壁客房里的妮基。当我走出盥洗室时，我在楼梯口站了一会儿。楼梯的那边，走廊的尽头，可以看见景子的房门。门和平时一样关着。我直盯着门，然后往前迈开步子。最后我来到了房门前。我站在那里，好像听见一个细小的声音，是里面传来的动静。我又听了一会儿，可是什么也听不见了。我伸出手去，打开门。

灰暗的光线里，景子的房间显得凄凉；床上只有一条床单，旁边是她的白色梳妆台，地上有几个纸板箱，装着她没有带到曼彻斯特去的东西。我走进房间。窗帘开着，我能看见下面的果园。天空露出鱼肚白；似乎没有在下雨。窗户下、草地上，两只鸟在啄着掉下来的苹果。这时，我开始觉得冷，于是回到自己的房间。

“我的一个朋友在写一首关于你的诗，”妮基说。我们正在厨房里吃早饭。

“关于我？为什么呢？”

“我跟她说了你的事，她就决定要写一首诗。她是个才华横溢的诗人。”

“一首关于我的诗？太荒唐了。有什么可写的？她都不认识我。”

“我说了，妈妈，我跟她说了你的事。她理解人的能力真是惊人。你瞧，她自己也经历了很多事情。”

“我明白了。你这个朋友几岁？”

“妈妈，你总是关心别人几岁。人重要的不是年龄，而是经历。有的人活到一百岁也没经历过什么事。”

“我想是的。”我笑了，瞥了一眼窗子。外面下起了蒙蒙细雨。

“我跟她说了你的事，”妮基说。“你的、爸爸的，还有你们是怎么离开日本的。她听了以后印象深刻。她能体会事情是什么样的，知道做起来并不像听起来的那么容易。”

我盯着窗子看了一会儿。然后我很快地说：“我相信你的朋友一定能写出一首好诗。”我从水果篮里拿了一个苹果，妮基看着我拿起小刀来削。

“很多女人，”她说，“被孩子和讨厌的丈夫捆住手脚，过得很不开心。可是她们没有勇气改变一切。就这么过完一生。”

“嗯哼。所以你是说她们应该抛弃孩子，是吗，妮基？”

“你知道我的意思。人浪费生命是悲惨的。”

我没有做声，虽然我女儿停了下来，像是在等着我回答。

“一定很不容易，你做的那些，妈妈。你应该为你所做的感到自豪。”

我继续削苹果。削完后，拿纸巾擦干手指。

“我的朋友们也都这么想，”妮基说。“那些知道你的事的。”

“我真是受宠若惊。谢谢你那些了不起的朋友。”

“我只是说说而已。”

“你已经把意思说得很清楚了。”

也许那天早上我没有必要敷衍她，不过妮基一直觉得应该在这些事情上把我劝开。再者，其实她并不知道我们在长崎的最后那段日子究竟发生了什么。她可能是通过她父亲告诉她的事构建了一些图画。这样的图画不可避免是不准确的。事实上，虽然我的丈夫写了很多令人印象深刻的关于日本的文章，但是他从不曾理解我们的文化，更不理解二郎这样的人。我并非在深情地怀念二郎，可是他绝不是我丈夫想的那种呆呆笨笨的人。二郎努力为家庭尽到他的本分，他也希望我尽到我的本分；在他自己看来，他是个称职的丈夫。而确实，在他当女儿父亲的那七年，他是个好父亲。不管在最后的那段日子里，我如何说服自己，我从不假装景子不会想念他。

不过这些事情都已经过去了，我也不愿再去想它们。我离开日本的动机是正当的，而且我知道我时刻把景子的利益放在心上。再想这些也没什么用了。

我正在修剪窗台上的盆栽，弄着弄着，突然发觉妮基很安静。

我转过头去看她，她站在壁炉前，视线越过我，看着外面的园子。我回头看窗外，顺着她的视线看她在看什么；虽然玻璃上有雾，但仍然可以看清楚花园。妮基好像是在看着篱笆附近，那里风和雨打进来，打乱了支撑幼小的西红柿的藤。

“我想那些西红柿今年是不行了，”我说。“我都没怎么去管它们。”

我仍旧看着那些藤，突然听见抽屉被打开的声音。我再次转过头去，妮基正在翻抽屉。早饭后，她决定把她爸爸在报纸上发表的文章统统读一遍，一早上大部分时间花在了翻找家里的抽屉和书架上。

我继续整理我的盆栽；盆栽有不少，杂乱地堆满窗台。身后，我能听见妮基翻抽屉的声音。突然她又没有声响了。我转过头去时，她的视线再次越过我，看着外面的园子。

“我要去喂金鱼，”她说。

“金鱼？”

妮基没有回答就走了出去，一会儿我看见她大步走过草坪。我擦掉玻璃上的一块雾，看着她。妮基走到花园的尽头，走到假山中的鱼池。她把饲料倒进鱼池，在那里站了几秒钟，盯着鱼池。我可以看见她的侧影；她很瘦，虽然穿着时髦衣服，却明显还是有些孩子气。我看着风吹乱她的头发，心想她怎么不穿外衣就出去了。

往回走时，她在西红柿边上停下。尽管雨点不小，她还是站在那里观察了它们一会儿。接着她走近几步，开始小心翼翼地把藤弄直起来。她扶起几根完全倒下去的藤，然后蹲了下来，膝盖几乎碰到了湿漉漉的草地，把我放在地上、用来赶走偷吃的鸟儿的网弄正。

“谢谢你，妮基，”她进屋时我对她说。“你太有心了。”

她嘟囔了一声，在长靠背椅上坐下。我注意到她变得有些不好意思。

“我今年真的没怎么去管那些西红柿，”我又说道。“不过我想也没什么关系。现在那么多的西红柿我都不知道该怎么办。去年，我把大部分都给了莫里森夫妇。”

“哦天啊，”妮基说，“莫里森夫妇。亲爱的莫里森老两口怎么样了？”

“妮基，莫里森夫妇都是很好的人。我想不通你干吗要这么瞧不起他们。以前你和卡西还是最好的朋友。”

“哦没错，卡西。她最近怎么样了？还住在家里吧，我想？”

“啊，是的。她现在在银行上班。”

“很像她。”

“在我看来，她这个年纪做这个再适合不过了。还有，玛里琳结婚了，你知道吗？”

“哦是吗？她嫁给谁了？”

“我不记得她丈夫是做什么的了。我见过他一次。他看来很讨人喜欢。”

“我猜他是个教区牧师之类的。”

“好了，妮基，我真是想不通你为什么非得用这种语气。莫里森夫妇一直对我们很好。”

妮基不耐烦地叹了口气，说：“他们做事的方式就是让我讨厌。比如说他们教育孩子的方式。”

“可是你好几年没见到莫里森夫妇了。”

“我以前认识卡西时已经见得够多的了。他们那种人真是无药可救。我想我应该替卡西难过。”

“你就因为卡西没有像你一样到伦敦去住而责怪她？我得说，妮基，这可不像你和你的朋友们所标榜的宽容大度。”

“哦，没关系。反正你也不明白我在讲什么。”她瞥了我一眼，然后又叹了一口气。“没关系，”她看着另一边，又说了一次。

我又盯着她看了一会儿。最后，我转回窗台，继续摆弄我的盆栽，没有说话。

“你知道，妮基，”几分钟后我说道，“我很高兴你有处得来的好朋友。毕竟，现在你要过自己的生活。这是自然的。”

我的女儿没有做声。我看了她一眼，她正在看从抽屉里找到的一份报纸。

“我很想见见你的朋友，”我说。“随时欢迎你带他们到这里来。”

妮基轻轻地甩了一下头，不让头发遮住视线，继续看报纸，脸上露出专注的神情。

我重新回到盆栽上，因为这些信号我再明白不过了。每当我打探她在伦敦的生活，妮基就摆出一副微妙的、但是相当斩钉截铁的态度；她用这种方式告诉我，我不应该再问下去，不然会后悔。结果，我对她目前生活的认识大部分都是靠猜想。可是，在她的信里——妮基总是记得写信——她提到了一些在谈话中不可能涉及的东西。比如说，我就是从信里知道她的男朋友叫大卫，在伦敦的一所大学里学政治。可是在谈话中，要是我问到他好吗，我知道那道障碍马上就会严严实实地落下。

如此强烈地保护自己的隐私让我想起了她的姐姐。因为事实上，我的两个女儿有很多共同点，比我丈夫承认的要多得多。在他看来，她们是完全不同的；而且，他形成这么一种看法，认为景子天生就是一个难相处的人，对此我们无能为力。其实，虽然他从未直说出来，但是他会暗示说景子从她爸爸那里继承了这种性格。我没有反驳，因为这是最简单的解释：怪二郎，不怪我们。当然了，我丈夫并不知道小时候的景子是什么样的；他要是知道的话，就会发现这两个女孩在小时候有多像。都是火爆脾气，都有很强的占有欲；生气的话，不会像其他孩子那样很快忘记他们的怒火，而是会闷闷不乐一整天。可是，一个长成了快乐、自信的年轻姑娘——我对妮基的未来充满信心——另一个越来越不快乐，最终结束了自己的生命。我并不像我丈夫那样，觉得可以把原因简单地归咎于天性或二郎。可是，这些事情都已经过去了，再想也没什么用了。

“对了，妈妈，”妮基说。“今天早上是你吧？”

“今天早上？”

“早上我听见一些动静。很早的时候，大概四点吧。”

“很抱歉吵到你了。对，是我。”我笑了起来。“怎么了，你以为还会是谁呢？”我还在笑，一时停不下来。妮基瞪着我，报纸还摊在她面前。“哦，对不起我把你吵醒了，妮基，”我终于止住了笑，说道。

“没关系，反正我已经醒了。这几天我好像都睡不好。”

“换了房间也睡不好？你可能得去看医生。”

“我可能会去。”妮基说道，又继续看报纸。

我放下一直拿着的大剪刀，转向她。“你知道，很奇怪。今天早上我又做了那个梦。”

“什么梦？”

“我昨天跟你说的那个，不过我想那时你没有在听。我又梦见了那个小女孩。”

“哪个小女孩？”

“那天我们在村里喝咖啡时看见的，在荡秋千的那个。”

妮基耸了耸肩。“哦，那个，”她没有抬头，说。

“其实，根本不是那个小女孩。今天早上我意识到这一点。看似是她，但其实不是。”

妮基又一次抬起头来看着我，然后说：“我想你是指她。景子。”

“景子？”我微微地笑了。“多奇怪的想法。为什么是景子呢？不，跟景子没有关系。”

妮基还是不确定地看着我。

“只是我以前认识的一个小女孩，”我说。“很久以前。”

“哪个小女孩？”

“你不认识。我很久以前认识的。”

妮基又耸了耸肩。“我甚至压根就无法入睡。我想昨天晚上我只睡了大概四个小时。”

“太让人担心了，妮基。特别是在你这种年纪。你可能得去看医生。你随时可以去找弗格森医生。”

妮基又做了个不耐烦的动作，继续看她爸爸登在报纸上的文章。我看了她一会儿。

“其实，今天早上我还意识到别的事情，”我说。“关于那个梦的。”

我女儿似乎没有在听。

“你瞧，”我说，“那个小女孩根本不是在秋千上。一开始好像是秋千。但其实她不是在秋千上。”

妮基嘟囔了句什么，继续看报纸。

第二部

第七章

夏天越来越热，公寓区旁的那片空地也让人越来越不能忍受。大部分的土干得裂开了，而雨季里积的雨水却还留在凹下去的沟和坑里。空地滋生各种虫子，其中蚊子最多，随处可见。公寓里的人一直在抱怨，可是几年以后，对那块空地的愤怒逐渐变成了听之任之、冷嘲热讽。

那年夏天我经常要穿过那块空地到佐知子的小屋去，这段路真够讨厌的；虫子飞进你的头发，地面的裂缝里看得到大大小小的蚊子。我至今仍清楚地记得那段路，那一趟趟来回——还有对即将做妈妈的担心，还有绪方先生的来访——使得那个夏天与众不同。可是除此之外，那个夏天跟别的夏天没什么两样。很多时候——后来几年也是——我都呆呆地望着窗外的景色。晴朗一些的日子里，我能看见河对岸的树后面淡淡的山的轮廓，映着白云。那景色还挺好看，有时还能带给我难得的消遣，打发我在公寓里的那一个个漫长、无聊的下午。

除了空地的事，那年夏天小区的人还关心其他话题。报纸上都在说占领快结束了，东京的政客们忙着吵来吵去。公寓里的人也经常谈论这件事，但跟讲起空地一样，带着冷嘲热讽。大家更关心的是儿童谋杀案的报道，案件震惊了当时的长崎。先是一个男孩，后来是一个小女孩发现被殴打致死。当发现第三名受害者时——又一个小女孩被吊死在树上——小区里的妈妈们几乎惊慌失措。虽说事件都发生在城市的另一头，但这丝毫不能减轻人们的恐惧：小区里几乎看不见小孩子的身影，尤其是在晚上。

我不清楚当时的那些报道让佐知子担心到什么程度。诚然她似乎不像以前那样把万里子一个人留下，可是后来我怀疑这更主要的是因为她生活中的其他进展；她收到了她伯父的回信，说愿意让她们回去住，之后我很快就发现佐知子对小女孩的态度变了：她对孩子似乎更有耐心、更加随和了。

收到她伯父的来信后，佐知子大大地松了一口气，一开始我毫不怀疑她会回去。然而，日子一天天过去，我开始怀疑她的打算。一方面，收到信后的几天，我发现佐知子没有把这件事情告诉万里子。后来，几周过去了，佐知子不仅没有准备离开，我发现她也没有给她伯父回信。

要不是佐知子特别不愿提起她伯父家，我想我不会去想这个事情。我越来越好奇。虽然佐知子三缄其口，我还是知道了一些事情；比如说，这个伯父似乎并不是佐知子的血亲，而是她丈夫那边的亲戚；佐知子是在到他家来的几个月前才知道他的。这个伯父很有钱，他的房子不是一般的大——而且就只住着他、他女儿和一个女佣——所以足以腾出空间来让佐知子和她的小女儿住。其实佐知子不只一次地说到那所房子大部分都是空的，静悄悄的。

我对这个伯父的女儿特别好奇。据我所知，她与佐知子年纪相仿，没有结婚。佐知子很少提起她的表姐，可是我清楚地记得那时的一次交谈。当时我认为佐知子之所以迟迟不回她伯父家去是因为她和她的表姐不和。那天早上我一定是试探着跟佐知子说起这个，因而打开了她的话匣子，佐知子很少直说她在她伯父家里的生活，那次是少有的几次之一。那次交谈如今仍历历在目；那是八月中旬的一个没有风的、干燥的早上，我们站在山顶的桥上等进城的电车。我不记得那天我们是要去哪里，也不记得是在哪里离开万里子的——我记得孩子没有和我们在一起。佐知子看着远处的风景，举起一只手来挡着脸，遮住太阳。

“我搞不懂，悦子，”她说，“你怎么会有这种想法。恰恰相反，安子和我是最好的朋友，我也很想再见到她。我真不明白你怎么会想得刚好相反，悦子。”

“对不起，我一定是弄错了，”我说。“不知怎么的，我觉得你不大想回那里去。”

“没有的事，悦子。我们刚认识时，确实是，那时我正在考虑其他的可能性。可是一个母亲应该考虑出现的、给孩子的各种机会，难道应该为此受到责备吗？只是有一阵子，我们似乎有一个不错的选择。但是进一步考虑之后，我放弃了。事情就是这样，悦子，现在我对这些计划都没有兴趣了。我很高兴事情有了最好的结局，现在我盼着回到我伯父家去。至于安子，我们都十分尊敬对方。我不明白是什么让你有相反的想法，悦子。”

“真的很抱歉。我只是记得有一次你提到了吵架什么的。”

“吵架？”她看了我一会儿，然后脸上露出了笑容。“哦，我知道你指什么了。不，悦子，那不是吵架。那只是小小的口角。为了什么来着？你瞧，我都不记得是为了什么事了，太小的事了。哦对了，没错，我们在争谁来准备晚饭。对，没错，就为了这个。你瞧，悦子，那时我们轮流做饭。女佣做一个晚上，再来是我表姐，然后轮到我。一天轮到女佣做饭，她却病了，安子和我两个人都争着要做。你千万别误会，悦子，我们通常相处得很好。只是当你老是见到同一个人、见不到别人时，有时难免会有摩擦。”

“是的，我很理解。对不起，我误会了。”

“要知道，悦子，当有女佣帮你做所有的杂事时，时间就过得出奇的慢。安子和我都找些这样、那样的事来做，可是整天除了坐着聊天以外实在是没什么好做的。那几个月，我们一起坐在那所房子里，几乎见不到什么外人。我们没有真的吵起来真是奇迹。也许吧，我的意思是。”

“是的，确实如此。之前是我误会您了。”

“是啊，悦子，恐怕你是误会了。我记得这件事只是因为这是在我们离开之前不久发生的，从那以后我就再也没有见过我的表姐了。不过说那是吵架还真是好笑。”她笑了笑。“其实，我想安子要是想起这件事也会笑出来的。”

也许就是在那天早上我们决定在佐知子离开前，要找一天一起去哪里走走。而事实上，不久之后的一个炎热的下午，我陪佐知子母女去了稻佐山。稻佐山是长崎的山区，俯视港口，山上的景色很有名；稻佐山离我们住的地方不远——其实我从公寓的窗口看见的就是稻佐山——可是那时候，我极少外出，去稻佐山就成了一次远足。我记得那时我盼了好几天；我想这是我那些日子的美好回忆之一。

我们在下午最热的时候坐渡船到稻佐山去。港口的嘈杂声跟随着我们的船——铁锤的叮当声，机器的轰鸣声，时不时传来的低沉的船的汽笛声——在那个时候的长崎，这些声音可不是什么噪声；它们是重建的声音，当时仍然可以振奋人心。

到了对岸，那里的海风比较大，天气没有那么闷热了。我们坐在缆车站空地的长椅上，仍旧可以听到风传来的港口的声音。凉风习习，空地上还有难得的遮阳的地方，我们心里更加感激；这里只不过是一块水泥空地——那天空地上大多是母亲带着孩子——像个学校的操场。空地的一边，在一排旋转栅门后是缆车靠站的木站台。有好一会儿，我们坐在那里出神地看着缆车上上下下；一辆缆车慢慢地向山上升去，渐渐地变成空中的一个小点，而另一辆则越来越低，越来越大，最后停在站台上。栅门旁的小屋里，一个男的在控制一些操作杆；他戴着一顶帽子，每次缆车安全地停下来以后，他都要探出身来和围过来看的孩子们聊天。

我们决定坐缆车到山顶去，由此那天第一次遇见了那个美国女人。佐知子和女儿去买票，我一个人坐在长椅上。突然我注意到空地的另一头有个卖糖果和玩具的小摊。我想说不定可以买糖给万里子，就站起来走过去。两个孩子在我前面，争吵着要买什么。我等着他们，发现玩具里有一副塑料双筒望远镜。那两个孩子还在吵，我回头看了一眼空地。佐知子和万里子还站在栅门旁；佐知子好像在和两个女人讲话。

“您要什么，夫人？”

孩子们走了。小摊后站着一个穿着整洁的夏季制服的小伙子。

“我能试试这个吗？”我指了指双筒望远镜。

“当然可以，夫人。虽然只是玩具，但是能看得挺远的。”

我举起望远镜，抬头看山坡；望远镜居然能看得很清楚。我转向空地，发现佐知子母女在镜头里。佐知子今天穿着一件浅色和服，系着一条精致的腰带——我想那腰带是特殊场合才拿出来系的——她的姿态在人群里很优雅。她还在和那两个女人讲话，其中一个像是外国人。

“又是一个大热天啊，夫人，”我递给小伙子钱时他说。“你们要坐缆车吗？”

“我们正要去坐。”

“上面的风景很棒。山顶上那个是我们建的电视塔。到了明年，缆车就能直通那里了，直通山顶。”

“太好了。祝你今天过得愉快。”

“谢谢您，夫人。”

我拿着双筒望远镜走回去。虽然那时我并不懂英语，但是我马上猜到那个外国女人是美国人。她很高，一头红色的波浪发，戴着一副边角往上翘的眼镜。她在大声跟佐知子说话。看见佐知子那么自如地用英语回答她我很是吃惊。另外一个女人是日本人；胖胖的，四十岁上下，身边有个八九岁的敦实的小男孩。我走过去，向他们鞠躬问好，然后把双筒望远镜递给万里子。

“只是个玩具，”我说。“不过可以看见不少东西。”

万里子打开包装，认真地研究望远镜。她举起望远镜，先是看看空地，然后抬头看山坡。

“说谢谢，万里子，”佐知子说。

万里子只顾着看。然后她放下望远镜，把塑料绳套到脖子上。

“谢谢悦子阿姨，”她有点不情愿地说。

那个美国女人指着望远镜，用英语说了什么，笑了。双筒望远镜同样引起了那个敦实的小男孩的注意。他原本在看着山坡和下降的缆车，现在走近万里子，眼睛盯着望远镜。

“太谢谢了，悦子，”佐知子说。

“没什么。只是一个玩具。”

缆车到了，我们走过栅门，走上凹下去的木板。好像除了我们以外，那两个女人和那个男孩便是仅有的乘客了。戴帽子的男人走出他的小屋，引领我们一个个走进缆车。车厢里光秃秃的，就是个金属壳子。四面都有大窗户，两面长的墙壁下各有一条长椅。

缆车没有马上开动，而是在站台上停留了几分钟，那个敦实的小男孩开始不耐烦地走来走去。在我身边，万里子跪在长椅上看窗外。从我们这边的窗户可以看见空地和聚集在栅门旁的小观众们。万里子像是在测试望远镜的性能，一会儿把望远镜拿到眼前，一会儿又拿开。这时，敦实的小男孩走过来，也跪在她旁边的椅子上。一开始两个孩子谁也没有理谁。最后，那个男孩说：

“现在我要看。”说着伸手去要望远镜。万里子冷冷地看着他。

“阿明，不能这样要东西，”他妈妈说。“好好地跟小姐姐要。”

小男孩把手拿开，看着万里子。万里子回瞪着他。小男孩转身走到另一边的窗户去。

缆车启动了，栅门旁的孩子们朝我们挥手。我本能地抓住窗户旁的铁栏杆，那个美国女人紧张地叫了一声，笑了。空地越变越小，接着，山坡在我们底下移动；我们渐渐升高，缆车轻轻地摇晃着；有一会儿，树顶像是擦着窗户，突然我们的脚下空了，出现了一个巨大的山壑，我们悬在空中了。佐知子轻轻地笑了笑，指了指窗外的什么东西。万里子又拿起望远镜看。

缆车到了终点，我们小心翼翼地一个接一个出来，像是不能肯定自己已经到了坚实的地面。上面的这个站台没有水泥地，走出木地板就是一小片草地。除了引导我们出站台的穿着制服的男人以外，看不见其他人。草地后立着几张野餐用的木桌，几乎掩映在松树林里。草地的这边，我们下车的地方，有一道铁栅栏围住悬崖。我们大致搞清楚所在的方位后就走到栅栏边去看缓缓向下的山坡。过了一会儿，那两个女人和那个男孩也走了过来。

"太壮观了，不是吗？"那个日本女人对我说。"我带我的朋友饱览风光。她以前没来过日本。"

"这样啊。我希望她在这里玩得开心。"

"我希望如此。可惜我的英语说得不好。你的朋友说得比我好多了。"

"是啊，她说得很好。"

我们俩都看了一眼佐知子。她和那个美国女人又用英语聊开了。

"受到这么好的教育真好，"日本女人对我说。"好了，祝你们今天全都玩得愉快。"

我们互相鞠了鞠躬，日本女人朝她的美国客人招了招手，示意他们该走了。

"我能看一下吗？"敦实的小男孩生气地问，再次伸出手去。万里子像在缆车里那样盯着他。

"我想看，"小男孩说得更凶了。

"阿明，记住好好地跟小姐姐要。"

"求你！我想看。"

万里子又看了他一小会儿，才把塑料绳从脖子上拿下来，把望远镜递给小男孩。男孩举起望远镜朝栅栏那边看去。

"这个一点都不好，"他看了好一会儿后跟他妈妈说道。"没有我的那个好。妈妈，你看，都看不清楚那边的树。你看啊。”

他要把望远镜给他妈妈。万里子伸出手去拿，可是男孩一把闪开，又递给他妈妈。

“你看啊，妈妈。都看不见那边的树，近处的那些。”

“阿明，把望远镜还给小姐姐。”

“这个没有我的那个好。”

“好了，阿明，这么说话没有礼貌。你知道不是每个人都像你这么幸运。”

万里子伸手去拿望远镜，这次男孩放手了。

“跟小姐姐说谢谢，”他妈妈说。

小男孩什么也没说就走开了。他妈妈笑了笑。

“谢谢你，”她对万里子说。“你真好。”接着她又依次对佐知子和我笑了笑。“景色很漂亮，不是吗？”她说。“祝愿你们今天玩得愉快。”

山路上满是松针，沿着山坡蜿蜒而上。我们慢慢地走，时不时停下来休息。万里子很安静，而且——让我很意外——一点都没有要淘气的样子，只是奇怪不愿意跟她妈妈和我走在一起。她一会儿落在后面，让我们担心地回过头去看；一会儿又跑过去，走在前头。

在我们从缆车上下来约一个小时以后，我们第二次遇到那个美国女人。她和她的同伴正从山上下来，认出了我们，高兴地打招呼。胖胖的小男孩走在她们后面，没有跟我们打招呼。美国女人走过去时用英语跟佐知子说了什么，听了佐知子的回答以后笑了起来。她好像想停下来交谈，可是日本女人跟她儿子没有停下脚步；美国女人挥挥手，继续往前走。

当我称赞佐知子的英语时，她笑了笑，没说什么。我注意到这次偶遇在她身上产生了奇怪的效应。她变得很安静，边走边陷入了沉思。当万里子又冲到前面去时，她对我说：

“我父亲是个很受人尊敬的人，悦子。德高望重。可是他的海外关系差点毁了我的婚事。”她微微一笑，摇了摇头说，“真奇怪，悦子。现在这些都恍若隔世。”

“是啊，”我说。“一切都大变样了。”

山路转了一个大弯，又是上坡。树木变少了，突然在我们周围天空豁然开朗。前头，万里子叫了起来，指着什么东西，然后兴冲冲地往前跑去。

“我很少见到我父亲，”佐知子说。“他大部分时间都在国外，在欧洲和美国。我小时候曾经梦想有一天我会去美国，去那里变成电影明星。我妈妈笑话我，可是爸爸说我要是把英语学好了，就能很容易地成为一个女商人。我以前很喜欢学英语。”

万里子在一个像是平地的地方停下来，又朝我们不知道喊了什么。

“我记得有一次，”佐知子接着说，“我父亲从美国带了一本书给我，英文版的《圣诞颂歌》。它成了我的目标，悦子。我想学好英语，看懂那本书。可惜没有机会实现。结婚以后，我丈夫不准我继续学。事实上，他让我把那本书扔掉。”

“太可惜了，”我说。

“我丈夫就是这样，悦子。很严厉，很爱国。他从来不是一个体谅别人的人。但是他的家庭出身很好，我父母觉得门当户对。他禁止我学英语时我没有反对。毕竟没有意义了。”

我们走到万里子站的地方；小路的边上有一块突出去的四方形平地，周围围着几块大石头。一根倒下来的巨大树干表面被刨光、弄平，做成长椅。佐知子和我坐下来歇口气。

“别太靠近边上，万里子，”佐知子喊道。小女孩已经走到大石头那里去，拿起望远镜看。

坐在山的边缘俯视这番景色，我有一种忐忑不安的心情；在我们底下很远的地方可以看见港口，像个掉在水里的精密的机器零部件。港口过去，对岸是通向长崎的群山。山脚下房屋密布，高高低低。远处右手边是港口的入海口。

我们在那里稍坐片刻，歇口气、吹吹风。这时我说道：

“你不会想到这里曾经发生的一切，不是吗？一切看上去是那么生机勃勃。可是下面那一整片”——我朝底下的景色挥了挥手——“那一整片在炸弹掉下来的时候受了多么严重的打击。可是看看现在。”

佐知子点点头，然后笑着转向我，说：“你今天心情真不错啊，悦子。”

“到这里来走走真是太好了。我决定从今往后要乐观。我以后一定要过得幸福。藤原太太一直对我说往前看是多么重要。她是对的。假设人们没有往前看，那么这里”——我又指了指底下的景色——“这里就都还是废墟一片。”

佐知子又笑了。“是啊，你说得对，悦子。这里就都还是废墟一片。”说完，她又回头看着下面的风景。过了一会儿她说：“对了，悦子，你的朋友，藤原太太，我想她在战争中失去了她的家人是吧。”

我点点头。“以前她有五个孩子。她丈夫还是长崎的重要人物。炸弹掉下来的时候，除了大儿子以外都死了。她一定受了很大的打击，可是她还一直坚持。”

“是啊，”佐知子慢慢地点着头，说，“我猜有这类事情。那她一直都是开面馆的吗？”

“没有，当然没有了。她丈夫是个要人。是后来，她失去了一切以后才有面馆的。每次我看见她，都对自己说：我应该像她那样，我应该往前看。因为从很多方面来说，她失去的比我多。毕竟看看我现在。我要开始组建自己的家庭了。”

“是啊，你说得太对了。”风吹乱了佐知子梳得整整齐齐的头发。她捋了一下头发，然后深深地吸了一口气，“你说得太对了，悦子，我们不应该老想着过去。战争毁了我的很多东西，可是我还有我的女儿。正如你说的，我们应该往前看。”

“你知道吗，”我说，“我是最近几天才认真地想这件事的。我是指为人父母。现在我没有那么害怕了。我要高高兴兴地迎接它。从今往后我要乐观。”

“你就应该这样，悦子。毕竟你还有很多盼头。其实你很快就会发现，是做母亲让生活变得真正有意义。住在我伯父家里闷了点又有什么关系呢？我只要给我女儿最好的。我们要给她请最好的家庭教师，她很快就会把功课赶上。正如你说的，悦子，我们必须对生活乐观。”

“你这么想我真高兴，”我说。“我们俩真的都应该心存感激。我们也许在战争中失去了很多，但是还有那么多盼头。”

“是啊，悦子。还有很多盼头。”

万里子走过来，站在我们面前。也许她听见了我们的一些谈话，因为她对我说：

“我们又要和安子阿姨一起住了。妈妈有没有告诉你？”

“有，”我说，“她告诉我了。你很想再回到那里去住吗，万里子？”

“现在我们可以留着小猫了，”小女孩说。“安子阿姨的房子很大。”

“这件事还要再看，万里子，”佐知子说。

万里子看了她妈妈一会儿，然后说：“可是安子阿姨喜欢猫。再说，反正圆圆本来就是我们从她那里拿过来的。所以那些小猫也是她的。”

“是没错，万里子，可是我们还得看看。我们得看看安子阿姨的爸爸怎么说。”

小女孩生气地看了她妈妈一眼，然后又转向我，表情严肃地说："我们可以留着小猫。"

下午快过去的时候，我们回到了下缆车时的空旷地。我们的午餐盒里还有一些饼干和巧克力，我们就在一张野餐桌上坐下，吃了起来。空地的那头，一些人站在铁栏杆旁，等下山的缆车。

我们坐了几分钟，突然听见有人叫我们。那个美国女人大踏步地从空地的那头走过来，笑容满脸。她一屁股坐下，一点儿也没有觉得不好意思，朝我们一个个笑了笑之后就跟佐知子说起英语来。我想她很高兴有机会交谈，而不是用手比划。我朝周围看了看，果然看见那个日本女人就在附近，在给她儿子穿外套。她不是很想跟我们一起的样子，但最后还是微笑地走过来。她在我对面坐下，她儿子坐在她身旁，这时我发现母子俩的体型很像，都是圆圆胖胖的；最明显的是两个人的脸颊都有垂肉，有点像斗牛犬。美国女人一直高声地跟佐知子讲个不停。

在陌生人到来之前，万里子已经打开她的素描本，开始画画。胖脸女人跟我寒暄过后转向小女孩。

"你今天玩得开心吗？"她问万里子。"这上面很漂亮，不是吗？"

万里子仍旧低着头画画。可是女人一点儿也没有在意。

"你在画什么呢？"她问。"很漂亮的样子。"

这次万里子停了下来，冷冷地看着日本女人。

"很漂亮的样子。可以让我们看看吗？"女人伸手拿过素描本。"是不是很漂亮，阿明？"她对她儿子说。"小姐姐是不是很聪明？"

男孩趴到桌子上来，好看得清楚些。他饶有兴趣地看着万里子的画，但是没说什么。

"真是漂亮。"女人翻着素描本。"这些都是今天画的吗？"

一开始万里子没有答话。但过了一会儿，她说道："这些蜡笔是新的。今天早上才买的。新蜡笔比较不好画。"

"这样啊。是啊，新蜡笔比较不好画，不是吗？阿明也画画，是不是，阿明？”

“画画很简单，”男孩说。

“这些小画是不是很漂亮，阿明？”

万里子指着翻开的那一页，说：“我不喜欢这一张。蜡笔还磨得不够。下面一张比较好。”

“哦是啊。这张真漂亮！”

“这张是在港口画的，”万里子说。“可是那里又吵又热，所以我匆匆忙忙地画的。”

“可是画得很好。你喜欢画画吗？”

“喜欢。”

佐知子和美国女人也都转过来看素描本。美国女人指着上面的画，大声地用日语说了好几次“太棒了”。

“这是什么？”胖脸女人又问道。“是蝴蝶啊！把蝴蝶画这么好一定很不容易吧。蝴蝶不会一直呆着不动。”

“我记得它的样子，”万里子说。“我之前看见一只。”

女人点点头，然后转向佐知子。“你女儿真聪明。我想一个小孩会用记忆和想象是很值得表扬的。这个年纪的很多孩子都还只会照着书上的画。”

“是啊，”佐知子说。“我想是这样。”

佐知子的语气里带着轻蔑，让我很是惊讶，因为她一直在极其友好地跟美国女人说话。敦实的男孩趴得更近了些，用手指指着画页。

“那些船太大了，”他说。“如果那个是树的话，那船应该要画得小很多。”

他妈妈想了想，说：“啊，也许。可这幅画还是很漂亮。你不觉得吗，阿明？”

“船画得太大了，”男孩说。

女人笑了笑。“你可千万别生阿明的气，”她对佐知子说。“你瞧，他有一个非常优秀的美术家庭教师，所以他明显比大部分同龄的孩子在这些方面更有眼力。你女儿有教画画的家庭教师吗？”

“没有。”佐知子的语气仍旧很冷淡。可是那个女人丝毫没有察觉。

“请人来教画画根本不是什么坏主意，”她接着说。“我丈夫一开始不同意。他觉得阿明有数学和科学的家庭教师就够了。但是我认为画画也很重要。孩子应该从小培养他的想象力。学校的老师也同意我的看法。可是他学得最好的是数学。我认为数学很重要，你说呢？”

“是，确实，”佐知子说。“我相信数学很有用。”

“数学能提高孩子的智力。你会发现大多数数学学得好的孩子其他方面也都很好。关于请数学老师我丈夫和我没有异议。结果很值得。去年，阿明在班上一直是第三、第四名，可今年一直是第一。”

“数学很简单，”男孩说道。接着他问万里子：“你会九九乘法表吗？”

他妈妈又笑了。“我猜这个小姑娘一定也很聪明。从她的画就能看出来。”

“数学很简单，”男孩再次说道。“九九乘法表简单得不得了。”

“是啊，阿明已经会整张乘法表了。很多同龄的孩子只会算到三或四。阿明，九乘以五得多少？”

“九五四十五！”

“那九乘以九呢？”

“九九八十一！”

美国女人问了佐知子什么，佐知子点点头，美国女人就拍了拍手，又用日语说了几次“太棒了”。

“你女儿看来很聪明，”胖脸女人对佐知子说。“她喜欢上学吗？阿明几乎喜欢学校里的所有科目。除了数学和画图，他的地理也很好。我的这位朋友很惊讶地发现阿明知道美国所有大城市的名字。是不是，苏西小姐？”女人转向她的朋友，说了几个结结巴巴的英语单词。美国女人没听懂，但是朝男孩赞许地笑了笑。

“可阿明最喜欢的科目是数学。是不是，阿明？”

“数学很简单！”

“这个小姑娘最喜欢的科目是什么呢？”女人再次转向万里子，问道。

万里子没有马上回答。过了一会儿，她说：“我也喜欢数学。”

“你也喜欢数学。太好了。”

“那九乘以六是多少？”男孩生气地问她。

“孩子喜欢学校的功课真是太好了，不是吗？”他妈妈说。

“快点啊，九乘以六是多少？”

我问：“阿明君长大以后想做什么？”

“阿明，告诉这位阿姨你长大以后想当什么。”

“三菱公司的董事长！”

“他爸爸的公司，”他母亲解释道。“阿明已经下定决心了。”

“是，我知道了，”我笑着说。“多好啊。”

“你爸爸在哪里工作？”男孩问万里子。

“好了，阿明，别问东问西的，没有礼貌。”女人又转向佐知子。“很多同龄的男孩子都还只会说想当警察啊、消防员啊。可是阿明很小的时候就想到三菱工作了。”

“你爸爸在哪里工作？”男孩又问了一次。这次他妈妈没有阻止他，而是好奇地看着万里子。

“他是动物园里的饲养员，”万里子说。

一时间没有人说话。奇怪的是，万里子的回答似乎挫了男孩的锐气，他阴沉着脸坐回椅子上。这时，他母亲有点不知所措地说：

“多有意思的职业啊。我们都很喜欢动物。你丈夫的动物园在这附近吗？”

佐知子还没来得及回答，万里子就窸窸窣窣地爬下椅子，一声不响地朝附近的树丛走去。我们都看着她。

“她是你最大的孩子吗？”女人问佐知子。

“我只有一个。”

“哦，这样。这也不是什么坏事。独生子女更独立。而且我想独生子女通常也更刻苦。我们这个”——她把手放到男孩的头上——“和老大相差六岁。”

美国女人惊呼一声，拍起手来。万里子正稳稳地爬上树枝。胖脸女人在座位上转过身去，担心地看着万里子。

“你女儿真像个假小子，”她说。

美国女人开心地重复了一遍“假小子”，又拍起手来。

“这样安全吗？”胖脸女人问。“她可能会掉下来。”

佐知子笑了笑，对那个女人的态度突然变得热情得多。“你不习惯孩子爬树吗？”她问。

胖脸女人仍旧担心地看着万里子。“你肯定这样安全吗？树枝可能会断掉。”

佐知子笑了一声。“我肯定我女儿知道自己在做什么。谢谢你的关心。你真好心。”说着优雅地鞠了一躬。这时美国女人跟佐知子说了什么，她们俩又用英语聊开了。胖脸女人把视线从树上收回来。

“请千万别怪我多管闲事，”她一只手搭在我的胳膊上，说，“可是我忍不住注意到，这是你的第一胎吧？”

“是的，”我笑着说。“预产期在秋天。”

“多好啊。对了，你丈夫也是饲养员吗？”

“哦，不是。他在电器公司工作。”

“真的？”

胖脸女人开始给我一些照顾婴儿方面的建议。这时，我越过她的肩膀看见男孩离开桌子，朝万里子爬的树走去。

“应该让孩子多听好的音乐，”女人说。“我肯定效果很明显。孩子从一开始就应该听好音乐。”

“是的，我很喜欢音乐。”

男孩站在树下，抬头困惑地看着万里子。

“我们大儿子的音乐鉴赏力没有阿明好，”女人接着说。“我丈夫说是因为他很小的时候没有听够多的好音乐，我认为他说得对。那时的广播放了太多的军乐。我确信一点儿好处都没有。”

胖脸女人说话时，我看见男孩试着在树干上找一个踏脚的地方。万里子爬下来一些，像是在教他。在我身旁，美国女人一直大笑不停，时不时蹦出几个日语单词。男孩终于成功地离开地面；他一只脚踩在树缝里，双手紧紧握住一根树枝。虽然离地面只有几厘米，但他看上去很紧张。很难说万里子是不是故意的，只是万里子在下来时，狠狠地踩在了男孩的手指上。男孩尖叫一声，笨重地摔了下来。

他母亲惊恐地转过头去。佐知子和美国女人不知道发生了什么，也都看了过来。男孩侧躺在地上，号啕大哭。他母亲赶忙跑过去，跪下去检查他的腿。男孩不停地哭。空地那头等缆车的乘客都往这边看。大约一分钟以后，男孩呜咽着被他妈妈带回桌子这边。

“爬树很危险，”女人生气地说。

“他摔得不重，”我安慰她说。“他根本没有爬多高。”

“他可能摔断骨头。我想应该阻止孩子爬树。爬树太愚蠢了。”

“她踢我，”男孩哭着说。“她把我从树上踢下来。她要杀我。”

“她踢你？小姑娘踢你？”

我看见佐知子瞥了她女儿一眼。万里子又爬到高高的树上去了。

“她要杀我。”

“小姑娘踢你？”

“你儿子只是脚踩滑了，”我赶紧插嘴说。“我都看见了。他根本没摔着。”

"她踢我。她要杀我。"

女人也转过头去看那棵树。

"他只是脚踩滑了，"我重复道。

"你不应该做这种蠢事，阿明，"女人生气地说。"爬树很危险。"

"她要杀我。"

"你不准再爬树。"

男孩继续抽泣着。

比起英国，日本城市里的旅馆、茶馆、商店似乎更加喜欢夜幕降临；天还没黑，窗户上的灯笼、门口的霓虹招牌早早就亮了起来。那天傍晚，当我们重新走上长崎的街道时，已经灯火通明了；我们快傍晚时离开稻佐山，在浜屋百货公司里的美食街吃了晚饭。晚饭后，我们还不想回去，在巷子里慢慢地溜达，并不急着去电车站。我记得那时的年轻情侣流行在街上手牵手——我和二郎从来没有过——我们一路走着，看见很多这样的情侣在寻找晚上的娱乐。夏季傍晚的天空变成了浅紫色。

路旁有很多卖鱼的小摊，傍晚的这个时候，渔船都回港了，你经常能看到肩上扛着满满一箱刚打上来的鱼的男人穿梭在拥挤的巷子里。就是在这样一条有很多垃圾和悠闲漫步者的巷子里，我们遇到了那个抓阄儿的小摊。我从来不去那种小摊凑热闹，在英国也没有那种小摊——也许集市里有——所以要不是想起那个傍晚，我可能已经不记得那种东西了。

我们站在人群后面看。一个女人抱着一个两三岁的小男孩；台上，一个绑着头巾的男人弯下腰来，好让男孩能够到碗。小男孩好不容易从碗里抽出一个签来，却似乎不知道该怎么办。他把签捏在手里，茫然地看着周围的一张张笑脸。绑着头巾的男人把腰弯得更低，对小男孩说了什么，惹得旁边的人想笑。最后，母亲把孩子放下来，拿过他手里的签，递给那个男人。小男孩抽中了一支口红，女人笑着收下了。

万里子踮起脚尖看小摊的后面摆着些什么奖品。突然她转向佐知子，说："我要抽一次签。"

"这纯粹是浪费钱，万里子。"

"我要抽一次签。"她显得很急迫，真让人奇怪。"我想试试这个抓阄儿。"

"给你，万里子。"我递给她一个硬币。

她有点吃惊地转向我，然后接过硬币，挤到人群的前面去。

又有几个人试了试手气；一个女人抽中一块糖果，一个中年男子抽中一个橡皮球。接着轮到万里子。

"好了，小妹妹，"——男人慢慢地摇了摇碗——"闭上眼睛，努力地想那边的那只大熊。"

"我不要熊，"万里子说。

男人做了个鬼脸，大家都笑了。"你不要那只大毛绒熊？好，好，小妹妹，那你要什么呢？"

万里子指着小摊的后面，说："那个篮子。"

"那个篮子？"男人耸了耸肩。"好吧，小妹妹，紧紧地闭上眼睛，想着你的篮子。准备好了吗？"

万里子抽中了一个花盆。她回到我们站的地方，把奖品递给我。

"你不想要吗？"我问。"你抽中的。"

"我要那个篮子。小猫们现在需要有自己的篮子。"

"好了，别在意。"

万里子转向她妈妈。"我想再试一次。"

佐知子叹了口气。"天晚了。"

"我想再试一次。就一次。"

万里子再次挤到台子那去。我们等她时，佐知子转向我，说：

"真奇怪，我对她的印象不是那样的。我指你的朋友，藤原太太。"

"哦？"

佐知子侧过头去看了看抓阄儿的人群，说："不，悦子，恐怕我的看法跟你不一样。我的印象是你的朋友已经一无所有了。"

"不是的，"我说。

"哦？那她还有什么指望呢，悦子？她靠什么活下去呢？"

"她有一家店。虽然不大，但是对她来说很重要。"

"她的店？"

"还有她的儿子，事业正蒸蒸日上。"

佐知子又转过头去看着小摊。"对，我想是这样，"她疲惫地笑了笑说。"我想她还有她的儿子。"

这次万里子抽中一支铅笔，生气地走回来。我们要走了，可万里子还在看着抓阄儿的小摊。

"走了，"佐知子说。"悦子阿姨要回家了。"

"我想再试一次。就一次。"

佐知子不耐烦地叹了口气，然后看看我。我耸耸肩，笑了笑。

"好吧，"佐知子说。"再试一次。"

又有几个人抽中奖品。有一次一个年轻女子抽中一个粉饼盒，大家觉得这个奖品太适合她了，鼓了鼓掌。看见万里子第三次出现，绑着头巾的男人又做了一个鬼脸。

"啊，小妹妹，又回来了！还想要那个篮子？你不觉得那只大毛绒熊更好吗？"

万里子没有回答，默默地等着男人把碗递给她。万里子抽出一支，男人仔细地看了看，然后瞥了一眼身后放奖品的地方，又仔细地看了一次万里子的签，最后终于点点头。

"你没有抽中篮子。不过你抽中了——一个大奖！"

四周响起笑声和掌声。男人走到小摊的后面，拿来一个像是只大木盒子的东西。

"给你妈妈装菜！"他说——不是对万里子，而是对人群——并把奖品展示了一小会儿。我身旁的佐知子笑了出来，跟着鼓起掌来。大家让开一条路让万里子拿着奖品出来。

我们离开人群时佐知子还在笑，笑得流出了泪珠儿；她擦了擦眼睛，然后看着那个盒子。

“真是个怪模怪样的东西，”她一面递给我，一面说。

那盒子跟装橙子的盒子一般大，异常的轻；木头很光滑，但没有上漆，盒子的一侧有两块铁丝网做的滑板。

“也许会很有用，”我打开其中一个滑板说。

“我抽中了大奖，”万里子说。

“是，干得好，”佐知子说。

“我有一次抽中过一件和服，”万里子对我说。“在东京，我有一次抽中过一件和服。”

“啊，你又抽中了。”

“悦子，能帮我拿一下包吗？我好把这个东西带回去。”

“我抽中了大奖，”万里子说。

“是，你做得太好了，”她妈妈轻声笑着说。

我们离开抓阄儿的小摊。街上丢着废报纸和各种垃圾。

“小猫们可以住在里面，不是吗？”万里子说。“我们可以在里面放些垫子，就成了它们的家了。”

佐知子不确定地看着怀里的盒子。“我不知道它们会不会喜欢这东西。”

“盒子可以做它们的家。我们要搬到安子阿姨家去时，可以把它们放在里面。”

佐知子疲惫地笑了笑。

“可以吧，妈妈？我们可以把小猫们放在里面。”

“是，我想可以，”佐知子说。“是，好。我们到时把小猫们放在里面。”

“这么说我们可以留着小猫咯？”

“对，我们可以留着小猫。我想安子阿姨的父亲不会反对。”

万里子往前跑了一段，等着我们。

“那么我们再也不用帮它们找家了？”

“对，现在不用了。我们要搬到安子阿姨家去，所以我们可以留着小猫。”

“那我们不用帮它们找主人了。我们可以把它们全留着。我们可以把它们放在盒子里，对不对，妈妈？”

“对，”佐知子说，把头向后一仰，又笑了起来。

我经常想起那天晚上回家的电车上万里子的脸。她看着窗外，额头贴在玻璃上；男孩子气的脸，被窗外不断闪过的流光溢彩照亮。万里子一路上都没有说话，佐知子和我也说得不多。我记得她问了我说：

“你丈夫会不会生气？”

“很可能，”我微微一笑，说。“不过昨天我已经告诉他我可能会晚回。”

“今天玩得真开心。”

“是啊。二郎只能坐着生气。我今天玩得很开心。”

“我们以后一定要再出来玩，悦子。”

“是啊，一定。”

“我们搬家以后你要记得来看我。”

“会，我会记得。”

之后我们就没有说话了。不久，电车减速准备靠站，我感到佐知子突然吓了一跳。她看着下客门，那里站着两三个人。其中一个女人在看着万里子。女人三十岁上下，消瘦的脸，疲惫的神情。她很可能只是无意地看着万里子，要不是因为佐知子的反应，我想我不会觉得有什么不对劲。万里子一直在看着窗外，没有注意到那个女人。

女人注意到佐知子在看她，就转了过去。电车靠站了，门开了，女人下了车。

“你认识那个人？”我轻声问。

佐知子笑了笑。“不，我认错了。”

“你把她当作别人了？”

“就一小会儿工夫。其实一点都不像。”她又笑了一声，然后瞧瞧外面，看我们到哪了。

第八章

回想起来，那年夏天，绪方先生跟我们待在一起那么久的用意很明显。知子莫若父，他一定已经猜到二郎要怎么处理松田重夫那篇登在杂志上的文章惹出的事情；我丈夫只是在等绪方先生回福冈，这件事就会被忘掉。而他可以继续欣然同意：这种侮辱家族名声的事应该迅速地、坚决地予以回应；这件事不仅是他父亲关心的，也是他关心的；他一有时间就会给他的老同学写信。现在回想起来，这就是二郎面对可能的尴尬局面时的一贯做法。如果多年之后，他在面对另一场危机时不是采取同一种态度，我也许不会离开长崎。但这是后话了。

我在前面已经讲了有天晚上，我丈夫的两个喝得醉醺醺的同事来到家里，打断了他和绪方先生下棋。那晚我铺床时，很想就松田重夫的整件事情和二郎谈谈；我并不希望二郎违心地写这封信，但我越来越强烈地希望他能把他的立场更清楚地告诉他父亲。但结果，那晚，和前几次一样，我最终没有说出口。一来，我丈夫会觉得对这件事情我不应该说话；二来，晚上的那个时候，二郎总是很累，和他说话只会让他不耐烦。总之，我们夫妇间从不开口讨论这样的事情。

第二天，绪方先生一整天都待在公寓里，时不时研究那盘棋，他告诉我说，昨天晚上棋下到关键时候被打断了。到了晚上，晚饭后约一小时，他又把棋盘拿出来，开始研究棋子。忽然，他抬起头来对我丈夫说：

“那么，二郎，明天就是大日子啦。”

二郎把眼睛从报纸上移开，笑了笑，说：“没什么大不了的。”

“胡说。明天可是你的大日子。当然了，为公司尽全力是你的本分，但要我说，不管明天结果如何，这件事本身就很了不起。你的资历不深，就能叫你代表公司，这事在今天，也是很少见的。”

二郎耸了耸肩。“是不多见。当然了，即使明天进行得异常顺利，也并不保证我能获得提升。可是我想经理应该会对我今年的业绩感到满意。”

“要我说，大家都觉得他对你很有信心。你觉得明天会怎么样？”

“我当然希望一切顺利。现阶段需要参与各方通力合作。这只是为秋天的正式谈判做准备。没什么特别的。”

“我们就等着瞧吧。现在，二郎，我们把这盘棋下完怎么样？我们已经下了三天了。”

“哦，对了，下棋。当然了，爸爸，您知道不管明天我多成功，都不一定保证我能获得提升。”

“我当然知道了，二郎。我自己也是从残酷的职场竞争中过来的。我再清楚不过了。有时那些哪方面都比不上你的人却被选中了。但你不能让这些事妨碍你。你只要坚持，最后一定会成功。现在，把棋下完吧。”

我丈夫瞥了一眼棋盘，却没有要上前去的意思。“我没记错的话，您快赢了。”他说。

“局面是对你不利，可是是有办法化解的。记得吗，二郎，我第一次教你下棋时，是怎么一直警告你不要太早出车的？你现在还是犯同样的错误。看出来了吗？”

“车，是啊。您说得对。”

“还有，顺便说一下，二郎，我想你下棋前没有先想好步子，是吧？记不记得以前我是怎么费老大劲教你至少要先想好三步？可是我想你没有。”

“先想三步？不，我没有。我不像您那么会下棋，爸爸。反正我想您已经赢了。”

“其实，二郎，这盘棋你老早就没有先想好步子，真叫人心痛。我告诉过你多少次？一个好棋手得想好了再走棋，至少要先想好三步。”

“对，我想是这样。”

“比如说，你为什么要把马走到这里来？二郎，看过来，你连看都没看。记得你为什么要把这个走到这里来吗？”

二郎瞥了一眼棋盘。“说实话，我不记得了，”他说，“那时可能很有理由应该那么走。”

“很有理由？胡说八道，二郎。前几步，你是想好了步子，我看得出来。你那时其实是有一个战略的。可一旦我打乱了你的战略，你就放弃了，你就开始走一步想一步了。你不记得我以前总是跟你说：下棋就是不停地贯彻战略。就是敌人破坏了你的计划也不放弃，而是马上想出另一个战略。胜负并不是在王被将时决定的。当棋手放弃运用任何战略时，胜负就已经定局了。你的兵七零八落，没有共同的目标，走一步想一步，这时你就输了。”

“很对，爸爸，我承认。我输了。现在让我们忘了这件事吧。”

绪方先生瞥了我一眼，又转向二郎。“这是什么话？今天我很认真地研究了这盘棋，发现你至少有三种方法可以解围。”

我丈夫放下报纸。“请原谅，可要是我没理解错，”他说，“是您自己说：不能始终贯彻战略的棋手就一定会输。而您也一再指出：我走一步想一步。那就没必要再下了吧。现在请您原谅，我要读完这篇报道。”

“什么，二郎，这纯粹是投降主义。我说了，你还没输呢。你现在应该组织防守，稳住阵脚，然后再向我进攻。二郎，你从小就有些投降主义。我真希望把它从你身上根除，可到头来，还是老样子。”

“请原谅，可我看不出这跟投降主义有什么关系。这只是一盘棋……”

“也许这确实只是一盘棋。但是知子莫若父。一位父亲能看出这些讨厌的特征的苗头。你的这种品格，我可一点儿也不觉得骄傲，二郎。第一个战略失败了，你就马上放弃。现在要你防守，你就生气，不想再下了。啊，这跟你九岁时一模一样。”

“爸爸，胡说什么啊。我一整天有很多事要做，哪有时间想下棋的事？”

二郎说得很大声，把绪方先生吓了一跳。

“对您来说没问题，爸爸，”我丈夫接着说。“您有一整天的时间来想您的战略和计划。而我有更重要的事要做。”

说完，我丈夫又回到报纸上。他父亲则一直吃惊地盯着他。最后，绪方先生笑了起来。

“好了，二郎，”他说，“我们像两个渔夫的妻子在吵架。”说着又笑了一声。“像两个渔夫的妻子。”

二郎没有抬起头来。

“好了，二郎，我们别吵了。你要是不想下了，我们就别下了。”

我丈夫还是没有听到的样子。

绪方先生又笑了一声。“好了，你赢了。我们不下了。但是让我来告诉你怎么走出这小小的困境。有三种方法。第一种最简单，而且对此我束手无策。看，二郎，看这边。二郎，看，我在教你。”

二郎仍旧没有理他父亲，一副专心致志地看报纸的样子。他翻了一页，继续看。

绪方先生对着自个儿点点头，轻声笑了笑。“跟小时候一样，”他说。“不称心时就生气，拿他一点儿办法也没有。”他看了我一眼，苦笑着，然后又转向他儿子。“二郎，看，至少看看这个。很简单。”

突然间，我丈夫扔下报纸，朝他父亲的方向直起身。很明显，他是想把棋盘和上面的棋子统统打翻。可一个不小心，还没打到棋盘，先把脚边的茶壶给踢倒了。茶壶侧滚，壶盖哐当一声开了，茶水立刻流到了榻榻米上。二郎不知道发生了什么，转过头来瞪着流出来的茶水，然后又转回去盯着棋盘。看见棋子还立在格子上好像让他更加恼火。一时间我以为他会再去把它们打翻。可是他站起来，抓起报纸，一言不发地走了出去。

我赶紧朝茶水流出来的地方跑去。有些水已经开始渗到二郎坐的垫子里去了。我拿开垫子，用围裙的角擦了擦。

“跟以前一个样，”绪方先生说，眼角泛着淡淡的微笑。“孩子长成了大人，却没有变多少。”

我跑到厨房去找了一块布。回来时，绪方先生仍那么坐着，眼角仍浮着微笑。他盯着榻榻米上的水渍，陷入沉思，似乎着了迷。我犹豫了一下才跪下来把它擦掉。

“你千万别为这件事生气，悦子，”他终于开口说道，“没什么好生气的。”

“是。”我一边擦地板一边说道。

“好了，我想我们也赶紧睡吧。偶尔早点睡对身体好。”

“是。”

“你千万别为这件事生气，悦子。二郎明天早上就会忘了整件事的，你看着吧。我记得很清楚他这种一时的脾气。其实，真让人怀念啊，看见这种小小的场面。让我想起他小时候的样子来。对，真是让人怀念。”

我仍旧擦着地板。

“好了，悦子，”他说，“没什么好生气的。”

到第二天早晨之前，我没有再和我丈夫说话。他一边吃早饭一边扫几眼我放在碗边的早报。他很少说话，对于他父亲没有出现也没有说什么。而我仔细地听绪方先生房里的动静，但什么也没听到。

“我希望今天一切顺利，”我们好几分钟没有说话，我打破沉默说。

我丈夫耸耸肩，说：“没什么大不了的。”然后他抬起头来看着我说：“我今天本来想系那条黑色的丝绸领带，可你好像拿去弄什么了。我希望你别老乱动我的领带。”

“那条黑色的丝绸领带？和其他领带一起挂在架子上啊。”

“刚才没有看见。我希望你别老乱动它们。”

“丝绸的那条应该也在那里的，”我说，“我前天烫好了，因为我知道你今天要戴，我肯定放回去了。你确定不在那里吗？”

我丈夫不耐烦地叹了口气，低头看报纸。“没关系，”他说，“这条也行。”

他继续默默地吃着早饭，与此同时仍不见绪方先生出现。最后，我站起来，到他的房门口去。我站了一会儿，没有听见任何动静，于是准备开个小缝看看。这时我丈夫转过来，说：

“你在干什么呢？要知道我可没有一早上的时间。”说着递出茶杯。

我再次坐下，把他吃完的碗盘放到一边，倒上茶。他很快地抿着，一边扫着报纸的头版。

“今天对我们很重要，”我说，“我希望事情顺利。”

“没什么大不了的，”他低着头说。

可是，那天出门前，二郎却在玄关那里的镜子前仔仔细细地照了照，整了整领带，看了看下巴，检查是不是刮干净了。他离开以后，我再次来到绪方先生的房门口听动静。还是什么都没听到。

“爸爸？”我轻声叫道。

“啊，悦子，”我听见里面传来绪方先生的声音。“我该猜到你不会让我睡懒觉。”

我松了一口气，回到厨房，新泡了一壶茶，然后把绪方先生的早饭准备好。当绪方先生终于坐下来吃早饭时，他轻描淡写地说道：

“我想二郎已经走了吧。”

“哦是，他早走了。我正准备把爸爸的早饭倒掉。我以为他懒得中午前都不想起床。”

“啊，别那么不近人情，悦子。等你到了我这个年纪，你就会想偶尔放松一下。再说，跟你们在一起，我就像放假一样。”

“好了，我想就这一次，可以原谅爸爸这么偷懒。”

“回到福冈以后我就没有机会像今天这样睡懒觉了，”他拿起筷子说，接着，深深地叹了口气。“我想我差不多该回去了。”

“回去？可是不急啊，爸爸。”

“不，我真的差不多该回去了。还有很多工作要接着做。”

“工作？什么工作？”

“这个嘛，首先，我得给阳台装上新的护板。再就是假山。这个我都还没开始弄呢。石头几个月前就运来了，放在花园里，等着我回去。”他叹了口气，开始吃早饭。“回去以后我确实没有机会像今天这样睡懒觉了。”

“可是没有必要急着回去不是，爸爸？假山可以再等一等。”

“你太好了，悦子。可是时间紧迫。你瞧，我想我女儿和她丈夫今年秋天又会南下，我得在他们来之前把所有的事做完。去年和前年，他们都在秋天时来看我。所以我想今年他们会再来。”

“我明白了。”

“没错，他们今年秋天一定想再来。那个时候对纪久子的丈夫最方便。纪久子在信里总是说她多想看看我的新房子。”

绪方先生不由自主地点点头，然后端起碗接着吃饭。我看了他一会儿。

“纪久子真是个孝顺的女儿啊，爸爸，”我说，“大老远地从大阪过来。她一定很想念您。”

“我想她是觉得有必要偶尔离开一下她的公公。除此之外我想不到她为什么要跑这么老远。”

“您太坏了，爸爸。我肯定她是想您了。我要把您的话告诉她。”

绪方先生笑了。“可这是真的。老渡边像个军阀似的统治他们。每次南下，他们都要说他变得多么的让人难以忍受。我自己是相当喜欢这位老人的，但不可否认他是个老军阀。我猜他们会喜欢一个类似这里的地方，悦子，一间属于他们自己的公寓。不是什么坏事，年轻夫妇跟父母分开住。现在越来越多的夫妇这样做。年轻人不想一直受专制的老人的统治。”

绪方先生好像突然想起碗里的饭，赶紧吃了起来。吃完早饭后，他站起来，走到窗边。他在那里站了一会儿，背对着我，看着窗外的风景。然后他调整了一下窗户，让更多空气进来，深深地吸了一口气。

“您喜欢您的新房子吗，爸爸？”我问。

“我的房子？怎么，是的。正如我说的，有这里那里还需要弄一弄。但它小多了。长崎的房子对一个老人来说太大了。”

他依旧看着窗外；在早晨强烈的阳光下，我看不清他的头和肩膀。

“可那是栋好房子，旧的那栋，”我说。“我要是往那里走的话，还会停下来看看它。其实，上周我从藤原太太那里回来时就路过了。”

他没有做声，依旧看着外面的风景，我就以为他没有听见我的话。但过了一会儿，他说：

“老房子怎么样了？”

“哦，跟以前差不多。新住户一定是喜欢原来的样子。”

他微微转向我。“那那些杜鹃花呢，悦子？还在门口吗？”亮光仍旧使我看不清他的脸，但是我从他的声音听出他在微笑。

“杜鹃花？”

“啊，我想你不会记得的。”他转回去，伸了伸胳膊。“我那天种在门口的。事情最后定下来的那天。”

“什么事情定下来？”

“你和二郎结婚的事。但是我从来没有告诉你杜鹃花的事，所以我想我不应该指望你记得它们。”

“您为我种了一些杜鹃花？多好的想法。可是没有，我不记得您提起过。”

“可要知道，悦子，是你要我种的。”他再次转向我。“事实上，你断然要求我种在门口。”

“什么？”——我笑了——“我要求您的？”

“是的，你要求我的。把我当成雇来的花匠。你不记得了？当我以为终于一切都定下来了，你终于要成为我的媳妇时，你对我说还有一件事，你不会住在一所门口没有杜鹃花的房子里。要是我不种杜鹃花，整件事就都告吹。所以我能怎么办呢？我立刻出去，种了杜鹃花。”

我笑了笑，说：“您这么一说，我想起来像是有那么回事。可是太可笑了，爸爸。我从来没有强迫您。”

“哦不，你有，悦子。你说你不会住在一所门口没有杜鹃花的房子里。”他离开窗户，再次在我对面坐下。“没错，悦子，”他说，“当成雇来的花匠。”

我们俩都笑了，我开始倒茶。

“您瞧，杜鹃花一直是我最喜欢的花，”我说。

“是，你说过。”

我倒完茶，我们静静地坐着，看着蒸汽从茶杯里冒出来。

过了一会儿我说：“那时我对二郎的计划一无所知。”

“是啊。”

我伸出手去把一碟小蛋糕放在他的茶杯旁。绪方先生微笑地看着它们。最后，他说道：

“杜鹃花长得很漂亮。可是那时，当然了，你们已经搬走了。但这也不是什么坏事，年轻夫妇自己住。看看纪久子和她丈夫。

他们想搬出来自己住，可是老渡边让他们想都别想。他真是个老军阀。”

“现在想想，”我说，“上周门口是有杜鹃花。新住户一定同意我的看法。房子门口一定要有杜鹃花。”

“我很高兴它们还在。”绪方先生呷了一口茶。然后他叹了口气，笑了一声，说：“那个渡边真是个老军阀。”

早饭后不久，绪方先生建议我们应该去长崎逛逛——用他的话说“像游客那样”。我立刻同意，我们坐电车进城。我记得我们先在一个美术馆里待了一会儿，然后，快中午前，我们去参观离市中心不远的一个大型开放公园里的和平纪念雕像。

这个公园一般被叫做“和平公园”——我一直不知道这是不是它的正式名称——而确实，尽管有孩子和鸟儿的叫声，这一大片绿地上却笼罩着一种肃穆的气氛。公园里常见的装饰，诸如灌木和喷泉，少之又少，而且都很朴素；平坦的草地、广阔的夏日天空以及雕像本身——一尊巨大的白色雕像，纪念原子弹的遇难者——占据了公园的主要部分。

雕像貌似一位希腊男神，伸开双臂坐着。他的右手指向天空，炸弹掉下来的地方；另一只手向左侧伸展开去，意喻挡住邪恶势力。他双眼紧闭，在祈祷。

我一直觉得那尊雕像长得很丑，而且我无法将它和炸弹掉下来那天发生的事以及随后的可怕的日子联系起来。远远看近乎可笑，像个警察在指挥交通。我一直觉得它就只是一尊雕像，虽然大多数长崎人似乎把它当作一种象征，但我怀疑大家的感觉和我一样。如今我要是偶尔回忆起长崎的那尊大白色雕像，我总是首先想起我和绪方先生去参观和平公园的那个早晨，以及他的明信片的事。

“照片上看起来不怎么样，”我记得绪方先生举起他刚买的雕像的明信片说。我们站在离雕像五十码开外的地方。“我一直想寄张明信片，”他接着说，“虽然现在我随时都会回福冈去，但我想还是值得寄的。悦子，你有笔吗？也许我应该马上就寄，不然一定会忘记。”

我在手提包里找到一支笔，我们在附近的长椅上坐下。我发现他一直盯着卡片空白的那面，笔拿在手上，却没有写。我感到奇怪。有一两次，我看见他抬头看看雕像，像是在寻找灵感。最后我问他：

“您是要寄给福冈的朋友吗？”

“哦，只是一个熟人。”

“爸爸看上去做贼心虚，”我说，“我在想他会是在写给谁呢。”

绪方先生惊讶地朝上一看，然后大笑起来。“心虚？真的吗？”

“真的，很心虚。我在想要是没有人看着爸爸，他会干什么呢。”

绪方先生大笑个不停，笑得我觉得椅子在晃。等他笑得不那么厉害时，他说：“很好，悦子。你抓住我了。你抓住我在给我的女朋友写信”——“女朋友”这个词他用的是英语。“当场抓住。”说着又笑了起来。

“我一直猜想爸爸在福冈的生活很精彩。”

“是，悦子”——他仍轻轻地笑着——“很精彩的生活。”接着他深吸了一口气，再次低头看明信片。“你知道，我真的不晓得该写什么。也许我可以什么都不写，就这样寄出去。毕竟我只是想让她看看雕像长什么样。但话说回来，这样可能太随便了。”

“啊，我不能给您建议，爸爸，除非您告诉我这位神秘的女士是谁。”

“这位神秘的女士，悦子，在福冈开一家小饭馆。离我的房子很近，所以我经常去那里吃晚饭。有时我和她聊聊，她人不错，我答应要寄给她一张和平纪念雕像的明信片。恐怕事情就是这样。”

“我知道了，爸爸。可我还是不相信。”

“人很不错的一位老太太，但过一会儿就让人觉得烦了。如果只有我一个客人，她就整顿饭的工夫站着，讲个不停。不幸的是附近没有多少合适的吃饭的地方。你瞧，悦子，你要是像你答应过的那样教我做饭，我就不必忍受她那种人了。”

“可这是白费力气，”我笑着说，“爸爸不可能学会的。”

“胡说。你只是怕我超过你。你太自私了，悦子。好了我想想”——他再次看看明信片——“我该跟这位老太太说些什么呢？”

“您还记得藤原太太吗？”我问，“她现在在开一家面馆。在爸爸的老房子附近。”

“是，我听说了。太遗憾了。像她那种地位的人开起了面馆。”

“可她很喜欢。面馆让她有事可做。她经常问起您。”

“太遗憾了，”他重复道。“她丈夫是个很有地位的人。我很尊敬他。可如今她开起了面馆。不可思议。”他沉重地摇摇头。“我想去拜访她、向她问好，可我想这会让她觉得很难堪。我是说就她的现状。”

“爸爸，她并不觉得开面馆是件丢脸的事。她觉得自豪。她说她一直想做生意，不管是多么小的生意。我想您去看她，她会很高兴的。”

“你说她的店在中川？”

“对。离老房子很近。”

绪方先生似乎考虑了一会儿。然后他转向我说：“那好，悦子。我们去看她吧。”他匆匆地在明信片上写了几句，把笔还给我。

“您是说现在，爸爸？”我被他的突然决定吓了一跳。

“对，干吗不呢？”

“很好。我想她可以给我们午饭吃。”

“对，也许。但我可不想让那位好太太觉得丢脸。”

“她会很乐意做午饭给我们吃的。”

绪方先生点点头，没有说话。沉默片刻后，他慢慢说道：“其实，悦子，我早就想去中川了。我想拜访那里的一个人。”

“哦？”

“我在想这会儿他在不在家。”

“您想去拜访谁，爸爸？”

“重夫。松田重夫。我一直想去拜访他。他可能回家吃午饭，这样的话我就能找到他。比去学校打搅他好。”

许久，绪方先生凝视着雕像的方向，脸上露出有点拿不定主意的表情。我不做声，看着他把明信片拿在手里转啊转。突然，他拍了一下膝盖，站起来。

“好，悦子，”他说，“就这么办吧。我们先去找重夫，然后去拜访藤原太太。”

我们搭上去往中川的电车时一定已经是中午时分了；车厢内又挤又闷，车厢外的马路上满是吃午饭的人群。但当我们渐渐离开市中心时，乘客越来越少，电车到达终点站中川时，就只剩下几个人了。

走出电车，绪方先生站了一会儿，摸着下巴。很难说他是在品味重回这里的滋味，还是只是在想松田重夫家怎么走。我们站在一个水泥院子里，周围停着几辆空电车，头顶上是横七竖八的黑色电线。太阳很大，照得油漆的车身十分晃眼。

“真热啊，”绪方先生擦了擦额头，说道。然后他迈开步子，朝电车庭院那头后面的一排房子走去。我跟着他。

几年来，这一带并没有变多少。我们走在弯弯曲曲的小路上，一会儿上、一会儿下。山上哪儿能盖房子，房子就矗立在哪儿，其中的很多房子我依然熟悉；有的站在斜坡上摇摇欲坠，有的挤在看不见的角落里。很多阳台上挂着毯子啦、洗的衣服啦。我们走着，经过几间看上去气派一点的房子，但我们既没有经过绪方先生的老房子，也没有经过以前我和父母住在一起的房子。事实上，我怀疑绪方先生是不是故意选了一条避开它们的路。

我猜想我们最多走了十或者十五分钟，但太阳和陡坡让我们筋疲力尽。最后我们在一个陡坡的中央停了下来，绪方先生拉我到人行道旁一棵茂密的树下乘凉。接着他指着马路对面一栋旧式大斜瓦屋顶、样子舒适的老房子，说：

“那就是重夫家。我跟他父亲很熟。就我所知，他母亲仍跟他住在一起。”说完，绪方先生又开始摸下巴，像刚下电车时那样。我没说什么，只是等着。

“他很可能不在家，”绪方先生说，“他有可能和同事一起待在教研室里午休。”

我仍旧是等着，不做声。绪方先生依然站在我旁边，凝视着那所房子。最后，他说：

“悦子，这里离藤原太太那多远？你知道吗？”

“几分钟就到了。”

“我在想，也许最好是你先过去，我去找你。这样可能最好。”

“好的。要是您希望如此。”

“其实是我做事太欠考虑。”

“我不是弱不禁风，爸爸。”

他笑了一声，然后又瞥了一眼房子。“我想最好这样，”他重复道，“你先过去。”

“好的。”

“我不会很久。其实”——他又瞥了一眼房子——“其实，你干吗不在这里等着，我去按门铃。要是看见我进去，你就先到藤原太太那里去。我太欠考虑了。”

“一点儿都不要紧，爸爸。现在您听好了，不然您永远也别想找到面馆。您记得以前那个医生的诊所吗？”

但这时绪方先生已经没有在听了。马路对面的大门开了，一个瘦瘦的、戴着眼镜的年轻人走出来。他穿着衬衫，腋下夹着一只小公文包。走到太阳底下时，他眯了眯眼睛。接着他转向公文包，开始找东西。松田重夫比我之前见过的几次看起来更瘦、更年轻。

第九章

松田重夫扣上公文包的扣子，然后一边心烦意乱地看看周围，一边朝马路这边走来。他扫了我们这边一眼，却没有认出我们，继续往前走。

绪方先生看着他走过去。当年轻人走了几码远时，他才喊道："啊，重夫！"

松田重夫停下脚步，转过身来，然后迷惑不解地朝我们走来。

"你好吗，重夫？"

年轻人透过镜片细细看来，接着高兴地笑了起来。

"啊呀，绪方先生！太意外了！"他鞠了一躬，然后伸出手来。"真是个惊喜。啊，还有悦子！你们好吗？真高兴又见到你们。"

我们互相鞠了躬，他还和我们都握了手。接着他对绪方先生说："你们是要去找我吗？太不巧了，我的午休时间快到了。"他看了看表。"但我们还可以进去坐几分钟。"

"不，不，"绪方先生赶忙说。"别让我们打搅了你的工作。我们只是刚好路过这里，我想起来你住在这里，正把你家指给悦子看。"

"不客气，我能腾出几分钟来。至少喝杯茶吧。这天外面热得要命。"

"不，不。你得工作。"

一时间两个人站着对视。

"最近怎么样，重夫？"绪方先生问。"学校里怎么样？"

"哦，老样子。您知道的。而您，绪方先生，但愿您退休后过得愉快？我不知道您在长崎。我和二郎现在几乎都失去联系了。”接着他转向我，说：“我一直想写信，但老是忘记。”

我笑了笑，说了几句客套话。然后两人又对视着。

“您看上去气色真不错，绪方先生，”松田重夫说。“您喜欢福冈吗？”

“喜欢，一座好城市。我的老家，你知道。”

“真的？”

又是一阵沉默。接着绪方先生说：“千万别让我们耽搁了你。你要是赶时间的话，我很理解。”

“不，不。我还有几分钟。真可惜您没有早点路过这里。也许您离开长崎前可以来找我。”

“好，我尽量。可我有很多人要去拜访。”

“是，我理解。”

“还有你母亲，她好吗？”

“是，她很好。谢谢您。”

一时间，两人又不说话了。

“我很高兴一切都好，”绪方先生打破沉默，说道，“对，我们刚好路过这里，我在告诉悦子你住在这里。事实上，我刚刚想起你以前常来我们家和二郎玩，你们都还是小孩子的时候。”

松田重夫笑了。“时间过得真快啊，不是吗？”他说。

“是啊。我刚还在跟悦子说呢。事实上，我正要告诉她一件奇怪的小事。我看见你家时突然想起来的。一件奇怪的小事。”

“哦，是吗？”

“是的。我看见你家时刚好想起来，就这么回事。是这样，有一天我读到一篇东西。一本期刊里的一篇文章。我想是叫《新教育文摘》。”

一时间年轻人没有做声，过了一会儿他调整了一下在人行道上的站姿，放下公文包。

“嗯哼，”他说。

“读了以后我有点吃惊。事实上是很惊讶。”

“是。我想您会的。”

“文章很奇怪，重夫。很奇怪。”

松田重夫深吸了一口气，然后看着地板。他点点头，但没有说什么。

“我早想来找你谈谈，”绪方先生接着说，“但自然了，我把这件事忘了。重夫，老实告诉我，你相信你写的东西吗？解释一下是什么让你写那些东西。解释给我听，重夫，这样我才能安心地回到福冈去。现在我很迷惑。”

松田重夫用鞋跟踢着一块小石头。最后他叹了口气，抬头看绪方先生，正了正眼镜。

“这几年很多事都变了，”他说。

“啊，自然是这样。我看得出来。可这算什么回答，重夫？”

“绪方先生，让我解释给您听。”他停顿了一下，又低头看地板，中间挠了一下耳朵。“您瞧，您必须理解。现在很多事都变了。而且还在变。我们现在的生活和过去……过去您是位有影响力的人物时不一样了。”

“但是，重夫，这和事情有什么关系？时代可能是变了，但为什么写那种文章？我做了什么冒犯你的事了吗？”

“没有，从来没有。至少对我个人没有。”

“我想也是。还记得那天我把你介绍给现在学校的校长吗？不是很久以前的事吧。或者说那也是另一个时代的事？”

“绪方先生”——松田重夫提高了嗓门，神态里似乎透出一丝权威——“绪方先生，我真希望您早一个小时来，那样我也许能解释得清楚些。现在没有时间把整件事情讲清楚。但是让我就说这么多。是的，我相信我文章里写的每一个字，现在仍然相信。您那个时候，老师教给日本的孩子们可怕的东西。他们学到的是最具破坏力的谎言。最糟糕的是，老师教他们不能看、不能问。这就是为什么我们国家会卷入有史以来最可怕的灾难。”

“我们也许是打了败仗，”绪方先生打断他说，“但不能因此而照搬敌人的那一套。我们打败仗是因为我们没有足够的枪和坦克，不是因为我们的人民胆小，不是因为我们的社会浮浅。重夫，你不知道我们多么辛勤地工作，我们这些人，像我，像远藤老师，你在文章里也侮辱了他。我们深切地关心我们的国家，辛勤工作让正确的价值观保留下来，并传承下去。”

“我不怀疑这些。我不怀疑您的真诚和辛勤工作。我从来没有质疑过这点。可是您的精力用在了不对的地方，罪恶的地方。您当时不会发觉，但恐怕这是事实。如今一切都过去了，我们惟有感激。”

“太奇怪了，重夫。你真的相信这些？谁教你说这些的？”

“绪方先生，坦诚一些吧。您一定心知肚明我说的都是真的。而且说句公道话，不应该责备您没有认识到您的行为的真正后果。当时很少有人认识到局势发展的方向，而那些少数认清时局的人却因直抒己见而被投进监狱。不过现在他们被释放了，他们将带领我们走向新的黎明。”

“新的黎明？胡说八道些什么？”

“好了，我得走了。很抱歉我们不能多谈谈。”

“这是什么话，重夫？你怎么能说出这种话？你显然不知道像远藤老师这样的人为工作付出了多少努力和心血。那时你还是小孩子，你怎么可能知道事情是什么样的？你怎么可能知道我们付出了什么，取得了什么？”

“事实上，我碰巧熟悉您的职业的某些方面。比如说，在西坂小学解雇并监禁了五名教师。我没记错的话是 1938 年 4 月。不过现在那些人被释放了，他们将帮助我们迈向新的黎明。现在请原谅。”松田重夫拎起公文包，朝我们依次鞠了躬。“代我向二郎问好，”他补充道，然后转身离去。

绪方先生看着年轻人走下山去，消失不见。之后他仍在原地站了好一会儿，没有说话。当他最终转向我时，眼角泛着微笑。

“多么自信的年轻人啊，”他说，“我想我以前也是一样。坚持己见。”

“爸爸，”我说，“现在我们该去看藤原太太了吧。我们该吃午饭了。”

“哎呀，当然了，悦子。我太粗心了，让你这么大热天地站着。对，我们去看那位好太太吧。我很高兴能再见到她。”

我们走下山，接着走过一条小河上的一座木桥。桥下有一群孩子在河边玩耍，其中几个拿着鱼竿。路上我对绪方先生说：

“他都是在胡说八道。”

“谁？你指重夫？”

“都是些可耻的话。我觉得您根本不用在意，爸爸。”

绪方先生笑了笑，但没有回答。

和平时一样，那个钟点，那一带的商业街挤满了人。走进面馆阴凉的前院时，我欣喜地看见几张桌子上坐着客人。藤原太太看见我们，走了过来。

“哎呀，绪方先生，”她一眼就认出他来，惊呼道，“再次见到您真是太好了。很久不见了，不是吗？”

“确实是很久了。”绪方先生回敬藤原太太的鞠躬。“是啊，很久了。”

看见他们如此热情地打招呼，我很是感动，因为据我所知，他们并不熟识。他们没完没了地鞠躬来鞠躬去，最后藤原太太才去给我们取东西吃。

她很快就端来两碗热腾腾的面，抱歉说没有什么更好的东西来招待我们。绪方先生感激地鞠了一躬，吃起来。

“我还以为您早把我忘了呢，藤原太太，”他微笑着说。“说真的，好久了。”

“像这样久别重逢真是件高兴的事。”藤原太太在我那张长凳的角上坐下，说，“悦子跟我说您现在住在福冈。我去过福冈几次。很好的城市，不是吗？”

“是的，没错。福冈是我的老家。”

“福冈是您的老家？可是您在这里生活、工作了那么多年。难道长崎没有值得您留念的吗？”

绪方先生笑了，把头歪向一边。“一个人也许会在一个地方工作、奉献，但是到了最后”——他耸耸肩，怀念地笑了笑——“到了最后，他仍旧想回到他生长的故乡去。”

藤原太太点点头，表示理解，然后说道：“绪方先生，我刚刚在想您当秀一学校校长的那时候。他以前可怕您了。”

绪方先生笑了。“是，我清楚地记得您的秀一。一个聪明的男孩子。很聪明。”

“您真的还记得他，绪方先生？”

“是，当然，我记得秀一。他学习很用功。是个好孩子。”

“是啊，他是个好孩子。”

绪方先生用筷子指了指碗，说：“太好吃了。”

“瞎说。很抱歉没有什么更好的东西来招待你们。”

“不，真的，很好吃。”

“让我想想，”藤原太太说。“那个时候有个老师，她对秀一很好。她叫什么名字来着？我想是铃木，铃木小姐。您知道她后来怎么样了吗，绪方先生？”

“铃木小姐？啊，是，我想起来了。但是很遗憾我不知道她现在在哪里。”

“她对秀一很好。还有另外一个老师，名字叫黑田。一个很棒的年轻人。”

“黑田……”绪方先生慢慢地点点头。“啊，是，黑田。我记得他。是位好老师。”

“是啊，一个与众不同的年轻人。我丈夫对他印象特别深刻。您知道他后来怎么样了吗？”

“黑田……”绪方先生仍若有所思地点着头。一缕阳光照在他脸上，照亮了他眼睛周围的许多皱纹。“黑田，让我想想。我有一次遇到过他，很偶然的，战争开始的时候。我想他参战了。从那以后我就再也没有他的消息了。是，是位好老师。以前的很多人都没有消息了。”

有人叫藤原太太，我们看着她匆匆地走过水泥地到客人的桌子那去。她站在那里行了好一会儿的礼，然后收拾桌上的碗盘，走进厨房。

绪方先生看着她，然后摇摇头。“看见她这样真是遗憾，”他低声说。我没说什么，只是吃饭。过了一会儿绪方先生从桌子那头俯过身来，问：“悦子，你以前说她儿子叫什么名字来着？我是指活着的那个。”

“和夫，”我小声说。

他点点头，接着吃面。

过了一会儿藤原太太回来。“没有什么更好的东西来招待你们，真是不好意思，”她说。

“瞎说，”绪方先生说。“面很好吃。对了，和夫最近怎么样？”

“他很好。他身体健康，工作也顺利。”

“很好。悦子刚才跟我说他在一家汽车公司上班。”

“是，他在那里做得很好。而且他正在考虑再婚。”

“真的？”

“以前他说他不会再结婚，但是现在他开始向前看了。他目前还没有考虑的对象，但至少他开始考虑未来了。”

“这样想才对，”绪方先生说。“啊，他还年轻，不是？”

“当然了。他还有一大把日子呢。”

“当然了。他的日子还长着呢。你一定要给他找一个好姑娘，藤原太太。”

她笑了。“您以为我没试过？不过现在的女孩子大不一样了。太让我吃惊了，世道变得如此之大、如此之快。”

“确实，您说得很对。现在的女孩子都任性得很。而且整天在讲什么洗衣机啦、洋裙啦。悦子也是。”

“胡说，爸爸。”

藤原太太又笑了，然后说：“我记得我第一次听说洗衣机时，我不敢相信有人会想要那玩意。明明有一双好好的手可以干活，干吗要花那个钱？不过我相信悦子不会同意我的看法的。”

我正想说什么，却被绪方先生抢先一步：“我跟您说我前些天听说的一件事。其实是二郎的一个同事告诉我的。显然是在上次的选举中，要投给哪个政党，他妻子和他意见不合。他就打她，但是他妻子仍然没有让步。所以最后，他们分别投给了不同的政党。您能想像过去会发生这种事吗？太奇怪了。”

藤原太太摇摇头。“世道变太多了，”她叹了口气，说。“不过我听悦子说二郎现在在公司里干得很好。您一定很为他骄傲，绪方先生。”

“是，我想那孩子确实干得不错。事实上，今天他将代表他们公司参加一个很重要的会议。看来他们正在考虑再次提拔他。”

“太了不起了。”

“他去年才刚刚获得提升。我想领导一定对他评价很高。”

“太了不起了。您一定很为他骄傲。”

“那小子是个工作很努力的人。从小就是。我记得小时候，其他父亲都在使劲地叫孩子要更刻苦地学习，我却要不断地叫他多去玩一玩，学得那么刻苦对身体不好。”

藤原太太笑了，摇摇头说：“是啊，和夫也工作得很拼命，常常看文件看到半夜。我劝他不要工作得这么辛苦，可他不听。”

“是，他们根本不听。但是我得承认，我以前也是这样。当你相信你做的是对的时，你就不愿意浪费一分一秒。我妻子也常劝我多休息，可我就是不听。”

“是啊，和夫就是这样。可他要是再结婚了，就得改改了。”

“别指望结了婚就会改变，”绪方先生笑着说。说完，他把筷子整齐地搁在碗上。“哎呀，太好吃了。”

“瞎说。很抱歉没有什么更好的东西来招待你们。您还要吗？”

“有多的话，我很乐意。要知道，我得趁这些日子多享受享受这么好的饭菜。”

“瞎说，”藤原太太站起来，再次说道。

我们回到家后不久，二郎也下班回家了，比平时早一个小时左右。他愉快地向他父亲问好——完全忘了前一天晚上发脾气的事——然后洗澡去了。洗完澡出来时，他换上了和服，哼着小曲儿。他在垫子上坐下，开始用毛巾擦头发。

“那么，事情怎么样？”绪方先生问。

“什么事情？哦，您是指那个会啊。还不错。不算太糟。”

我正要去厨房，但在门口停了下来，想听听二郎接下来会说些什么。他父亲也一直看着他。而二郎只是擦着头发，没有看我们。

“事实上，”他终于开口说道，“我想我干得还不错。我说服他们的代表签了一份协议。不是合同，但差不离了。我的老板相当吃惊。他们很少像这样答应下来。老板让我提早下班。”

“哎呀，真是好消息，”绪方先生说道，然后笑了一声。他朝我看了一眼，又转向他儿子。“真是好消息。”

“恭喜，”我对着我丈夫微笑地说道。“我太高兴了。”

二郎抬起头来，好像这才注意到我。

“你干吗那样站在那里？”他问。“你知道我不介意来点茶。”他放下毛巾，开始梳头。

那天晚上，为了庆祝二郎谈判成功，我准备了比平时丰盛的晚餐。不管是晚餐时，还是晚餐后直到睡觉，绪方先生都没有提起白天见到松田重夫的事。可是晚餐刚开始时，他突然说道：

“哦，二郎，我明天要回去了。”

二郎抬起头来。“您要回去了？哦，太遗憾了。我希望您这几天住得开心。”

“是，我好好地休息了一番。事实上，我比原计划多待了好一阵子。”

“我们欢迎您住在这里，爸爸，”二郎说。“不用急着回去，我向您保证。”

“谢谢你们，可我该回去了。有些事情要接着做。”

“方便的时候，请一定要再来。”

“爸爸，”我说，“孩子出生以后您一定要来看孩子。”

绪方先生微笑着说：“那大概在新年吧。在那之前我不会来打搅你的，悦子。你会有够多的事要忙，哪有时间照顾我？”

“真遗憾您来的不是时候，”我丈夫说，“也许下一次我的工作就没有逼得这么紧了，我们就有时间多聊聊了。”

“好了，别担心了，二郎。没有什么比看到你如此投入工作更让我高兴的了。”

“现在这笔生意终于谈成了，”二郎说，“我的时间就多一些了。真遗憾您这时候要回去。我正在考虑请两天假呢。但我想是无济于事了。”

“爸爸，”我打断二郎的话，“要是二郎能请两天假，您不能多待一个星期吗？”

我丈夫停下在吃饭的手，但没有抬头。

“很诱人的提议，”绪方先生说，“但我想我真的该回去了。”

二郎接着吃饭。“真遗憾，”他说。

“没错，我真的得在纪久子和她丈夫来之前把阳台弄好。他们秋天时一定会想来的。”

二郎没有回答，我们静静地吃着晚饭。过了一会儿，绪方先生说：

“而且我不能整天坐在这里想着下棋。”他有点不自然地笑了笑。

二郎点点头，但没有说什么。绪方先生又笑了一声，我们继续静静地吃饭。

“您最近喝清酒吗，爸爸？”过了好一会儿二郎问道。

“清酒？有时喝一点。不常喝。”

“既然这是您住在这里的最后一晚，我们喝点酒吧。”

绪方先生像是想了好一会儿。最后他微笑着说：“没有必要为了我一个糟老头瞎忙活。但我和你喝一杯，庆祝你美好的前程。”

二郎冲我点点头。我走向碗柜，取出一个酒瓶和两个杯子。

这时绪方先生说：“我一直相信你会成功。你总是很有前途。”

“就凭今天的事并不保证他们一定会提升我，”我丈夫说。“但我想我今天的努力也没什么坏处。”

“当然没有，”绪方先生说。“不会有什么坏处。”

他俩都静静地看着我倒酒。然后绪方先生放下筷子，举起酒杯。

“为你的将来干杯，二郎，”他说。

我丈夫嘴里还吃着东西，也举起酒杯。

“也为您干杯，爸爸，”他说。

回忆，我发现，可能是不可靠的东西；常常被你回忆时的环境所大大地扭曲，毫无疑问，我现在在这里的某些回忆就是这样。比如说，我发现这种想法很诱人，即：那天下午我看见了一个先兆；那天我脑子里闪过的可怕的画面和一个人长时间地无聊时做的各种白日梦是完全不同的，来得更加强烈、更加逼真。

很可能根本不是什么大不了的事。一个小女孩被发现吊死在树上的惨剧——更甚于之前的那几起儿童谋杀案——震惊了整个小区。所以那年夏天我不会是唯一一个被这类幻象所困扰的人。

那是我们去稻佐山一两天之后，下午晚些时候，我正在公寓里忙着一些零活，无意间瞥了一眼窗外。从我第一次看见那辆美国大车以来，那片废弃的空地肯定已经变硬了很多，因为现在我看见车在凹凸不平的路面上行驶并没有什么困难。车越来越近，然后跌跌撞撞地开上了我们窗户底下的水泥路。反光的挡风玻璃让我看不清车里，但我确定车里不只司机一个。车在住宅区这兜了一下，然后开出了我的视线。

一定是在那个时候，当我有些困惑地看着小木屋时，我看见了那个幻象。没有任何明显的征兆，那个毛骨悚然的画面就突然闯进我的脑海。我不安地从窗户边走开，继续做我的家务，努力把那个画面赶出脑海，但过了好几分钟，我才觉得摆脱掉了它，思绪回到再次出现的白色大车上。

大约一个小时以后我看见一个人穿过空地朝木屋走去。我遮起眼睛好看得更清楚些；是个女人——瘦瘦的——慢慢地、小心翼翼地走着。她在小屋外停了一会儿，然后消失在斜斜的屋顶后面。我一直盯着那里，但她没有再出现；显然她进去了。

我在窗口站了一会儿，不知道该怎么办。最后，我穿上木屐，走出公寓。外面正是一天中最热的时候，穿过干巴巴的空地的那段不长的路却似乎永远也走不完。当我终于走到小屋时，我累得忘了我来干什么。这时，我听见屋里的说话声，有点吓了一跳。一个声音是万里子的；另一个声音我不认识。我走近门口，但听不清楚她们在说什么。我在那里站了站，拿不准该怎么办。最后我打开门叫了起来。说话声停止了。我等了一下，然后走了进去。

第十章

从亮晃晃的外头进来，小屋里似乎又冷又暗。阳光从各处狭窄的缝隙里强烈地照射进来，在榻榻米上投下一个个小光斑。木头的潮味还跟以前一样重。

过了一两秒钟我的眼睛才适应过来。一位老妇人坐在榻榻米上，万里子坐在她面前。老妇人转过来看我时很小心地摆头，像是怕伤着脖子。她的脸瘦瘦的，而且粉笔般苍白，开始时令我有点不安。她看上去七十岁上下，虽说她脆弱的脖子和肩膀可能是因为上了年纪，也可能是因为身体不好。她穿着一般在葬礼上才穿的暗黑色和服，眼睛有点凹，面无表情地看着我。

“你好，”她终于开口说道。

我微微欠了欠身，也说了句“您好”。我们尴尬地对视了一两秒钟。

“你是邻居？”老妇人问。她说话是一个字、一个字慢慢地吐出来。

“是的，”我说，“一个朋友。”

她又看了我一会儿，然后问：“你知道主人上哪儿去了吗？她把孩子一个人扔下了。”

小女孩换了位置，和陌生人并排坐着。听到老妇人问的问题，万里子目不转睛地看着我。

“不，我不知道，”我说。

“真奇怪，”妇人说。“孩子好像也不知道。她会去哪儿了呢？

我不能待很久。”

我们又对视了一会儿。

“您从远处来的吗？”我问。

“相当远。请原谅我的服装。我刚参加了一个葬礼。”

“我知道了。”我又鞠了一躬。

“伤感的场合，”老妇人说道，出神地慢慢点起头来。“我父亲以前的一个同事。家父身体虚弱，不能出门，让我代为致意。是个伤感的场合。”她环顾了一下小屋的内部，摆头时同样是很小心。“你不知道她去哪儿了？”她又问了一遍。

“是的，很遗憾我不清楚。”

“我不能等太久。家父会担心的。”

“有没有什么话我可以代为转达？”我问。

老妇人没有马上回答。过了一会儿，她说：“也许你可以告诉她我来找过她，向她问好。我是她的亲戚。我叫川田安子。”

“安子女士？”我努力掩饰我的惊讶。“您是安子女士，佐知子的表姐？”

老妇人鞠了一躬，鞠躬时肩膀微微颤抖。“请告诉她我来找过她，向她问好。你不知道她去哪儿了？”

我再次否认知道任何消息。妇人又一次出神地点起头来。

“如今的长崎大不一样了，”她说。“今天下午我都认不出来了。”

“是，”我说。“我想是变了很多。可是您不住在长崎吗？”

“我们已经在长崎住了好多年了。正如你说的，长崎变了很多。出现了很多新楼，还有新的街道。我上一次到城里来一定是在春天的时候。可即便在这段时间里也盖起了新楼。我肯定春天的时候是没有那些楼的。事实上，我想那次我也是来参加一个葬礼。没错，山下先生的丧礼。不知为何，春天的葬礼似乎更加伤感。你说你是邻居？很高兴认识你。”她的脸抖动了一下，我看见她在微笑；她的眼睛眯得细细的，嘴角向下弯，而不是向上。站在玄关我觉得不舒服，但又不敢走到榻榻米上去。

"很高兴见到您，"我说。"佐知子常提起您。"

"她提起我？"妇人似乎回味了一下这句话。"我们在等着她搬来和我们住。跟家父和我。也许她跟你说了。"

"是的，她说过。"

"我们三个星期前就开始等。可她一直没来。"

"三个星期前？这个嘛，我想这里面一定有什么误会。我知道她一直在准备搬家。"

老妇人再次环顾了一下小屋。"真遗憾她不在家，"她说。"不过如果你是她的邻居，那我很高兴认识你。"她再次鞠了一躬，然后一直盯着我看。"也许你能替我传个话给她，"她说。

"啊，当然可以。"

妇人沉默了一会儿才开口说道："我们发生了小小的争执，她和我。也许她告诉过你。只不过是个小误会，没什么。结果第二天我惊讶地发现她已经收拾好东西，离开了。我确实很惊讶。我无意冒犯她。家父说是我的错。"她停顿了一下。"我无意冒犯她，"她重复道。

我从没想到过佐知子的伯父和表姐不知道她有个美国朋友。我再次鞠了一躬，不知道回答什么。

"我承认她走了以后我很想她，"老妇人接着说。"我也想念万里子。我很喜欢她们的陪伴，我不应该发脾气、说了那些话。"她再次停下，脸转向万里子，再转回来。"家父虽然方式不同，但也想念她们。你瞧，他听得出来。他能听到房子里安静了好多。一天早上我发现他醒着，他对我说房子安静得让他想到坟墓。就像个坟墓，他说。她们搬回去对家父大有好处。也许佐知子愿意为了家父而搬回去。"

"我一定把您的感受传达给佐知子，"我说。

"也是为了她自己，"老妇人说。"毕竟一个女人不能没有一个男人来引导她。否则只会带来不良后果。家父虽然有病在身，但没有生命危险。她现在该回来了，不为别的也该为了她自己。”老妇人开始解开放在身旁的方巾。“事实上，我把它们带来了，”她说。“没什么，只是我自己织的几件开襟毛衣。不过是好羊毛。我本打算她们回去以后给她们，但我今天带来了。起初我织了一件要给万里子，后来我想也给她母亲织一件好了。”她举起一件毛衣，然后看看小女孩。她笑的时候嘴角再次向下弯。

“真漂亮，”我说。“您一定花了很多时间。”

“是好羊毛，”妇人重复道。她把毛衣重新包起来，然后把方巾小心地系好。“现在我得回去了。家父要担心了。”

老妇人站起来，走下榻榻米。我帮她穿好木屐。万里子也来到榻榻米边，老妇人轻轻地碰了碰孩子的头顶。

她说：“万里子，要记住把我对你说的话告诉你妈妈。还有，你不用担心你的小猫。房子里有足够的地方给它们住。”

“我们很快就会回去，”万里子说。“我会告诉妈妈的。”

妇人又笑了笑。然后她转向我，鞠了一躬。“很高兴认识你。我不能再久留了。你瞧，家父身体不好。”

“哦，是你啊，悦子，”佐知子说。那天晚上我又回到她的小屋。然后她笑了一声，说：“别那么吃惊的样子。你早知道我不会永远住在这里，不是吗？”

衣服、毯子和无数其他的东西堆得榻榻米上到处都是。我做了恰当的回答，然后找了个不碍事的地方坐下。我注意到身旁的地板上有两件看起来很漂亮的和服，我从没见佐知子穿过。我还看见了——地板中央，一个硬纸盒里——她那套精美的浅白色陶瓷茶具。

佐知子已经把中间的几扇拉门都打开了，让最后的日光照进屋来；然而，昏暗还是在迅速地袭来，从走廊射进来的余晖基本上照不到万里子坐着的那个远远的角落。她静静地看着她妈妈。旁边，两只小猫在嬉戏打闹；小女孩怀里抱着另外一只。

“我想万里子告诉你了，”我对佐知子说。“早些时候有人来找你。你表姐来过这里。”

“是。万里子告诉我了。”佐知子继续收拾她的箱子。

“你明天早上离开？”

“对，”她有点不耐烦地说。然后她叹了一口气，抬头看我。“对，悦子，我们明天早上离开。”她叠了件什么放进箱子的角落里。

“你的行李这么多，”我终于说道。“要怎么全都搬走呢？”

佐知子没有马上回答。过了一会儿，她一边收拾，一边说：“你是知道的，悦子。我们有车。”

我不说话了。佐知子深深地叹了口气，从房间那头朝我坐的地方看了一眼。

“对，我们要离开长崎了，悦子。我向你保证，我本打算全都收拾好了以后就去道别。我不会不跟你道谢就离开的，你对我那么好。对了，至于借的钱，我会通过邮局还给你。这点请不用担心。”她又开始收拾。

“你们要搬去哪里？”我问。

“神户。现在所有的事情都定下来了，不会再改变了。”

“神户？”

“对，悦子，神户。然后从那里去美国。弗兰克已经把所有的事情都安排好了。你不替我高兴吗？”她很快扬了扬嘴角，又转开了。

我还是盯着她。万里子也一直看着她。她怀里的小猫挣扎着想去和榻榻米上的小猫一起玩，可是小女孩紧紧地抱住它。她身边，屋子的角上，我看见了她在抓阄摊上赢的那只装菜的盒子；看来万里子已经把盒子改造成了小猫们的家。

“对了，悦子，那边那堆”——佐知子指了指——“那些东西我带不走了。我没想到东西这么多。那里有些质量还不错。你要的话就请拿去用吧。我当然没有冒犯的意思。仅仅是因为有些东西质量挺好。”

“可是你伯父怎么办？”我说。“还有你的表姐？”

“我伯父？”她耸耸肩。“很谢谢他请我去他家住。可是恐怕现在我另有打算。你不知道，悦子，离开这个地方我是多么如释重负。我相信我再也不会见到这种破地方了。”她又朝我看了一眼，笑了。“我知道你在想什么。我向你保证，悦子，你想错了。这次他不会再让我失望了。明天一大早他就会开车过来。你不替我高兴吗？”佐知子看了看满地的行李，叹了口气。然后她跨过一堆衣服，在装茶具的盒子边跪下，开始往里面装一卷卷的羊毛。

“你决定了吗？”万里子突然问。

“现在没时间谈这个，万里子，”她妈妈说。“我这会儿很忙。”

“可是你说过我可以留着它们。你不记得了吗？”

佐知子轻轻摇了摇纸箱；瓷器仍然嘎嘎作响。她看了看周围，找到一块布，把它撕成碎布条。

“你说过我可以留着它们，”万里子重复道。

“万里子，请你稍微考虑一下眼前的情况。我们怎么可能带上那些畜牲呢？”

“可是你说过我可以留着它们。”

佐知子叹了口气，有一会儿像是在想事情。她低头看看茶具，手里捏着碎布条。

“你说过的，妈妈，”万里子说。“你不记得了吗？你说过我可以留着的。”

佐知子抬头看看她女儿，然后又看看那些小猫。“如今情况不同了，”她疲惫地说。这时，一股怒气划过她的脸，她一把扔掉那些布条。“万里子，你老想着那些畜牲干吗？我们怎么可能带上它们？不行，我们只能把它们留在这里。”

“可是你说过我可以留着它们。”

佐知子看了她女儿一会儿。“你就不能考虑一下其他事情吗？”她说，声音变得很低。“你难道还小，看不出除了这些肮脏的小东西以外，还有其他更重要的事情？你得懂事一点了。你不能总是对这些东西恋恋不舍。这些只是……只是*动物*，你看不出来吗？你不明白这个吗，孩子？你不明白吗？”

万里子也瞪着她妈妈。

“你喜欢的话，万里子，”我插进去说，“我可以时不时地来喂它们。它们最后都会找到家的。不用担心。”

小女孩转向我说：“妈妈说过我可以留着小猫。”

“别再孩子气了，”佐知子说。“你只是在故意捣乱，跟平时一样。这些肮脏的小畜牲有什么大不了的呢？”她站起来，走向万里子的角落。榻榻米上的小猫急忙后退；佐知子低头看看它们，然后深吸了一口气。她相当镇定地把蔬菜盒子侧翻过来——这样，铁丝网的滑板就朝上了——弯下腰，把小猫一只只地扔进盒子里。然后她转向她女儿；万里子紧紧抱住剩下的一只小猫。

“把它给我，”佐知子说。

万里子抱着小猫不放。佐知子走上前去，伸出一只手。小女孩转过来看我。

“这只是小胖，”她说。“你想不想看看它，悦子阿姨？这只是小胖。”

“把那东西给我，万里子，”佐知子说。“你不明白吗，那只是一只动物。你怎么就不明白呢，万里子？你真的还小吗？那不是你的小宝宝，只是一只动物，就像老鼠啊、蛇啊。现在把它给我。”

万里子抬头瞪着她妈妈，然后慢慢地把小猫放下。小猫落在了她面前的榻榻米上，挣扎着被佐知子抓了起来。佐知子把它也扔进了蔬菜盒子里，然后“啪”地关上铁丝网。

“待在这里，”她对女儿说，然后拎起盒子。她经过我身边时，对我说：“真是太傻了，它们只是几只动物，有什么大不了的？”

万里子站了起来，像是要跟着她妈妈。佐知子在玄关那里回过头来说：“照我说的做。待在这里。”

有一会儿，万里子站在榻榻米的边上不动，看着她妈妈消失在门口。

“在这里等你妈妈，万里子，”我对她说。

小女孩转过来看了我一眼，然后就跑出去了。

起先，我没有动。一两分钟以后，我站起来、穿上木屐。在门口，我看见佐知子到河边去了，蔬菜盒子放在她脚边；她似乎没有注意到她女儿站在她身后几码的地方，就在陡坡上面。我离开小屋，朝万里子站着的地方走去。

“我们回到屋里去吧，万里子，”我轻声说。

小女孩仍旧看着她妈妈，面无表情。在我们下方，佐知子在河边小心翼翼地蹲下，把盒子拉近了一点。

“我们进去吧，万里子，”我又说了一遍，可小女孩还是没有理我。我离开她，走下泥泞的斜坡，朝佐知子蹲着的地方走去。夕阳透过树枝照在对岸，河边的芦苇在我们周围的泥地上投下长长的影子。虽然佐知子找了块有草的地方蹲下，但那里也都是泥。

“我们不能放了它们吗？”我静静地说。“谁知道呢。也许有人要它们。”

佐知子低头看着铁丝网里的小猫。她“啪”地把盒子打开，取出一只小猫，然后又把盒子关上。她双手抓住小猫，看了一会儿，然后抬头看了我一眼，说：“这只是一只动物，悦子。就只是一只动物。”

她把小猫放进水里、按住。她保持这个姿势，眼睛盯着水里，双手都在水下。她穿着一件日常的夏季和服，两只袖子的袖口都碰到了水。

突然佐知子第一次转过头去看了一眼她女儿，手依旧放在水里。我本能地顺着她的视线看去，一刹那间，我们俩都回头看着万里子。小女孩站在斜坡顶上，依旧面无表情地看着。看见她母亲的脸转向她，她微微地把头转开；然后一动不动，双手背在身后。

佐知子把手从水里拿出来，看着仍旧抓在手里的小猫。她把小猫拿得近一点，水流下她的手腕和手臂。

“还活着，”她疲倦地说。然后她转向我说：“看看这水，悦子。太脏了。”她厌恶地把湿漉漉的小猫扔回盒子里，关上盖子。“这些小东西在顽抗，”她嘟囔道，举起手腕，给我看上面的抓痕。不知怎么的，佐知子的头发也湿了；一滴水，然后又一滴从垂到她脸上的一小撮头发上流下来。

佐知子换了个姿势，把蔬菜盒子推向河边；盒子滑了下来，掉进水里。佐知子伸出手去抓住盒子，不让它漂走。河水几乎没到了铁丝网的半腰。她仍旧抓着盒子不放，最后双手把盒子一推。盒子漂进水里，冒着泡泡，沉得更下去了。佐知子站了起来，我们俩一起注视着盒子。盒子漂着，然后一股水流冲来，盒子加速往下游漂去。

这时什么东西从我眼前闪过，我猛地转头。万里子跑下河边，跑到几码远处的一块突进水里的浅滩上。她站在那里看着漂流的盒子，脸上依旧没有表情。盒子被芦苇缠住，松开了又继续前进。万里子又跑了起来。她沿着河岸跑了一段，然后又停下来，看着盒子。这时，盒子只剩一个小角露在水面上了。

“这水真脏，”佐知子说。她甩了甩手上的水，把和服两边的袖口一一拧干，然后掸掉膝盖上的泥。“我们进去吧，悦子。这里的虫子越来越让人受不了了。”

“我们不去找万里子吗？天很快就黑了。”

佐知子转过去叫她女儿的名字。万里子已经跑到五十码开外了，眼睛仍然看着河水，似乎没有听见在叫她。佐知子耸耸肩，说："她一会儿会回来的。现在我得趁天没黑赶紧把东西收拾完。"说完爬上斜坡，朝小屋走去。

佐知子点亮灯笼，挂在一处低木梁上。"别担心，悦子，"她说。"她很快就会回来了。"她走过一地板的各种各样的东西，跟刚才一样在敞开的拉门前坐下。身后，夕阳已经褪去，天色昏暗。

佐知子接着收拾东西。我在房间的另一头坐下，看着她。

"你现在怎么打算的？"我问。"到了神户以后要干什么？"

"全都安排好了，悦子，"她回答说，没有抬头。"不用担心。弗兰克都安排好了。"

"可为什么是神户？"

"他有朋友在那里。在美军基地。他得到了一份货船上的工作，他很快就能回美国了。然后他会寄给我们所需的钱，我们就去美国找他。他都安排好了。"

"你是说，他要先你们离开日本？"

佐知子笑了一声。"人要有耐心，悦子。一旦他到了美国，他就能找到工作、寄钱来。这是目前最可行的方案。毕竟他回到美国后找工作会容易得多。我不介意多等一些时间。"

"我知道了。"

"他都安排好了，悦子。他在神户给我们找好了住的地方，他还安排好到时我们坐的船可以比一般价格低将近一半。"说到这里，她叹了口气。"你不知道离开这个地方我有多高兴。"

佐知子又继续收拾东西。屋外微弱的光线照在她的半张脸上，而她的手和袖子都在灯笼的亮光里。感觉很奇怪。

"你在神户要等很久吗？"我问。

她耸耸肩。"我做好了耐心等待的准备，悦子。人要有耐心。"

光线很暗，我看不清楚她在叠什么；但似乎不好叠，她叠好又打开重新叠，反复了好几次。

“不管怎样，悦子，”她接着说，“他若不是确确实实真心的，干吗要给自己找这个麻烦呢？他干吗要特意为我做这些呢？悦子，有时候你好像很怀疑。你应该为我高兴才是。事情总算开始好转了。”

“是，当然了。我很为你高兴。”

“可说真的，悦子，他特意为我做了这些而你还怀疑他，这是不公平的。相当不公平。”

“是。”

“而且万里子在美国也会过得更好。美国更适合女孩子成长。在那里，她可以做各种各样的事。她可以成为女商人。她可以进大学学画画，然后成为一个艺术家。所有这些事情在美国要容易得多，悦子。日本不适合女孩子成长。在这里她能有什么指望呢？”

我没有回答。佐知子抬头看了我一眼，轻轻笑了笑。

“笑一笑，悦子，”她说。“事情最后会变好的。”

“是，我相信会的。”

“当然会了。”

“是。”

佐知子又继续收拾了一分钟左右，她的手突然停下来，从房间那头朝我看过来。脸上像我刚才描述的那样一半阴、一半亮。

“我想你一定认为我是个傻瓜，”她静静地说。“是不是，悦子？”

我也看着她，有点吃惊。

“我知道我们可能永远见不到美国，”她说。“也知道即使见到了，有多少困难等着我们。你以为我没想过这些吗？”

我没有回答，我们就这么对视着。

“可是那又怎么样？”佐知子说。“那又有什么关系呢？我为什么不应该去神户呢？毕竟，悦子，我会损失什么呢？我伯父的房子里没有什么可以给我的。只有一些空房间，没别的了。我可以找一间坐着，然后慢慢变老。除此之外什么都没有。只有空房间，没别的了。你是知道的，悦子。”

“可万里子呢，”我说。“万里子怎么办？”

“万里子？她会应付得过来的。她得应付过来。”佐知子还是透过昏暗的灯光看着我，半张脸在阴影里。她接着说：“你以为我认为自己是个好母亲？”

我没有回答。突然，佐知子笑了起来。

“我们干吗这样子说话？”她说道，双手又忙活了起来。“一切都会好的，我向你保证。到了美国以后我会给你写信。也许，悦子，也许有一天你还能来看我们。带着你的孩子。”

“是，没错。”

“也许那个时候你已经孩子成群了。”

“是，”我不自然地笑了笑。“谁知道呢。”

佐知子叹了口气，举起双手。“要收拾的东西真多啊，”她咕哝道。“有些东西只好不带了。”

我坐在那里，看着她。几分钟以后，我终于开口说道：

“你愿意的话，我可以去找万里子。天很黑了。”

“你只会让自己受累，悦子。我快收拾完了，到时她要是还没回来，我们一起出去找她。”

“没关系。我去找找她。天已经全黑了。”

佐知子抬头看了一眼，耸耸肩，说：“你最好把灯笼带上，河边很滑。”

我站起来，把灯笼从木梁上拿下来，朝门口走去。阴影随着我的脚步掠过小屋。离开时，我回头看了一眼佐知子。我只看见她的剪影，坐在敞开的拉门前，身后的天空已经全黑了。

我沿着河边走，蚊虫跟着我的灯笼。偶尔有虫子飞进灯笼里出不来，我只好停下来，拿稳灯笼，等虫子找到出来的路。

不久那座小木桥就出现在了我面前。走过木桥时，我在桥上停了一会儿，看着夜晚的天空。我记得在桥上时，一股异样的宁静向我袭来。我倚在栏杆上站了几分钟，听着脚下河水的声音。当我终于转身时，我看见了自己的影子，被灯光投在桥的木板条上。

“你在这里做什么？”我问。小女孩就在我面前，蜷缩在另一边的栏杆底下。我走上前去，好更清楚地看见灯笼底下的她。她看着她的手掌，不发一语。

“你是怎么了？”我说。“你为什么这样子坐在这里？”

灯笼周围聚集了不少虫子。我把灯笼拿到面前，放低，灯光把孩子的脸照得更亮了。过了好久，她才开口说道：“我不想走。明天我不想走。”

我叹了口气。“你会喜欢的。每个人对新事物总是有点害怕。可你会喜欢那里的。”

“我不想走。我不喜欢他。他像头猪。”

“你不能这么说话，”我生气地说。我们对视了一会儿，然后她又低头看着她的手。

“你不能这么说话。”我说，语气变缓和了。“他很喜欢你，他会像个新爸爸。一切都会变好的，我向你保证。”

孩子不做声。我又叹了口气。

“不管怎样，”我接着说，“你要是不喜欢那里，我们随时可以回来。”

这一次，她抬起头来，怀疑地看着我。

“是，我保证，”我说。“你要是不喜欢那里，我们就马上回来。可我们得试试看，看看我们喜不喜欢那里。我相信我们会喜欢的。”

小女孩紧紧地盯着我。“你拿着那个做什么？”她问。

“这个？照亮脚下的路而已，就这样。”

“你拿着它做什么？”

“我说了。照亮脚下的路而已。你是怎么了？”我笑了一声。

“你干吗这样看着我？我不会伤害你的。”

她一面盯着我，一面慢慢地站起来。

“你是怎么了？”我又问了一遍。

孩子跑了起来，在木板上发出“咚咚咚”的声音。跑到桥头时，她停了下来，怀疑地看着我。我对她笑了笑，拿起灯笼。孩子又跑了起来。

半轮月亮出现在水里，我静静地待在桥上看了几分钟。有一次，我想我在昏暗中看见万里子沿着河岸朝小屋的方向跑去。

第十一章

起初我肯定有人经过我的床，走出房间，轻轻关上门。后来我清醒多了，发现这是多么荒唐的想法。

我躺在床上听着外面的动静。很显然，我听到了隔壁妮基的声音；在这里她一直抱怨睡不好。也有可能根本没有什么声响，我又习惯性地早早就醒过来。

外面传来鸟叫声，可我的房间里仍然一片漆黑。几分钟后，我起来找晨衣。我打开房门时，外面的天色还很朦胧。我朝楼梯平台走去，几乎是下意识地瞥了一眼走廊尽头景子的房门。

突然，一刹那，我肯定从景子的房里传来声响，在屋外的鸟叫声中夹杂着一个微小但清晰的声响。我停下来听，然后迈开脚步朝房门走去。又传来了几个声响，这时我意识到是楼下厨房传来的声音。我在平台上站了一会儿，然后走下楼梯。

妮基从厨房里出来，看见我吓了一跳。

“哦，妈妈，你吓了我一大跳。”

在走廊朦朦胧胧的光线中，我看见她瘦瘦的身子穿着一件浅色晨衣，双手握着茶杯。

“对不起，妮基。我把你当作小偷了。”

我女儿深吸了一口气，但似乎仍惊魂未定。过了一会儿，她说：“我睡不着，就想不如起来冲杯咖啡。”

“现在几点？”

“我想大概五点。”

她走进客厅，留下我一个人站在楼梯脚下。我走进厨房冲了杯咖啡，然后也到客厅去。客厅里，妮基已经拉开窗帘，叉开腿坐在一张硬靠背椅上，呆呆地看着花园。窗外灰蒙蒙的亮光照在她脸上。

“你觉得还会不会下雨？”我问。

她耸耸肩，继续看着窗外。我在壁炉旁坐下，看着她。过了一会儿，她疲惫地叹了口气，说道：

“我睡得不怎么好。老是做噩梦。”

“真让人担心，妮基。你这种年纪不应该有睡眠问题。”

她没说什么，仍旧看着花园。

“你做什么噩梦？”我问。

“哦，就是噩梦。”

“什么噩梦，妮基？”

“就是噩梦，”她说，突然就生气了。“管它是什么噩梦？”

我们都不说话了。过了一会儿，妮基头也不回地说道：

“我想爸爸应该多关心她一点，不是吗？大多数时候爸爸都不管她。这样真是不公平。”

我等着她是不是还要说些什么。然后我说：“咳，可以理解。他毕竟不是她的亲爸爸。”

“可是真是不公平。”

我看见外面天快亮了。一只孤零零的小鸟在窗子附近什么地方叽叽喳喳地叫着。

“你爸爸有时相当的理想主义，”我说。“你瞧，那个时候他真的相信我们能在这里给她一个幸福的生活。”

妮基耸耸肩。我看了她好一会儿，然后说：“可是你瞧，妮基，我一开始就知道。我一开始就知道她在这里不会幸福的。可我还是决定把她带来。”

我女儿似乎在思索着我的话，过了一会儿转向我说：“别傻了，你怎么会知道呢？而且你为她尽力了。您是最不应该受到责备的人。”

我没有回答。她没有化妆的脸显得很年轻。

“不管怎样，”她说，“人有时就得冒险。你做得完全正确。你不能看着生命白白浪费。”

我放下一直握着的咖啡杯，越过她，看着外面的花园。没有要下雨的迹象，天空似乎比前几个早上晴朗。

“要是你接受现实，留在原地，”妮基接着说，“那才是太愚蠢了。至少你尽力了。”

“你说得对。现在我们别说这个了。”

“人要是浪费生命真是太愚蠢了。”

“我们别说这个了，”我语气更加坚定地说。“现在说这些有什么用呢？”

我女儿再次把脸转过去。我们默默地坐了一会儿，然后我站起来，走近窗户。

“今天早上看来天气不错，”我说。“也许会出太阳。要是出太阳的话，妮基，我们出去散散步。散步很有好处。”

“我想是吧，”她咕哝道。

我离开客厅时，我女儿仍旧叉开腿坐在椅子上，一手托着下巴，呆呆地看着外面的花园。

电话响起来时，我和妮基正在厨房里吃早餐。这几天老有电话找她，所以自然是她去接电话。等她接完电话回来，她的咖啡已经冷掉了。

“又是你的朋友？”我问。

她点点头，走过去打开炉子烧水。

“是这样的，妈妈，”她说，“我下午得回去了。行吗？”她站在那里，一手放在水壶柄上，一手放在臀部。

“当然可以。你能来这里我很高兴，妮基。”

“我很快会再来看你的。可现在我真的得回去了。”

“你用不着道歉。如今你过自己的生活很重要。”

妮基转过身去等水开。水槽上方的窗户还有一些雾气，但外面已经出太阳了。妮基冲了咖啡，然后在桌子旁坐下。

“哦，对了，妈妈，”她说。“你记得我跟你提起的那个朋友，在写关于你的诗的那个？”

我微微一笑。“哦，记得。你的朋友。”

“她想让我带张照片什么的回去。长崎的。你有这样的东西吗？旧明信片什么的？”

“我想我可以找一找。太荒唐了”——我笑了一声——“她能写我什么呢？”

“她是个很棒的诗人。她经历了很多事情，你瞧。所以我跟她说了你的事。”

“我相信她一定会写出了不起的诗来，妮基。”

“就旧明信片什么的。让她看看一切都是什么样的。”

“这个嘛，妮基，我不敢肯定。得看得出一切都是什么样的，是吗？”

“你知道我的意思。”

我又笑了一声。“我待会儿给你找找看。”

妮基刚在一片烤面包上涂了些黄油，现在又把黄油刮掉一些。我女儿从小就瘦，却担心变胖，让我觉得好笑。我看了她一会儿。

“话说回来，”我终于说道，“真可惜你今天就要离开。我本打算今晚一起去看电影。”

“看电影？为什么，在放什么？”

“我不知道他们现在放些什么电影。我以为你会清楚些。”

“说真的，妈妈，我们好久没有一起看电影了，不是吗？从我长大以后。”妮基微笑了一下，霎时间她的脸变得孩子气。接着，她放下小刀，盯着自己的杯子。“我也不常看电影，”她说。“在伦敦总有一大堆电影看，可我们不常去。”

“啊，你要是喜欢的话，也可以去看戏。如今有公车直达剧院。我不知道他们现在在演什么，不过我们能查到。本地的报纸是不是在那里，就在你后面？”

“好了，妈妈，别麻烦了。没有什么意义。”

“我想他们不时会演些好戏。相当现代的。报上有。”

“没有什么意义，妈妈。我今天就得回去了。我很想留下来，可是我真的得回去了。”

“当然，妮基。不必道歉。”我给了桌子那头的她一个微笑。“事实上，你有处得来的好朋友，我感到很欣慰。随时欢迎你带他们来这里。”

“好的，妈妈，谢谢你。”

妮基睡的空房间是个简陋的小房间；那天早上，阳光流泻了进来。

“这个给你朋友行吗？”我在门口问道。

妮基正在床边收拾箱子，抬头看了一眼我找到的日历。“可以，”她说。

我走进房间。透过窗子，我可以看见下面的果园和一排排整齐的小树。我手里的日历原本每个月份都有一张照片，如今撕得只剩下最后一张了。我盯着这最后一张照片看了一会儿。

“别给我什么重要的东西，”妮基说。“没有的话也没关系。”

我笑了，把照片跟她的其他东西一起放在床上。“只是一本旧日历，没什么。我也不知道为什么会留着。”

妮基拨了些头发到耳后，继续整理。

“我想，”我终于开口说道，“你打算暂时继续住在伦敦。”

她耸了耸肩。“这个，我在那里很开心。”

“一定要替我向你的朋友们问好。”

“好的，我会的。”

“还有大卫。这是他的名字吧？”

她又耸了耸肩，没说什么。她带了三双不同的靴子回来，现在正想办法装到箱子里去。

“妮基，我想你还没有打算结婚吧？”

“我干吗打算结婚？”

“我问问而已。”

“我干吗要结婚？意义何在？”

“你打算就这么继续——住在伦敦，是吗？”

“我干吗要结婚呢？太愚蠢了，妈妈。”她把日历卷起来、收好。“那么多女人被灌输这种思想，认为生活就是结婚，然后生一大堆孩子。”

我还是看着她。过了一会儿，我说：“可说到底，妮基，没别的什么了。”

“天啊，妈妈，我有很多事情可以干。我不想固定下来，然后整天围着丈夫和一大群吵吵闹闹的孩子团团转。你怎么突然唠叨起这个了？”箱子的盖子关不上，妮基不耐烦地直往下按。

“我只是想知道你是怎么打算的，妮基，”我笑了下说。“没必要生这么大的气。你当然要照自己的想法生活。”

她把盖子重新打开，整了整里面的东西。

“好了，妮基，没必要生这么大的气。”

这次，她总算把盖子给关上了。“天晓得我干吗带了这么多东西？”她小声自言自语道。

“你要怎么跟别人说，妈妈？”妮基问。“别人问我去哪儿了，你要怎么跟他们说？”

我女儿决定她可以吃过午饭再走，我俩就从屋后的果园出来散步。太阳还在，可天气很冷。我不解地看着她。

“我就告诉他们你住在伦敦啊，妮基。不是这样吗？”

“我想是。可他们不会问我在干什么吗？像那天沃特斯老太太那样？”

“是啊，他们有时候会问。我就说你和朋友们住在一起。说真的，妮基，我不知道你那么在乎人们对你的看法。”

“我没有。”

我们继续慢慢地走着。许多地方很泥泞。

“我想你不太喜欢，对不对，妈妈？”

“喜欢什么，妮基？”

“我的做法。你不喜欢我搬出去。还有和大卫住啊，等等。”

我们来到了果园尽头。妮基跨出园子，走上一条弯弯曲曲的小路；她走到路的对面，朝一片原野的几扇木门走去。我跟在她后面。草地很大，从我们面前缓缓地升上去。在最高点有两棵瘦瘦的假挪威槭映着蓝天。

“我并不为你感到羞耻，妮基，”我说。“你应该按照自己的想法生活。”

我女儿注视着原野。“以前这里有马，不是吗？”她说，举起双手去摸木门。我放眼望去，没有看见马。

“说来奇怪，”我说道。“我记得我刚结婚时，我和我丈夫吵了起来，因为他不想和他父亲住在一起。你瞧，那时的日本，子女还是应该跟父母住一起的。我们为此吵个不停。”

“我敢说你一定觉得轻松多了，”妮基说道，视线没有离开原野。

“轻松？为什么？”

“因为不用和他父亲一起住。”

“相反，妮基。我更愿意他和我们一起住。再说，他妻子不在了。日本传统的生活方式一点儿也不坏。”

“你现在当然会这么说了。可我敢说你那时肯定不是这么想的。”

“可是妮基，你真的不明白。我非常喜欢我的公公。”我看了她一会儿，最后还是笑了笑。“也许你说得对。也许他不和我们一起住我是轻松多了。我记不清了。”我伸出手去摸木门的顶端。一些水汽沾到了我的手指上。我发现妮基在看我，就把手举给她看。“还有些霜，”我说。

“你还常常想日本吗，妈妈？”

“我想是的。”我又转回去看着原野。“我会回忆一些往事。”

两匹小马出现在假挪威槭附近。一时间，它们静静地站在那里，并排站在阳光下。

“我今天早上给你的那本日历，”我说。“上面是长崎港口的风景。今天早上我想起有一次我们到那里去，一次郊游。港口周围的那些山非常漂亮。”

那两匹小马慢慢地走到树后面去。

“有什么特别的？”妮基问。

“特别？”

“你们去港口的那天。”

“哦，没什么特别的。我刚好想到，就这样。那天景子很高兴。我们坐了缆车。”我笑了一声，转向妮基。“对，没什么特别的。只是件快乐的往事，仅此而已。”

我女儿叹了口气，说：“这里好安静啊。我都不记得有这么安静了。”

“是啊，比起伦敦，这里一定显得很安静。”

“我想你一个人住在这里有时候一定有点无聊。”

“可是我喜欢安静，妮基。我一直觉得这里最像英国。”

我的视线离开原野，回头看着我们身后的果园。

“我们刚来这里的时候没有那些树，”过了许久，我说道，“一整片都是原野，你从这里就可以看见房子。你父亲刚带我到这里来的时候，妮基，我记得我觉得这里的一切都那么像英国。原野啊，房子啊。正是我一直以来想像中的英国的样子，我高兴极了。”

妮基深吸了一口气，离开木门，说：“我们回去吧，我得赶紧走了。”

我们重新穿过果园时，天空似乎又布起了乌云。

“前些日子我突然想到，”我说，“也许现在我该把房子卖了。”

“卖了？”

“是啊。也许该换个小一点的房子。我想想而已。”

“你想把房子卖了？”我女儿担心地看着我。“可这房子很好。”

“但如今太大了。”

“可这房子很好，妈妈。卖掉太可惜了。”

“我想也是。我想想而已，妮基，没别的。”

我本想送她去火车站——离这里不过几分钟的路——可这似乎会让她不自在。午饭后不久她就走了，一副奇怪的、难为情的样子，好像她是没有经过我的同意离开的。下午天空转阴了，起了风，我站在门口看着她走到车道尽头。她穿着和来时一样的紧身衣，有点费力地拖着箱子。到门口时，妮基回头看了一眼，发现我还站在门口，似乎有点吃惊。我笑了笑，朝她挥挥手。

译后记

读完整部作品，感觉就像它的标题所示，留给读者的只是一个模糊的印象、一种淡淡的感觉，整部书连一个完整的故事情节都没有，留下无数的空白让读者自己去想象。而且，即便是已知的信息，也得靠读者自己从小说的字里行间一块块拼起来，小说中没有多少介绍故事背景、人物来龙去脉之类的说明性文字。

构成这本书的是主人公悦子零碎的回忆。回忆是石黑的作品里最重要的题材。正如书中说的："回忆，我发现，可能是不可靠的东西。"悦子的回忆充满矛盾和空白。回忆不仅由于时间的流逝变得模糊，而且是非常主观的东西，加入了人的情感和选择。石黑说："我喜欢回忆，是因为回忆是我们审视自己生活的过滤器。回忆模糊不清，就给自我欺骗提供了机会。作为一个作家，我更关心的是人们告诉自己发生了什么，而不是实际发生了什么。"石黑一雄关心的不是外部的现实世界，而是人复杂的内心世界。通过扭曲的回忆所反映的微妙的东西可以帮助人们窥探这个世界：为什么他在这个时候想起这件事？他对这件事是什么感觉？他说他记不清发生了什么事，却还是要说给我们听，那么读者能相信他多少？等等。

总之，石黑笔下的主人公的回忆是扭曲的，读者不能完全相信，很可能要带着批判的眼光阅读第二遍。比如，书的一开始就是故事矛盾激化的地方：景子自杀了。可是接下来并没有解释为什么自杀，转而开始回忆悦子在二战后的长崎与一位友人的一段友谊。读者会想：怎么讲到另一件事去了？她对女儿的自杀心情如何？她女儿为什么自杀？

读完全书，大家都会觉得悦子和佐知子其实是同一个人，景子其实也就是万里子。石黑说："我希望读者能明白她的故事是通过她朋友的故事来讲的。"不管佐知子母女是不是真有其人，悦子利用她们做掩护，精心编织了一个看似是别人的故事，想藏在别人的面具之下来减轻自己的罪恶感。读者可能从一开始就怀疑是这样，但找不到确实的文本证据。到了书的最后，"那天景子很高兴。我们坐了缆车。"淡淡一句就戳破了悦子在整本书中精心设计的谎言。她的心理防线在最后还是崩溃了，她不想或者忘了伪装。书的戏剧效果极强。

为什么要这样写，石黑的解释是，当时他在伦敦收留无家可归者的慈善机构里做社工，"我有很多时间和无家可归的人在一起，我倾听他们的故事，听他们说怎么会到这里来，我发现他们不会直截了当、坦白地说他们的故事。""我就觉得用这种方法写小说很有意思：某个人觉得自己的经历太过痛苦或不堪，无法启口，于是借用别人的故事来讲自己的故事。"

小说始终没有交待景子到底为什么自杀，悦子为什么离开日本（悦子为自己设计的在长崎的形象是一个传统的、尽本分的妻子，与她后来离开丈夫、离开祖国的大胆行为相去甚远。）悦子回忆的重点不是她们具体怎样离开日本到达英国，也不是景子在英国到底过得如何（景子在英国的生活我们可以从悦子本身少量的叙述中看出来，也可以从妮基对景子的回忆中窥见一斑。景子一直与这个异国新家格格不入，后来更是自我封闭、有点病态，最终导致自杀）。悦子的回忆集中在去与留的抉择。这反映出悦子心里深知景子悲剧的根源在日本，景子的自杀触发了悦子内心长期以来的担忧：自己选择离开日本的决定到底对不对？

对于离开日本的决定，按佐知子自己（我们把她看作悦子的代言人）的话说："我是个母亲，我女儿的利益是第一位的。""万里子在美国会过得很好的……那里更适合孩子的成长。在那里她的机会更多，在美国女人的生活要好得多。”“日本不适合女孩子成长。在这里她能有什么指望呢？”

虽然佐知子口口声声去美国都是为了女儿，但是读者能体味到去美国似乎更符合佐知子自己的愿望和利益，而不是万里子的。从主观愿望来说，万里子不愿意去美国，想回安子阿姨家，讨厌那个美国酒鬼。万里子甚至在她们第一次准备离开的时候试图上吊自杀。当然，在佐知子的回忆里把它说成是一个从树上摔下来的小意外。从客观条件来说，回安子阿姨家对万里子来说意味着稳定的生活，去美国则存在着很多不确定因素，是很冒险的举动。然而对佐知子来说，她伯父家只是个有无数空房间的坟墓，美国则是一个充满可能性的国家。这是她从小的梦想，在日本饱经战乱之苦后，这种向往异国的心情更加强烈。所以纵使弗兰克不是一个十分可靠的人，却是她改变现状唯一的希望。

就算佐知子确实是为了女儿好（不冒点险怎么能变得更好呢？），她在母女关系上处理得也不是很好。她们的关系大部分时候都很紧张，她时常把万里子一个人撇在家里。这种紧张在淹死小猫的事件上达到高潮。她没有如约让万里子带着小猫回到安子阿姨家，很明显后来也没有像她保证的那样：“你要是不喜欢那里，我们随时可以回来。”桥上悦子与万里子谈话的那一幕，评论家们基本上都认为实际上就是她们母女俩在谈话。这无疑是说服万里子去美国的一次重要的对话，回忆到这里时，当时的情形又清清楚楚地浮现在眼前，悦子无意中就跨过了旁观者的界限，变成了当事人。此时故事接近尾声，悦子与她的代言人之间的界限变得十分模糊，而到了最后就如前面所说的彻底崩溃。

悦子一会儿安慰自己：“我离开日本的动机是正当的，而且我知道我时刻把景子的利益放在心上。”一会儿又说：“我一开始就知道她在这里不会幸福的。可我还是决定把她带来。”她的一生都在做着激烈的良心斗争，当她的担心最终变为现实时——景子用自杀结束了自己不开心的一生——这种斗争达到了高潮。景子死后，悦子心中充满自责和悔恨。

从“时钟时间”计算，小说的时间跨度是妮基来看望悦子的那五天。这五天里，悦子想起了大约二十年前在长崎的往事，“心理时间”的跨度长达二十几年。作者似乎将她的一生浓缩在这几天里。故事一会儿发生在距离现代较近的英国，一会儿又回到遥远的战后的长崎。因为利用回忆，作者就可以轻易地在各个不同的时空（物理时空与心理时空）之间跳来跳去，无需多费笔墨加以交待，过去与现在交织在一起，造成了一种亦真亦幻的效果。

小说以战后的长崎为背景。一个关键词就是：改变。事物在变（重建正在如火如荼地进行，如佐知子的表姐说的：“我肯定春天的时候是没有那些楼的。”读者就能直观地感受到），人心也在变。书中虽然没有一个地方直接描写原子弹爆炸，但原子弹爆炸带来的阴影却无处不在。首先，悦子、佐知子和藤原太太都在原子弹爆炸中失去了很多，可是她们对战后生活的态度却迥然不同。积极乐观、向前看的藤原太太安心地经营着小小的面店，悦子和佐知子则不能像藤原太太那样坦然接受现实生活。其次，儿童是战争首当其冲的受害者，战争中儿童的利益往往最容易被牺牲。经历了战争的万里子对大人感到恐惧、不信任。再者，绪方先生所代表的旧价值观受到了以松田重夫为代表的新价值观的强烈挑战。夫妻间的关系也开始发生变化。

石黑以自己的家乡长崎作为处女作的背景自然与他的身世分不开，但他也一再强调读者不要把他的作品与某个特定的历史时期对号入座（比如他的另外一部小说《长日将尽》是以两战期间的英国为背景，《我辈孤雏》则是以三十年代的上海公共租界为背景）。他希望人们更多地把他的小说看成是隐喻和象征。选择故事发生在这里而不是那里更多的是技巧上的需要，而不是内容上的需要。他通常是故事、主题已经成形在胸了，最后才为故事寻找适合的地点。比如此书场景最初设置在英国康沃尔郡，而不是长崎。作者无意写一本历史小说，本书的中心还是探讨内疚和自欺的。

此外，石黑也一再强调他对背景的描写也不是如实描绘，只是取其典型。他认为如今的小说没有必要像十九世纪时那样细致入微地描写风景，因为电视、电影等媒体在写实方面比小说更有优势。小说家只需用几个关键词引起读者联想就够了。例如，介绍佐知子的小屋时，石黑只说“是乡下常见的那种木屋子，斜斜的瓦屋顶都快碰到地面了”，剩下的就靠读者自己去联想了。石黑对日本的印象除了儿时的记忆和父母的言传身教以外，还来自五十年代的日本电影，例如小津安二郎、黑泽明和成濑巳喜男的电影。

另外，书中平淡之中见辛辣讽刺的地方也比比皆是。例如，举世闻名的和平雕像就被作者揶揄了一番：

> 我一直觉得那尊雕像长得很丑，而且我无法将它和炸弹掉下来那天发生的事以及随后的可怕的日子联系起来。远远看近乎可笑，像个警察在指挥交通。我一直觉得它就只是一尊雕像，虽然大多数长崎人似乎把它当作一种象征，但我怀疑大家的感觉和我一样。

然而你不得不佩服他的角度很新颖，说法也不无道理。

此书出版于1982年，是石黑的处女作。其中的很多东西成了他日后的标志，如：第一人称叙述、回忆、幽默与讽刺、国际化的视角等。

石黑的第一部作品就获得了英国皇家学会颁发的温尼弗雷德·霍尔比纪念奖。虽然这部书出版至今已经快三十年了，但仍在不断重印。它的艺术价值和魅力得到了时间的检验，探讨人性的主题也永远不会过时，现在读来仍令人唏嘘感慨。

译　者

KAZUO ISHIGURO

A Pale View of Hills

PART ONE

Chapter One

Niki, the name we finally gave my younger daughter, is not an abbreviation; it was a compromise I reached with her father. For paradoxically it was he who wanted to give her a Japanese name, and I — perhaps out of some selfish desire not to be reminded of the past — insisted on an English one. He finally agreed to Niki, thinking it had some vague echo of the East about it.

She came to see me earlier this year, in April, when the days were still cold and drizzly. Perhaps she had intended to stay longer, I do not know. But my country house and the quiet that surrounds it made her restless, and before long I could see she was anxious to return to her life in London. She listened impatiently to my classical records, flicked through numerous magazines. The telephone rang for her regularly, and she would stride across the carpet, her thin figure squeezed into her tight clothes, taking care to close the door behind her so I would not overhear her conversation. She left after five days.

She did not mention Keiko until the second day. It was a grey windy morning, and we had moved the armchairs nearer the windows to watch the rain falling on my garden.

"Did you expect me to be there?" she asked. "At the funeral, I mean."

"No, I suppose not. I didn't really think you'd come."

"It did upset me, hearing about her. I almost came."

"I never expected you to come."

"People didn't know what was wrong with me," she said. "I didn't tell anybody. I suppose I was embarrassed. They wouldn't understand really, they wouldn't understand how I felt about it. Sisters are supposed to be people you're close to, aren't they. You may not like them much, but you're still close to them. That's just not how it was though. I don't even remember what she looked like now."

"Yes, it's quite a time since you saw her."

"I just remember her as someone who used to make me miserable. That's what I remember about her. But I was sad though, when I heard."

Perhaps it was not just the quiet that drove my daughter back to London. For although we never dwelt long on the subject of Keiko's death, it was never far away, hovering over us whenever we talked.

Keiko, unlike Niki, was pure Japanese, and more than one newspaper was quick to pick up on this fact. The English are fond of their idea that our race has an instinct for suicide, as if further explanations are unnecessary; for that was all they reported, that she was Japanese and that she had hung herself in her room.

That same evening I was standing at the windows, looking out into the darkness, when I heard Niki say behind me; "What are you thinking about now, Mother?" She was sitting across the settee, a paperback book on her knee.

"I was thinking about someone I knew once. A woman I knew once."

"Someone you knew when you . . . before you came to England?"

"I knew her when I was living in Nagasaki, if that's what you mean." She continued to watch me, so I added: "A long time ago. Long before I met your father."

She seemed satisfied and with some vague comment returned to her book. In many ways Niki is an affectionate child. She had not come simply to see how I had taken the news of Keiko's death; she had come to me out of a sense of mission. For in recent years she has taken it upon herself to admire certain aspects of my past, and she had come prepared to tell me things were no different now, that I should have no regrets for those choices I once made. In short, to reassure me I was not responsible for Keiko's death.

I have no great wish to dwell on Keiko now, it brings me little comfort. I only mention her here because those were the circumstances around Niki's visit this April, and because it was during that visit I remembered Sachiko again after all this time. I never knew Sachiko well. In fact our friendship was no more than a matter of some several weeks one summer many years ago.

The worst days were over by then. American soldiers were as numerous as ever — for there was fighting in Korea — but in Nagasaki, after what had gone before, those were days of calm and relief. The world had a feeling of change about it.

My husband and I lived in an area to the east of the city, a short tram journey from the centre of town. A river ran near us, and I was once told that before the war a small village had grown up on the riverbank. But then the bomb had fallen and afterwards all that remained were charred ruins. Rebuilding had got under way and in time four concrete buildings had been erected, each containing forty or so separate apartments. Of the four, our block had been built last and it marked the point where the rebuilding programme had come to a halt; between us and the river lay an expanse of wasteground, several acres of dried mud and ditches. Many complained it was a health hazard, and indeed the drainage was appalling. All year round there were craters filled with stagnant water, and in the summer months the mosquitoes became intolerable. From time to time officials were to be seen pacing out measurements or scribbling down notes, but the months went by and nothing was done.

The occupants of the apartment blocks were much like

ourselves — young married couples, the husbands having found good employment with expanding firms. Many of the apartments were owned by the firms, who rented them to employees at a generous rate. Each apartment was identical; the floors were tatami, the bathrooms and kitchens of a Western design. They were small and rather difficult to keep cool during the warmer months, but on the whole the feeling amongst the occupants seemed one of satisfaction. And yet I remember an unmistakable air of transience there, as if we were all of us waiting for the day we could move to something better.

One wooden cottage had survived both the devastation of the war and the government bulldozers. I could see it from our window, standing alone at the end of that expanse of wasteground, practically on the edge of the river. It was the kind of cottage often seen in the countryside, with a tiled roof sloping almost to the ground. Often, during my empty moments, I would stand at my window gazing at it.

To judge from the attention attracted by Sachiko's arrival, I was not alone in gazing at that cottage. There was much talk about two men seen working there one day — as to whether or not they were government workers. Later there was talk that a woman and her little girl were living there, and I saw them myself on several occasions, making their way across the ditchy ground.

It was towards the beginning of summer — I was in my third or fourth month of pregnancy by then — when I first watched that large American car, white and battered, bumping its way over the wasteground towards the river. It was well into the evening, and the sun setting behind the cottage gleamed a moment against the metal.

Then one afternoon I heard two women talking at the tram stop, about the woman who had moved into the derelict house by the river. One was explaining to her companion how she had spoken to the woman that morning and had received a clear snub. Her companion agreed the newcomer seemed unfriendly — proud probably. She must be thirty at the youngest, they thought, for the child was at least ten. The first woman said the stranger had spoken with a Tokyo dialect and certainly was not from Nagasaki. They discussed for a while her "American friend", then the woman spoke again of how unfriendly the stranger had been to her that morning.

Now I do not doubt that amongst those women I lived with then, there were those who had suffered, those with sad and terrible memories. But to watch them each day, busily involved with their husbands and their children, I found this hard to believe — that their lives had ever held the tragedies and nightmares of wartime. It was never my intention to appear unfriendly, but it was probably true that I made no special effort to seem otherwise. For at that point in my life, I was still wishing to be left alone.

It was with interest then that I listened to those women talking of Sachiko. I can recall quite vividly that afternoon at the tram stop. It was one of the first days of bright sunlight after the rainy season in June, and the soaked surfaces of brick and concrete were drying all around us. We were standing on a railway bridge and on one side of the tracks at the foot of the hill could be seen a cluster of roofs, as if houses had come tumbling down the slope. Beyond the houses, a little way off, were our apartment blocks standing like four concrete pillars. I felt a kind of sympathy for Sachiko then, and felt I understood something of that aloofness I had noticed about her when I had watched her from afar.

We were to become friends that summer and for a short time at least I was to be admitted into her confidence. I am not sure now how it was we first met. I remember one afternoon spotting her figure ahead of me on the path leading out of the housing precinct. I was hurrying, but Sachiko walked on with a steady stride. By that point we must have already known each other by name, for I remember calling to her as I got nearer.

Sachiko turned and waited for me to catch up. "Is something wrong?" she asked.

"I'm glad I found you," I said, a little out of breath. "Your daughter, she was fighting just as I came out. Back there near the ditches."

"She was fighting?"

"With two other children. One of them was a boy. It looked a nasty little fight."

"I see." Sachiko began to walk again. I fell in step beside her.

"I don't want to alarm you," I said, "but it did look quite a nasty fight. In fact, I think I saw a cut on your daughter's cheek."

"I see."

"It was back there, on the edge of the wasteground."

"And are they still fighting, do you think?" She continued to walk up the hill.

"Well, no. I saw your daughter running off."

Sachiko looked at me and smiled. "Are you not used to seeing children fight?"

"Well, children do fight, I suppose. But I thought I ought to tell you. And you see, I don't think she's on her way to school. The other children carried on towards the school, but your daughter went back towards the river."

Sachiko made no reply and continued to walk up the hill.

"As a matter of fact," I continued, "I'd meant to mention this to you before. You see, I've seen your daughter on a number of occasions recently. I wonder, perhaps, if she hasn't been playing truant a little."

The path forked at the top of the hill. Sachiko stopped and we turned to each other.

"It's very kind of you to be so concerned, Etsuko," she said. "So very kind. I'm sure you'll make a splendid mother."

I had supposed previously — like the women at the tram

stop — that Sachiko was a woman of thirty or so. But possibly her youthful figure had been deceiving, for she had the face of an older person. She was gazing at me with a slightly amused expression, and something in the way she did so caused me to laugh self-consciously.

"I do appreciate your coming to find me like this," she went on. "But as you see, I'm rather busy just now. I have to go into Nagasaki."

"I see. I just thought it best to come and tell you, that's all."

For a moment, she continued to look at me with her amused expression. Then she said: "How kind you are. Now please excuse me. I must get into town." She bowed, then turned towards the path that led up towards the tram stop.

"It's just that she had a cut on her face," I said, raising my voice a little. "And the river's quite dangerous in places. I thought it best to come and tell you."

She turned and looked at me once more. "If you have nothing else to concern yourself with, Etsuko," she said, "then perhaps you'd care to look after my daughter for the day. I'll be back sometime in the afternoon. I'm sure you'll get on very well with her."

"I wouldn't object, if that's what you wish. I must say, your daughter seems quite young to be left on her own all day."

"How kind you are," Sachiko said again. Then she smiled once more. "Yes, I'm sure you'll make a splendid mother."

After parting with Sachiko, I made my way down the hill and back through the housing precinct. I soon found myself back outside our apartment block, facing that expanse of wasteground. Seeing no sign of the little girl, I was about to go inside, but then caught sight of some movement along the riverbank. Mariko must previously have been crouching down, for now I could see her small figure quite clearly across the muddy ground. At first, I felt the urge to forget the whole matter and return to my housework. Eventually, however, I began making my way towards her, taking care to avoid the ditches.

As far as I remember, that was the first occasion I spoke to Mariko. Quite probably there was nothing so unusual about her behaviour that morning, for, after all, I was a stranger to the child and she had every right to regard me with suspicion. And if in fact I did experience a curious feeling of unease at the time, it was probably nothing more than a simple response to Mariko's manner.

The river that morning was still quite high and flowing swiftly after the rainy season a few weeks earlier. The ground sloped down steeply before it reached the water's edge, and the mud at the foot of the slope, where the little girl was standing, looked distinctly wetter. Mariko was dressed in a simple cotton dress which ended at her knees, and her short trimmed hair made her face look boyish. She looked up, not smiling, to where I stood at the top of the muddy slope.

"Hello," I said, "I was just speaking with your mother. You must be Mariko-San."

The little girl continued to stare up at me, saying nothing. What I had thought earlier to be a wound on her cheek, I now saw to be a smudge of mud.

"Shouldn't you be at school?" I asked.

She remained silent for a moment. Then she said: "I don't go to school."

"But all children must go to school. Don't you like to go?"

"I don't go to school."

"But hasn't your mother sent you to a school here?"

Mariko did not reply. Instead, she took a step away from me.

"Careful," I said. "You'll fall into the water. It's very slippery."

She continued to stare up at me from the bottom of the

slope. I could see her small shoes lying in the mud beside her. Her bare feet, like her shoes, were covered in mud.

"I was just speaking with your mother," I said, smiling at her reassuringly. "She said it would be perfectly all right if you came and waited for her at my house. It's just over there, that building there. You could come and try some cakes I made yesterday. Would you like that, Mariko-San? And you could tell me all about yourself."

Mariko continued to watch me carefully. Then, without taking her eyes off me, she crouched down and picked up her shoes. At first, I took this as a sign that she was about to follow me. But then as she continued to stare up at me, I realized she was holding her shoes in readiness to run away.

"I'm not going to hurt you," I said, with a nervous laugh. "I'm a friend of your mother's."

As far as I remember, that was all that took place between us that morning. I had no wish to alarm the child further, and before long I turned and made my way back across the wasteground. The child's response had, it is true, upset me somewhat; for in those days, such small things were capable of arousing in me every kind of misgiving about motherhood. I told myself the episode was insignificant, and that in any case, further opportunities to make friends with the little girl were bound to present themselves over the coming days. As it was, I did not speak to Mariko again until one afternoon a fortnight or so later.

I had never been inside the cottage prior to that afternoon, and I had been rather surprised when Sachiko had asked me in. In fact, I had sensed immediately that she had done so with something in mind, and as it turned out, I was not mistaken.

The cottage was tidy, but I remember a kind of stark shabbiness about the place; the wooden beams that crossed the ceiling looked old and insecure, and a faint odour of dampness lingered everywhere. At the front of the cottage, the main partitions had been left wide open to allow the sunlight in across the veranda. For all that, much of the place remained in shadow.

Mariko was lying in the corner furthest from the sunlight. I could see something moving beside her in the shade, and when I came closer, saw a large cat curled up on the tatami.

"Hello, Mariko-San," I said. "Don't you remember me?"

She stopped stroking the cat and looked up.

"We met the other day," I went on. "Don't you remember? You were by the river."

The little girl showed no signs of recognition. She looked at me for a while, then began to stroke her cat again. Behind me, I could hear Sachiko preparing the tea on the open stove at the centre of the room. I was about to go over to her, when Mariko said suddenly: "She's going to have kittens."

"Oh really? How nice."

"Do you want a kitten?"

"That's very kind of you, Mariko-San. We'll see. But I'm sure they'll all find nice homes."

"Why don't you take a kitten?" the child said. "The other woman said she'd take one."

"We'll see, Mariko-San. Which other lady was this?"

"The other woman. The woman from across the river. She said she'd take one."

"But I don't think anyone lives over there, Mariko-San. It's just trees and forest over there."

"She said she'd take me to her house. She lives across the river. I didn't go with her."

I looked at the child for a second. Then a thought struck me and I laughed.

"But that was me, Mariko-San. Don't you remember? I asked you to come to my house while your mother was away in the town."

Mariko looked up at me again. "Not you," she said. "The other woman. The woman from across the river. She was here last night. While Mother was away."

"Last night? While your mother was away?"

"She said she'd take me to her house, but I didn't go with her. Because it was dark. She said we could take the lantern with us" — she gestured towards a lantern hung on the wall — "but I didn't go with her. Because it was dark."

Behind me, Sachiko had got to her feet and was looking at her daughter. Mariko became silent, then turned away and began once more to stroke her cat.

"Let's go out on the veranda,' Sachiko said to me. She was holding the tea things on a tray. "It's cooler out there."

We did as she suggested, leaving Mariko in her corner. From the veranda, the river itself was hidden from view, but I could see where the ground sloped down and the mud became wetter as it approached the water. Sachiko seated herself on a cushion and began to pour the tea.

"The place is alive with stray cats," she said. "I'm not so optimistic about these kittens."

"Yes, there are so many strays," I said. "It's such a shame. Did Mariko find her cat around here somewhere?"

"No, we brought that creature with us. I'd have preferred to leave it behind myself, but Mariko wouldn't hear of it."

"You brought it all the way from Tokyo?"

"Oh no. We've been living in Nagasaki for almost a year now. On the other side of the city."

"Oh really? I didn't realize that. You lived there with . . . with friends?"

Sachiko stopped pouring and looked at me, the teapot held in both hands. I saw in her gaze something of that amused expression with which she had observed me on that earlier occasion.

"I'm afraid you're quite wrong, Etsuko," she said, eventually. Then she began to pour the tea again. "We were staying at my uncle's house."

"I assure you, I was merely . . ."

"Yes, of course. So there's no need to get embarrassed, is there?" She laughed and passed me my teacup. "I'm sorry, Etsuko, I don't mean to tease you. As a matter of fact, I did have something to ask you. A little favour." Sachiko began to pour tea into her own cup, and as she did so, a more serious air seemed to enter her manner. Then she put down the teapot and looked at me. "You see, Etsuko, certain arrangements I made have not gone as planned. As a result, I find myself in need of money. Not a great deal, you understand. Just a small amount."

"I quite understand," I said, lowering my voice. "It must be very difficult for you, with Mariko-San to think of."

"Etsuko, may I ask a favour of you?"

I bowed. "I have some savings of my own," I said, almost in a whisper. "I'd be pleased to be of some assistance."

To my surprise, Sachiko laughed loudly. "You're very kind," she said. "But I didn't in fact want you to lend me money. I had something else in mind. You mentioned something the other day. A friend of yours who ran a noodle shop."

"Mrs Fujiwara, you mean?"

"You were saying she may want an assistant. A small job like that would be very useful to me."

"Well," I said, uncertainly, "I could enquire if you wish."

"That would be very kind." Sachiko looked at me for a moment. "But you look rather unsure about it, Etsuko."

"Not at all. I'll enquire when I next see her. But I was just wondering" — I lowered my voice again — "who would look after your daughter during the day?"

"Mariko? She could help at the noodle shop. She's quite capable of being useful."

"I'm sure she is. But you see, I'm not certain how Mrs Fujiwara would feel. After all, Mariko should in reality be at school during the day."

"I assure you, Etsuko, Mariko won't be the slightest

problem. Besides, the schools are closing next week. And I'll make sure she won't get in the way. You can rest assured on that."

I bowed again. "I'll enquire when I next see her."

"I'm very grateful to you." Sachiko took a sip from her teacup. "In fact, perhaps I could ask you to see your friend within the next few days."

"I'll try."

"You're so kind."

We fell silent for a moment. My attention had been caught earlier by Sachiko's teapot; it appeared a fine piece of craftsmanship made from a pale china. The teacup I now held in my hand was of the same delicate material. As we sat drinking our tea, I was struck, not for the first time, by the odd contrast of the tea-set alongside the shabbiness of the cottage and the muddy ground beneath the veranda. When I looked up, I realized Sachiko had been watching me.

"I'm used to good crockery, Etsuko," she said. "You see, I don't always live like" — she waved a hand towards the cottage — "like this. Of course, I don't mind a little discomfort. But about some things, I'm still rather discerning."

I bowed, saying nothing. Sachiko, also, began to study her teacup. She continued to examine it, turning it carefully in her hands. Then suddenly she said: "I suppose it's true to say I stole this tea-set. Still, I don't suppose my uncle will miss it much."

I looked at her, somewhat surprised. Sachiko put the teacup down in front of her and waved away some flies.

"You were living at your uncle's house, you say?" I asked.

She nodded slowly. "A most beautiful house. With a pond in the garden. Very different from these present surroundings."

For a moment, we both glanced towards the inside of the

cottage. Mariko was lying in her corner, just as we had left her, her back turned towards us. She appeared to be talking quietly to her cat.

"I didn't realize", I said, when neither of us had spoken for some time, "that anyone lived across the river."

Sachiko turned and glanced towards the trees on the far bank. "No, I haven't seen anyone there."

"But your babysitter. Mariko was saying she came from over there."

"I have no babysitter, Etsuko. I know nobody here."

"Mariko was telling me about some lady . . ."

"Please don't pay any attention."

"You mean she was just making it up?"

For a brief moment, Sachiko seemed to be considering something. Then she said: "Yes. She was just making it up."

"Well, I suppose children often do things like that."

Sachiko nodded. "When you become a mother, Etsuko," she said, smiling, "you'll need to get used to such things."

We drifted on to other subjects then. Those were early days in our friendship and we talked mainly of little things. It was not until one morning some weeks later that I heard Mariko mention again a woman who had approached her.

Chapter Two

In those days, returning to the Nakagawa district still provoked in me mixed emotions of sadness and pleasure. It is a hilly area, and climbing again those steep narrow streets between the clusters of houses never failed to fill me with a deep sense of loss. Though not a place I visited on casual impulse, I was unable to stay away for long.

Calling on Mrs Fujiwara aroused in me much the same mixture of feelings; for she had been amongst my mother's closest friends, a kindly woman with hair that was by then turning grey. Her noodle shop was situated in a busy sidestreet; it had a concrete forecourt under the cover of an extended roof and it was there her customers ate, at the wooden tables and benches. She did a lot of trade with office workers during their lunch breaks and again on their way home, but at other times of the day the clientele became sparse.

I was a little anxious that afternoon, for it was the first time I had called at the shop since Sachiko had started to work there. I felt concerned — on both their behalves — especially since I was not sure how genuinely Mrs Fujiwara had wanted an assistant. It was a hot day, and the little sidestreet was alive with people. I was glad to come into the shade.

Mrs Fujiwara was pleased to see me. She sat me down at a table, then went to fetch some tea. Customers were few that afternoon — perhaps there were none, I do not remember — and Sachiko was not to be seen. When Mrs Fujiwara came back, I asked her: "How is my friend getting along? Is she managing all right?"

"Your friend?" Mrs Fujiwara looked over her shoulder towards the doorway of the kitchen. "She was peeling prawns. I expect she'll be out soon." Then, as if on second thoughts, she got to her feet and walked a little way towards the doorway. "Sachiko-San," she called. "Etsuko is here." I heard a voice reply from within.

As she sat down again, Mrs Fujiwara reached over and touched my stomach. "It's beginning to show now," she said. "You must take good care from now on."

"I don't do a great deal anyway," I said. "I lead a very easy life."

"That's good. I remember my first time, there was an earthquake, quite a large one. I was carrying Kazuo then. He came perfectly healthy though. Try not to worry too much, Etsuko."

"I try not to." I glanced towards the kitchen door. "Is my friend getting on well here?"

Mrs Fujiwara followed my gaze towards the kitchen. Then she turned to me again and said: "I expect so. You're good friends, are you?"

"Yes. I haven't found many friends where we live. I'm very glad to have met Sachiko."

"Yes. That was fortunate." She sat there looking at me for several seconds. "Etsuko, you're looking rather tired today."

"I suppose I am." I laughed a little. "It's only to be expected, I suppose."

"Yes, of course." Mrs Fujiwara kept looking into my face. "But I meant you looked a little — miserable."

"Miserable? I certainly don't feel it. I'm just a little tired, but otherwise I've never been happier."

"That's good. You must keep your mind on happy things now. Your child. And the future."

"Yes, I will. Thinking about the child cheers me up."

"Good." She nodded, still keeping her gaze on me. "Your attitude makes all the difference. A mother can take all the physical care she likes, she needs a positive attitude to bring up a child."

"Well, I'm certainly looking forward to it," I said, with a laugh. A noise made me look towards the kitchen again, but Sachiko was still not in sight.

"There's a young woman I see every week," Mrs Fujiwara went on. "She must be six or seven months pregnant now. I see her every time I go to visit the cemetery. I've never spoken to her, but she looks so sad, standing there with her husband. It's a shame, a pregnant girl and her husband spending their Sundays thinking about the dead. I know they're being respectful, but all the same, I think it's a shame. They should be thinking about the future."

"I suppose she finds it hard to forget."

"I suppose so. I feel sorry for her. But they should be thinking ahead now. That's no way to bring a child into the world, visiting the cemetery every week."

"Perhaps not."

"Cemeteries are no places for young people. Kazuo comes with me sometimes, but I never insist. It's time he started looking ahead too."

"How is Kazuo?" I asked. "Is his work coming on well?"

"His work's fine. He's expecting to be promoted next month. But he needs to give other things a little thought. He won't be young for ever."

Just then my eye was caught by a small figure standing out in the sunlight amidst the rush of passers-by.

"Why, isn't that Mariko?" I said.

Mrs Fujiwara turned in her seat. "Mariko-San," she called. "Where have you been?"

For a moment, Mariko remained standing out in the street. Then she stepped into the shade of the forecourt, came walking past us and sat down at an empty table nearby.

Mrs Fujiwara watched the little girl, then gave me an uneasy look. She seemed about to say something, but then got to her feet and went over to the little girl.

"Mariko-San, where have you been?" Mrs Fujiwara had lowered her voice, but I was still able to hear. "You're not to keep running off like that. Your mother's very angry with you."

Mariko was studying her fingers. She did not look up at Mrs Fujiwara.

"And Mariko-San, please, you're never to talk to customers like that. Don't you know it's very rude? Your mother's very angry with you."

Mariko went on studying her hands. Behind her, Sachiko appeared in the doorway of the kitchen. Seeing Sachiko that morning, I recall I was struck afresh by the impression that she was indeed older than I had first supposed; with her long hair hidden away inside a handkerchief, the tired areas of skin around her eyes and mouth seemed somehow more pronounced.

"Here's your mother now," said Mrs Fujiwara. "I expect she's very angry with you."

The little girl had remained seated with her back to her mother. Sachiko threw a quick glance towards her, then turned to me with a smile.

"How do you do, Etsuko," she said, with an elegant bow. "What a pleasant surprise to see you here."

At the other end of the forecourt, two women in office clothes were seating themselves at a table. Mrs Fujiwara gestured towards them, then turned to Mariko once more.

"Why don't you go into the kitchen for a little while," she said, in a low voice. "Your mother will show you what to do. It's very easy. I'm sure a clever girl like you could manage."

Mariko gave no sign of having heard. Mrs Fujiwara glanced up at Sachiko, and for a brief instant I thought they exchanged cold glances. Then Mrs Fujiwara turned and went off towards her customers. She appeared to know them, for as she walked across the forecourt, she gave them a familiar greeting.

Sachiko came and sat at the edge of my table. "It's so hot inside that kitchen," she said.

"How are you getting on here?" I asked her.

"How am I getting on? Well, Etsuko, it's certainly an amusing sort of experience, working in a noodle shop. I must say, I never imagined I'd one day find myself scrubbing tables in a place like this. Still" — she laughed quickly — "it's quite amusing."

"I see. And Mariko, is she settling in?"

We both glanced over to Mariko's table; the child was still looking down at her hands.

"Oh, Mariko's fine," said Sachiko. "Of course, she's rather restless at times. But then you'd hardly expect otherwise under the circumstances. It's regrettable, Etsuko, but you see, my daughter doesn't seem to share my sense of humour. She doesn't find it quite so amusing here." Sachiko smiled and glanced towards Mariko again. Then she got to her feet and went over to her.

She asked quietly: "Is it true what Mrs Fujiwara told me?"

The little girl remained silent.

"She says you were being rude to customers again. Is that true?"

Mariko still gave no response.

"Is it true what she told me? Mariko, please answer when you're spoken to."

"The woman came round again," said Mariko. "Last night. While you were gone."

Sachiko looked at her daughter for a second or two. Then she said: "I think you should go inside now. Go on, I'll show you what you have to do."

"She came again last night. She said she'd take me to her house."

"Go on, Mariko, go on into the kitchen and wait for me there."

"She's going to show me where she lives."

"Mariko, go inside."

Across the forecourt, Mrs Fujiwara and the two women were laughing loudly about something. Mariko continued to stare at her palms. Sachiko turned away and came back to my table.

'Excuse me a moment, Etsuko," she said. "But I left something boiling. I'll be back in just a moment." Then lowering her voice, she added: "You can hardly expect her to get enthusiastic about a place like this, can you?" She smiled and went towards the kitchen. At the doorway, she turned once more to her daughter.

"Come on, Mariko, come inside."

Mariko did not move. Sachiko shrugged, then disappeared inside the kitchen.

Around that same time, in early summer, Ogata-San came to visit us, his first visit since moving away from Nagasaki earlier that year. He was my husband's father, and it seems rather odd I always thought of him as "Ogata-San", even in those days when that was my own name. But then I had known him as "Ogata-San" for such a long time — since long before I had ever met Jiro — I had never got used to calling him "Father".

There was little family resemblance between Ogata-San and my husband. When I recall Jiro today, I picture a small stocky man wearing a stern expression; my husband was always fastidious about his appearance, and even at home would frequently dress in shirt and tie. I see him now as I saw him so often, seated on the tatami in our living room, hunched forward over his breakfast or supper. I remember he had this same tendency to hunch forward — in a manner not unlike that of a boxer — whether standing or walking. By contrast, his father would always sit with his shoulders flung well back, and had a relaxed, generous manner about him. When he came to visit us that summer, Ogata-San was still in the best of health, displaying a well-built physique and the robust energy of a much younger man.

I remember the morning he first mentioned Shigeo Matsuda. He had been with us for a few days by then, apparently finding the small square room comfortable enough for an extended stay. It was a bright morning and the three of us were finishing breakfast before Jiro left for the office.

"This school reunion of yours," he said to Jiro. "That's tonight, is it?"

"No, tomorrow evening."

"Will you be seeing Shigeo Matsuda?"

"Shigeo? No, I doubt it. He doesn't usually attend these occasions. I'm sorry to be going off and leaving you, Father. I'd rather give the thing a miss, but that may cause offence."

"Don't worry. Etsuko-San will look after me well enough. And these occasions are important."

"I'd take some days off work," Jiro said, "but we're so busy just now. As I say, this order came into the office the day you arrived. A real nuisance."

"Not at all," said his father. "I understand perfectly. It wasn't so long ago I was rushed off my feet with work myself. I'm not so old, you know."

"No, of course."

We ate on in silence for several moments. Then Ogata-San said:

"So you don't think you'll be running into Shigeo Matsuda. But you still see him from time to time?"

"Not so often these days. We've gone such separate ways since we got older."

"Yes, this is what happens. Pupils all go separate ways, and then they find it so difficult to keep in touch. That's why these reunions are so important. One shouldn't be so quick to forget old allegiances. And it's good to take a glance back now and then, it helps keep things in perspective. Yes, I think you should certainly go along tomorrow."

"Perhaps Father will still be with us on Sunday," my husband said. "Then perhaps we could go out somewhere for the day."

"Yes, we can do that. A splendid idea. But if you have work to do, it doesn't matter in the least."

"No, I think I can leave Sunday free. I'm sorry to be so busy at the moment."

"Have you asked any of your old teachers along tomorrow?" Ogata-San asked.

"Not that I know of."

"It's a shame teachers aren't asked more often to these occasions. I was asked along from time to time. And when I was younger, we always made a point of inviting our teachers. I think it's only proper. It's an opportunity for a teacher to see the fruits of his work, and for the pupils to express their gratitude to him. I think it's only proper that teachers are present."

"Yes, perhaps you have a point."

"Men these days forget so easily to whom they owe their education."

"Yes, you're very right."

My husband finished eating and laid down his chopsticks. I poured him some tea.

"An odd little thing happened the other day," Ogata-San said. "In retrospect, I suppose it's rather amusing. I was at the library in Nagasaki, and I came across this periodical — a teachers' periodical. I'd never heard of it, it wasn't in existence in my days. To read it, you'd think all the teachers in Japan were communists now."

"Apparently communism is growing in the country," my husband said.

"Your friend Shigeo Matsuda had written in it. Now imagine my surprise when I saw my name mentioned in his article. I didn't think I was so noteworthy these days."

"I'm sure Father is still remembered very well in Nagasaki," I put in.

"It was quite extraordinary. He was talking about Dr Endo and myself, about our retirements. If I understood him correctly, he was implying that the profession was well rid of us. In fact, he went so far as to suggest we should have been dismissed at the end of the war. Quite extraordinary."

"Are you sure it's the same Shigeo Matsuda?" asked Jiro.

"The same one. From Kuriyama Highschool. Extraordinary. I remember when he used to come to our house, to play with you. Your mother used to spoil him. I asked the librarian if I could buy a copy, and she said she would order one for me. I'll show it to you."

"It seems very disloyal," I said.

"I was so surprised," Ogata-San said, turning to me. "And I was the one who introduced him to the headmaster at Kuriyama."

Jiro drank up his tea and wiped his mouth with his napkin. "It's very regrettable. As I say, I haven't seen Shigeo for some time. I'm sorry, Father, but you must excuse me now or I'll be late."

"Why certainly. Have a good day at work."

Jiro stepped down to the entryway, where he started to put on his shoes. I said to Ogata-San: "Someone who reached your position, Father, must expect a little criticism. That's only natural."

"Of course," he said, breaking out into a laugh. "No, don't concern yourself about it, Etsuko. I hadn't given it a second thought. I just happened to think of it because Jiro was going to his reunion. I wonder if Endo read the article."

"I hope you have a good day, Father," Jiro called from the entryway. "I'll try to be back a little early if I can."

"Nonsense, don't make such a fuss. Your work is important."

A little later that morning, Ogata-San emerged from his room dressed in his jacket and tie.

"Are you going out, Father?" I asked.

"I thought I'd just pay a visit to Dr Endo."

"Dr Endo?"

"Yes, I thought I'd go and see how he was keeping these days."

"But you're not going before lunch, are you?"

"I thought I'd better go quite soon," he said, looking at his watch. "Endo lives a little way outside Nagasaki now. I'll need to get a train."

"Well, let me pack you a lunch-box, it won't take a minute."

"Why, thank you, Etsuko. In that case I'll wait a few minutes. In fact, I was hoping you'd offer to pack me lunch."

"Then you should have asked," I said, getting to my feet. "You won't always get what you want just by hinting like that, Father."

"But I knew you'd pick me up correctly, Etsuko. I have faith in you."

I went through to the kitchen, put on some sandals and stepped down to the tiled floor. A few minutes later, the partition slid open and Ogata-San appeared at the doorway. He seated himself at the threshold to watch me working.

"What is that you're cooking me there?"

"Nothing much. Just left-overs from last night. At such short notice, you don't deserve any better."

"And yet you'll manage to turn it into something quite appetizing, I'm sure. What's that you're doing with the egg? That's not a left-over too, is it?"

"I'm adding an omelette. You're very fortunate, Father, I'm in such a generous mood."

"An omelette. You must teach me how to do that. Is it difficult?"

"Extremely difficult. It would be hopeless you trying to learn at this stage."

"But I'm very keen to learn. And what do you mean 'at this stage'? I'm still young enough to learn many new things."

"Are you really planning on becoming a cook, Father?"

"It's nothing to laugh at. I've come to appreciate cooking over the years. It's an art, I'm convinced of it, just as noble as painting or poetry. It's not appreciated simply because the product disappears so quickly."

"Persevere with painting, Father. You do it much better."

"Painting." He gave a sigh. "It doesn't give me the satisfaction it once did. No, I think I should learn to cook omelettes as well as you do, Etsuko. You must show me before I go back to Fukuoka."

"You wouldn't think it such an art once you'd learnt how it was done. Perhaps women should keep these things secret."

He laughed, as if to himself, then continued to watch me quietly.

"Which are you hoping for, Etsuko?" he asked, eventually. "A boy or a girl?"

"I really don't mind. If it's a boy we could name him after you."

"Really? Is that a promise?"

"On second thoughts I don't know. I was forgetting what Father's first name was. Seiji — that's an ugly sort of name."

"But that's only because you find me ugly, Etsuko. I remember one class of pupils decided I resembled a hippopotamus. But you shouldn't be put off by such outer trappings."

"That's true. Well, we'll have to see what Jiro thinks."

"Yes."

"But I'd like my son to be named after you, Father."

"That would make me very happy." He smiled and gave me a small bow. "But then I know how irritating it is when relatives insist on having children named after them. I remember the time my wife and I argued over what to call Jiro. I wanted to name him after an uncle of mine, but my wife disliked this practice of naming children after relatives. Of course, she had her way in the end. Keiko was a hard woman to budge."

"Keiko is a nice name. Perhaps if it's a girl we could call her Keiko."

"You shouldn't make such promises so rashly. You'll make an old man very disappointed if you don't keep to them."

"I'm sorry, I was just thinking aloud."

"And besides, Etsuko, I'm sure there are others you'd prefer to name your child after. Others you were closer to."

"Perhaps. But if it's a boy I'd like him to be named after you. You were like a father to me once."

"Am I no longer like a father to you?"

"Yes, of course. But it's different."

"Jiro is a good husband to you, I hope."

"Of course. I couldn't be happier."

"And the child will make you happy."

"Yes. It couldn't have happened at a better time. We're quite settled here now, and Jiro's work is going well. This is the ideal time for this to have happened."

"So you're happy?"

"Yes, I'm very happy."

"Good. I'm happy for you both."

"There, it's all ready for you." I handed him the lacquer lunch-box.

"Ah yes, the left-overs," he said, receiving it with a dramatic bow. He lifted the lid a little. "It looks delightful though."

When I eventually went back into the living room, Ogata-San was putting on his shoes in the entryway.

"Tell me, Etsuko," he said, not looking up from his laces. "Have you met this Shigeo Matsuda?"

"Once or twice. He used to visit us after we were married."

"But he and Jiro aren't such close friends these days?"

"Hardly. We exchange greeting cards, but that's all."

"I'm going to suggest to Jiro he writes to his friend. Shigeo should apologize. Or else I'll have to insist Jiro disassociates himself from that young man."

"I see."

"I thought of suggesting it to him earlier, when we were talking at breakfast. But then that kind of talk is best left till the evening."

"You're probably right."

Ogata-San thanked me once more for the lunch-box before leaving.

As it turned out, he did not bring the matter up that night. They both seemed tired when they came in and spent most of the evening reading newspapers, speaking little. And only once did Ogata-San mention Dr Endo. That was at supper, and he said simply: "Endo seemed well. He misses his work though. After all, the man lived for it."

In bed that night, before we fell asleep, I said to Jiro: "I hope Father's quite content with the way we're receiving him."

"What else can he expect?" my husband said. "Why don't you take him out somewhere if you're so worried."

"Will you be working on Saturday afternoon?"

"How can I afford not to? I'm behind schedule as it is. He happened to choose the most difficult of times to visit me. It's just too bad."

"But we could still go out on Sunday, couldn't we?"

I have a feeling I did not receive a reply then, though I lay gazing up into the darkness waiting. Jiro was often tired after a day's work and not in the mood for conversation.

In any case, it seems I was worrying unduly about Ogata-San, for his visit that summer turned out to be one of his lengthiest. I remember he was still with us that night Sachiko knocked on our apartment door.

She was wearing a dress I had never seen before, and there was a shawl wrapped around her shoulders. Her face had been carefully made up, but a thin strand of hair had come loose and was hanging over her cheek.

"I'm sorry to disturb you, Etsuko," she said, smiling. "I was wondering if by any chance Mariko was here."

"Mariko? Why, no."

"Well, never mind. You haven't seen her at all?"

"I'm afraid not. You've lost her?"

"There's no need to look like that," she said, with a laugh. "It's just that she wasn't in the cottage when I got back, that's all. I'm sure I'll find her very soon."

We were talking at the entryway, and I became aware of Jiro and Ogata-San looking towards us. I introduced Sachiko, and they all bowed to each other.

"This is worrying," Ogata-San said. "Perhaps we'd better phone the police straight away."

"There's no need for that," said Sachiko. "I'm sure I'll find her."

"But perhaps it's best to be safe and phone anyway."

"No really" — a slight hint of irritation had entered Sachiko's voice — "there's no need. I'm sure I'll find her."

"I'll help you look for her," I said, starting to put on my jacket.

My husband looked at me disapprovingly. He seemed about to speak, but then stopped himself. In the end, he said: "It's almost dark now."

"Really, Etsuko, there's no need to make such a fuss," Sachiko was saying. "But if you don't mind coming out for a minute, I'll be most grateful."

"Take care, Etsuko," Ogata-San said. "And phone the police if you don't find the child soon."

We descended the flight of stairs. Outside it was still warm, and across the wasteground the sun had sunk very low, highlighting the muddy furrows.

"Have you looked around the housing precinct?" I asked.

"No, not yet."

"Let's look then." I began to walk rapidly. "Does Mariko have friends she may be with?"

"I don't think so. Really, Etsuko" — Sachiko laughed and put a hand on my arm — "there's no need to be so alarmed. Nothing will have happened to her. In fact, Etsuko, I really came round because I wanted to tell you some news. You see, it's all been settled at last. We're leaving for America within the next few days."

"America?" Perhaps because of Sachiko's hand on my arm, perhaps out of sheer surprise, I stopped walking.

"Yes, America. You've no doubt heard of such a place." She seemed pleased at my astonishment.

I began to walk again. Our precinct was an expanse of paved concrete, interrupted occasionally by thin young trees planted when the buildings had gone up. Above us, lights had come on in most of the windows.

"Aren't you going to ask me anything more?" Sachiko said, catching up with me. "Aren't you going to ask me why I'm going? And who I'm going with?"

"I'm very glad if this is what you wanted," I said. "But perhaps we should find your daughter first."

"Etsuko, you must understand, there's nothing I'm ashamed of. There's nothing I want to hide from anyone. Please ask me anything you want, I'm not ashamed."

"I thought perhaps we should find your daughter first.

We can talk later."

"Very well, Etsuko," she said, with a laugh. "Let's find Mariko first."

We searched the playing areas and walked around each of the apartment blocks. Soon we found ourselves back where we had started. Then I spotted two women talking by the main entrance to one of the apartment blocks.

"Perhaps those ladies over there could help us," I said.

Sachiko did not move. She looked over towards the two women, then said: "I doubt it."

"But they may have seen her. They may have seen your daughter."

Sachiko continued to look at the women. Then she gave a short laugh and shrugged. "Very well," she said. "Let's give them something to gossip about. It's no concern of mine."

We walked over to them and Sachiko politely and calmly made her enquiries. The women exchanged concerned looks, but neither had seen the little girl. Sachiko assured them there was no cause for alarm, and we took our leave.

"I'm sure that made their day," she said to me. "Now they'll have something to talk about."

"I'm sure they had no malicious thoughts whatsoever. They both seemed genuinely concerned."

"You're so kind, Etsuko, but there's really no need to convince me of such things. You see, it's never been any concern to me what people like that thought, and I care even less now."

We stopped walking. I threw a glance around me, and up at the apartment windows. "Where else could she be?" I said.

"You see, Etsuko, there's nothing I'm ashamed of. There's nothing I want to hide from you. Or from those women, for that matter."

"Do you think we should search by the river?"

"The river? Oh, I've looked along there."

"What about the other side? Perhaps she's over on the other side."

"I doubt it, Etsuko. In fact, if I know my daughter, she'll be back at the cottage at this very moment. Probably rather pleased with herself to have caused this fuss."

"Well, let's go and see."

When we came back to the edge of the wasteground, the sun was disappearing behind the river, silhouetting the willow trees along the bank.

"There's no need for you to come with me," Sachiko said. "I'll find her in good time."

"It's all right. I'll come with you."

"Very well then. Come with me."

We began walking towards the cottage. I was wearing sandals and found it hard going on the uneven earth.

"How long were you out?" I asked. Sachiko was a pace or two ahead of me; she did not reply at first, and I thought possibly she had not heard me. "How long were you out?" I repeated.

"Oh, not long."

"How long? Half an hour? Longer?"

"About three or four hours, I suppose."

"I see."

We continued our way across the muddy ground, doing our best to avoid any puddles. As we approached the cottage, I said: "Perhaps we should look over on the other side, just in case."

"The woods? My daughter wouldn't be over there. Let's go and look in the cottage. There's no need to look so worried, Etsuko." She laughed again, but I thought her voice wobbled a little as she did so.

The cottage, having no electricity, was in darkness. I waited in the entryway while Sachiko stepped up to the tatami. She called her daughter's name and slid back the partitions to the two smaller rooms that adjoined the main one. I stood listening to her moving around in the darkness, then she came back to the entryway.

"Perhaps you're right," she said. "We'd better look on the other bank."

Along the river the air was full of insects. We walked in silence, towards the small wooden bridge further downstream. Beyond it, on the opposite bank, were the woods Sachiko had mentioned earlier.

We were crossing the bridge, when Sachiko turned to me and said rapidly: "We went to a bar in the end. We were going to go to the cinema, to a film with Gary Cooper, but there was a long queue. The town was very crowded and a lot of people were drunk. We went to a bar in the end and they gave us a little room to ourselves."

"I see."

"I suppose you don't go to bars, do you, Etsuko?"

"No, I don't."

That was the first time I had crossed to the far side of the river. The ground felt soft, almost marshy under my feet. Perhaps it is just my fancy that I felt a cold touch of unease there on that bank, a feeling not unlike premonition, which caused me to walk with renewed urgency towards the darkness of the trees before us.

Sachiko stopped me, grasping my arm. Following her gaze, I could see a short way along the bank something like a bundle lying on the grass, close to the river's edge. It was just discernible in the gloom, a few shades darker than the ground around it. My first impulse was to run towards it, but then I realized Sachiko was standing quite still, gazing towards the object.

"What is it?" I said, rather stupidly.

"It's Mariko," she said, quietly. And when she turned to me there was a strange look in her eyes.

Chapter Three

It is possible that my memory of these events will have grown hazy with time, that things did not happen in quite the way they come back to me today. But I remember with some distinctness that eerie spell which seemed to bind the two of us as we stood there in the coming darkness looking towards that shape further down the bank. Then the spell broke and we both began to run. As we came nearer, I saw Mariko lying curled on her side, knees hunched, her back towards us. Sachiko reached the spot a little ahead of me, I being slowed by my pregnancy, and she was standing over the child when I joined her. Mariko's eyes were open and at first I thought she was dead. But then I saw them move and they stared up at us with a peculiar blankness.

Sachiko dropped on to one knee and lifted the child's head. Mariko continued to stare.

"Mariko-San, are you all right?" I said, a little out of breath.

She did not reply. Sachiko too was silent, examining her daughter, turning her in her arms as if she were a fragile, but senseless doll. I noticed the blood on Sachiko's sleeve, then saw it was coming from Mariko.

"We'd better call someone," I said.

"It's not serious," Sachiko said. "It's just a graze. See, it's just a small cut."

Mariko had been lying in a puddle and one side of her short dress was soaked in dark water. The blood was coming from a wound on the inside of her thigh.

"What happened?" Sachiko said to her daughter. "What happened to you?"

Mariko went on looking at her mother.

"She's probably shocked," I said. "Perhaps it's best not to question her immediately."

Sachiko brought Mariko to her feet.

"We were very worried about you, Mariko-San," I said. The little girl gave me a suspicious look, then turned away and started to walk. She walked quite steadily; the wound on her leg did not seem to trouble her unduly.

We walked back over the bridge and along the river. The two of them walked in front of me, not talking. It was completely dark by the time we reached the cottage.

Sachiko took Mariko into the bathroom. I lit the stove in the centre of the main room to make some tea. Aside from the stove, an old hanging lantern Sachiko had lit provided the only source of light, and large areas of the room remained in shadow. In one corner several tiny black kittens aroused by our arrival started to move restlessly. Their claws, catching in the tatami, made a scuttling noise.

When they appeared again, both mother and daughter had changed into kimonos. They went through to one of the small adjoining rooms and I continued to wait for some time. The sound of Sachiko's voice came through the screen.

Finally, Sachiko came out alone. "It's still very hot," she remarked. She crossed the room and slid apart the partitions which opened out on to the veranda.

"How is she?" I asked.

"She's all right. The cut's nothing." Sachiko sat down in the breeze, next to the partitions.

"Shall we report the matter to the police?"

"The police? But what is there to report? Mariko says she was climbing a tree and fell. That's how she got her cut."

"So she wasn't with anyone tonight?"

"No. Who could she have been with?"

"And what about this woman?" I said.

"What woman?"

"This woman Mariko talks about. Are you still certain she's imaginary?"

Sachiko sighed. "She's not entirely imaginary, I suppose," she said. "She's just someone Mariko saw once. Once, when she was much younger."

"But do you think she could have been here tonight, this woman?"

Sachiko gave a laugh. "No, Etsuko, that's quite impossible. In any case, that woman's dead. Believe me, Etsuko, all this about a woman, it's just a little game Mariko likes to play when she means to be difficult. I've grown quite used to these little games of hers."

"But why should she tell stories like that?"

"Why?" Sachiko shrugged. "It's just what children like to do. Once you become a mother, Etsuko, you'll need to get used to such things."

"You're sure she was with no one tonight?"

"Quite sure. I know my own daughter well enough."

We fell silent for a moment. Mosquitoes were humming in the air around us. Sachiko gave a yawn, covering her mouth with a hand.

"So you see, Etsuko," she said, "I'll be leaving Japan very shortly. You don't seem very impressed."

"Of course I am. And I'm very pleased, if this is what you wished. But won't there be . . . various difficulties?"

"Difficulties?"

"I mean, moving to a different country, with a different language and foreign ways."

"I understand your concern, Etsuko. But really, I don't think there's much for me to worry about. You see, I've heard so much about America, it won't be like an entirely foreign country. And as for the language, I already speak it to a certain extent. Frank-San and I, we always talk in English. Once I've been in America for a little while, I should speak it like an American woman. I really don't see there's any cause for me to be worrying. I know I'll manage."

I gave a small bow, but said nothing. Two of the kittens began making their way towards where Sachiko was sitting. She watched them for a moment, then gave a laugh. "Of course," she said, "I sometimes have moments when I wonder how everything will turn out. But really" — she smiled at me — "I know I'll manage."

"Actually," I said, "it was Mariko I had in mind. What will become of her?"

"Mariko? Oh, she'll be fine. You know how children are. They find it so much easier to settle into new surroundings, don't they?"

"But it would still be an enormous change for her. Is she ready for such a thing?"

Sachiko sighed impatiently. "Really, Etsuko, did you think I hadn't considered all this? Did you suppose I would decide to leave the country without having first given the most careful consideration to my daughter's welfare?"

"Naturally," I said, "you'd give it the most careful consideration."

"My daughter's welfare is of the utmost importance to me, Etsuko. I wouldn't make any decision that jeopardized her future. I've given the whole matter much consideration, and I've discussed it with Frank. I assure you, Mariko will be fine. There'll be no problems."

"But her education, what will become of that?"

Sachiko laughed again. "Etsuko, I'm not about to leave for the jungle. There are such things as schools in America. And you must understand, my daughter is a very bright child. Her father was an accomplished man, and on my side too, there were relatives of the highest rank. You mustn't suppose, Etsuko, simply because you've seen her in these . . . in these present surroundings, that she's some peasant's child."

"Of course not. I didn't for one moment . . ."

"She's a very bright child. You haven't seen her as she really is, Etsuko. In surroundings like this, you can only expect a child to prove a little awkward at times. But if you'd seen her while we were at my uncle's house, you'd have seen her true qualities then. If an adult addressed her, she'd answer back very clearly and intelligently, there'd be none of this giggling and shying away like most other children. And there were certainly none of these little games of hers. She went to school, and made friends with the best kinds of children. And we had a private tutor for her, and he praised her very highly. It was astonishing how quickly she began to catch up."

"To catch up?"

"Well" — Sachiko gave a shrug — "it's unfortunate that Mariko's education's had to be interrupted from time to time. What with one thing and another, and our moving around so much. But these are difficult times we've come through, Etsuko. If it wasn't for the war, if my husband was still alive, then Mariko would have had the kind of upbringing appropriate to a family of our position."

"Yes," I said. "Indeed."

Perhaps Sachiko had caught something in my tone; she looked up and stared at me, and when she spoke again, her voice had become more tense.

"I didn't need to leave Tokyo, Etsuko," she said. "But I did, for Mariko's sake. I came all this way to stay at my uncle's house, because I thought it would be best for my daughter. I didn't have to do that, I didn't need to leave Tokyo at all."

I gave a bow. Sachiko looked at me for a moment, then turned and gazed out through the open partitions, out into the darkness.

"But you've left your uncle now," I said. "And now you're about to leave Japan."

Sachiko glared at me angrily. "Why do you speak to me like this, Etsuko? Why is it you can't wish me well? Is it simply that you're envious?"

"But I do wish you well. And I assure you I . . ."

"Mariko will be fine in America, why won't you believe that? It's a better place for a child to grow up. And she'll have far more opportunities there, life's much better for a woman in America."

"I assure you I'm happy for you. As for myself, I couldn't be happier with things as they are. Jiro's work is going so well, and now the child arriving just when we wanted it . . ."

"She could become a business girl, a film actress even. America's like that, Etsuko, so many things are possible. Frank says I could become a business woman too. Such things are possible out there."

"I'm sure they are. It's just that personally, I'm very happy with my life where I am."

Sachiko gazed at the two small kittens, clawing at the tatami beside her. For several moments we were silent.

"I must be getting back," I said, eventually. "They'll be getting worried about me." I rose to my feet, but Sachiko did not take her eyes off the kittens. "When is it you leave?" I asked.

"Within the next few days. Frank will come and get us in his car. We should be on a ship by the end of the week."

"I take it then you won't be helping Mrs Fujiwara much longer."

Sachiko looked up at me with a short incredulous laugh. "Etsuko, I'm about to go to America. There's no need for me to work any more in a noodle shop."

"I see."

"In fact, Etsuko, perhaps you'd care to tell Mrs Fujiwara what's happened to me. I don't expect to be seeing her again."

"Won't you tell her yourself?"

She sighed impatiently. "Etsuko, can't you appreciate how loathsome it's been for someone such as myself to work each day in a noodle shop? But I didn't complain and I did what was required of me. But now it's over, I've no great wish to see that place again." A kitten had been clawing at the sleeve of Sachiko's kimono. She gave it a sharp slap with the back of her hand and the little creature went scurrying back across the tatami. "So please give my regards to Mrs Fujiwara," she said. "And my best wishes for her trade."

"I'll do that. Now please excuse me, I must go."

This time, Sachiko got to her feet and accompanied me to the entryway.

"I'll come and say goodbye before we leave," she said, as I was putting on my sandals.

At first it had seemed a perfectly innocent dream; I had merely dreamt of something I had seen the previous day — the little girl we had watched playing in the park. And then the dream came back the following night. Indeed, over the past few months, it has returned to me several times.

Niki and I had watched the girl playing on the swings the afternoon we had walked into the village. It was the third day of Niki's visit and the rain had eased to a drizzle. I had not been out of the house for several days and enjoyed the feel of the air as we stepped into the winding lane outside.

Niki tended to walk rather fast, her narrow leather boots creaking with each stride. Although I found it no trouble keeping up with her, I would have preferred a more leisurely pace. Niki, one supposes, has yet to learn the pleasures of walking for its own sake. Neither does she seem sensitive to the feel of the countryside despite having grown up here. I said as much to her as we walked, and she retorted that this was not the real countryside, just a residential version to cater for the wealthy people who lived here. I dare say she is right; I have never ventured north to the agricultural areas of England where, Niki insists, I will find the real countryside. Nevertheless, there is a calm and quietness about these lanes I have come to appreciate over the years.

When we arrived at the village I took Niki to the tea shop where I sometimes go. The village is small, just a few hotels and shops; the tea shop is on a street corner, upstairs above a bakery. That afternoon, Niki and I sat at a table next to the windows, and it was from there we watched the little girl playing in the park below. As we watched, she climbed on to a swing and called out towards two women sitting together on a bench nearby. She was a cheerful little girl, dressed in a green mackintosh and small Wellington boots.

"Perhaps you'll get married and have children soon," I said. "I miss little children."

"I can't think of anything I'd like less," said Niki.

"Well, I suppose you're still rather young."

"It's nothing to do with how young or old I am. I just don't feel like having a lot of kids screaming around me."

"Don't worry, Niki," I said, with a laugh. "I wasn't insisting you became a mother just yet. I had this passing fancy just now to be a grandmother, that's all. I thought perhaps you'd oblige, but it can wait."

The little girl, standing on the seat of the swing, was pulling hard on the chains, but somehow she could not make the swing go higher. She smiled anyway and called out again to the women.

"A friend of mine's just had a baby," Niki said. "She's really pleased. I can't think why. Horrible screaming thing she's produced."

"Well, at least she's happy. How old is your friend?"

"Nineteen."

"Nineteen? She's even younger than you are. Is she married?"

"No. What difference does that make?"

"But surely she can't be happy about it."

"Why not? Just because she isn't married?"

"There's that. And the fact that she's only nineteen. I can't believe she was happy about it."

"What difference does it make whether she's married? She wanted it, she planned it and everything."

"Is that what she told you?"

"But, Mother, I know her, she's a friend of mine. I know she wanted it."

The women on the bench got to their feet. One of them called to the little girl. She came off the swing and went running towards the women.

"And what about the father?" I asked.

"He was happy about it too. I remember when they first found out. We all went out to celebrate."

"But people always pretend to be delighted. It's like that film we saw on the television last night."

"What film?"

"I expect you weren't watching it. You were reading your magazine."

"Oh that. It looked awful."

"It certainly was. But that's what I mean. I'm sure nobody ever receives the news of a baby like these people do in these films."

"Honestly, Mother, I don't know how you can sit and watch rubbish like that. You hardly used to watch television at all. I remember you used to keep telling me off because I watched it so much."

I laughed. "You see how our roles are reversing, Niki. I'm sure you're very good for me. You must stop me wasting my time away like that."

As we made our way back from the tea shop, the sky had clouded over ominously and the drizzle had become heavier. We had walked a little way past the small railway station when a voice called from behind us: "Mrs Sheringham! Mrs Sheringham!"

I turned and saw a small woman in an overcoat hurrying up the road.

"I thought it was you," she said, catching up with us.

"And how have you been keeping?" She gave me a cheerful smile.

"Hello, Mrs Waters," I said. "How nice to see you again."

"Seems to have turned all miserable again, hasn't it? Why, hello, Keiko" — she touched Niki's sleeve — "I didn't realize it was you."

"No," I said hurriedly, "this is Niki."

"Niki, of course. Good gracious, you've completely grown up, dear. That's why I got you muddled. You've completely grown up."

"Hello, Mrs Waters," Niki said, recovering.

Mrs Waters lives not far from me. These days I see her only very occasionally, but several years ago she had given piano lessons to both my daughters. She had taught Keiko for a number of years, and then Niki for a year or so when she was still a child. It had not taken me long to see Mrs Waters was a very limited pianist and her attitude to music in general had often irritated me; for instance, she would refer to works by Chopin and Tchaikovsky alike as "charming melodies". But she was such an affectionate woman I never had the heart to replace her.

"And what are you doing with yourself these days, dear?" she asked Niki.

"Me? Oh, I live in London."

"Oh yes? And what are you doing there? Studying?"

"I'm not doing anything really. I just live there."

"Oh, I see. But you're happy there, are you? That's the main thing, isn't it."

"Yes, I'm happy enough."

"Well, that's the main thing, isn't it. And what about Keiko?" Mrs Waters turned to me. "How is Keiko getting on now?"

"Keiko? Oh, she went to live in Manchester."

"Oh yes? That's a nice city on the whole. That's what I've heard anyway. And does she like it up there?"

"I haven't heard from her recently."

"Oh well. No news is good news, I expect. And does Keiko still play the piano?"

"I expect she does. I haven't heard from her recently."

My lack of enthusiasm seemed finally to penetrate, and she dropped the subject with an awkward laugh. Such persistence on her part has characterized our encounters over the years since Keiko's leaving home. Neither my evident reluctance to discuss Keiko nor the fact that until that afternoon I had been unable to tell her so much as my daughter's whereabouts had succeeded in making any lasting impression upon her. In all probability, Mrs Waters will continue to ask cheerfully after my daughter whenever we happen to meet.

By the time we got home, the rain was falling steadily.

"I suppose I embarrassed you, didn't I?" Niki said to me. We were sitting once again in our armchairs, looking out into the garden.

"Why do you suppose that?" I said.

"I should have told her I was thinking of going to university or something like that."

"I don't mind in the least what you say about yourself. I'm not ashamed of you."

"No, I suppose not."

"But I did think you were rather off-hand with her. You never did like that woman much, did you?"

"Mrs Waters? Well, I used to hate those lessons she gave me. They were sheer boredom. I used to just go off in a dream, then now and again there'd be this little voice telling me to put my finger here or here or here. Was that your idea, getting me to have lessons?"

"It was mainly mine. You see, I had great plans for you once."

Niki laughed. "I'm sorry to be such a failure. But it's your own fault. I haven't got any musical sense at all. There's this girl in our house who plays the guitar, and she was trying to show me some chords, but I couldn't be bothered to even learn those. I think Mrs Waters put me off music for life."

"You may come back to it some time and you'll appreciate having had lessons."

"But I've forgotten everything I ever learnt."

"I doubt if you would have forgotten everything. Nothing you learn at that age is totally lost."

"A waste of time, anyway," Niki muttered. She sat looking out of the windows for some time. Then she turned to me and said: "I suppose it must be quite difficult to tell people. About Keiko, I mean."

"It seemed easiest to say what I did," I replied. "She rather took me by surprise."

"Yes, I suppose so." Niki went on looking out of the window with an empty expression. "Keiko didn't come to Dad's funeral, did she?" she said, eventually.

"You know perfectly well she didn't so why ask?"

"I was just saying, that's all."

"You mean you didn't come to her funeral because she didn't come to your father's? Don't be so childish, Niki."

"I'm not being childish. I'm just saying that's the way it was. She was never a part of our lives — not mine or Dad's anyway. I never expected her to be at Dad's funeral."

I did not reply and we sat silently in our armchairs. Then Niki said:

"It was odd just now, with Mrs Waters. It was almost like you enjoyed it."

"Enjoyed what?"

"Pretending Keiko was alive."

"I don't enjoy deceiving people." Perhaps I snapped a little, for Niki looked startled.

"No, I suppose not," she said, lamely.

It rained throughout that night, and the next day — the fourth day of Niki's stay — it was still raining steadily.

"Do you mind if I change rooms tonight?" Niki said. "I could use the spare bedroom." We were in the kitchen, washing the dishes after breakfast.

"The spare bedroom?" I laughed a little. "They're all spare bedrooms now. No, there's no reason why you shouldn't sleep in the spare room. Have you taken a dislike to your old room?"

"I feel a bit odd sleeping there."

"How unkind, Niki. I hoped you'd still feel it was your room."

"Yes, I do," she said, hurriedly. "It's not that I don't like it." She fell silent, wiping some knives with a tea-towel. Finally she said: "It's that other room. Her room. It gives me an odd feeling, that room being right opposite."

I stopped what I was doing and looked at her sternly.

"Well, I can't help it, Mother. I just feel strange thinking about that room being right opposite."

"Take the spare room by all means," I said, coldly. "But you'll need to make up the bed in there."

Although I had made a show of being upset by Niki's request to change rooms, I had no wish to make it difficult for her to do so. For I too had experienced a disturbing feeling about that room opposite. In many ways, that room is the most pleasant in the house, with a splendid view across the orchard. But it had been Keiko's fanatically guarded domain for so long, a strange spell seemed to linger there even now, six years after she had left it — a spell that had grown all the stronger now that Keiko was dead.

For the two or three years before she finally left us, Keiko had retreated into that bedroom, shutting us out of her life. She rarely came out, although I would sometimes hear her moving around the house after we had all gone to bed. I surmised that she spent her time reading magazines and listening to her radio. She had no friends, and the rest of us were forbidden entry into her room. At mealtimes I would leave her plate in the kitchen and she would come down to get it, then shut herself in again. The room, I realized, was in a terrible condition. An odour of stale perfume and dirty linen came from within, and on the occasions I had glimpsed inside, I had seen countless glossy magazines lying on the floor amidst heaps of clothes. I had to coax her to put out her laundry, and in this at least we reached an understanding: every few weeks I would find a bag of washing outside her door, which I would wash and return. In the end, the rest of us grew used to her ways, and when by some impulse Keiko ventured down into our living room, we would all feel a great tension. Invariably, these excursions would end with her fighting, with Niki or with my husband, and then she would be back in her room.

I never saw Keiko's room in Manchester, the room in which she died. It may seem morbid of a mother to have such thoughts, but on hearing of her suicide, the first thought that ran through my mind — before I registered even the shock — was to wonder how long she had been there like that before they had found her. She had lived amidst her own family without being seen for days on end; little hope she would be discovered quickly in a strange city where no one knew her. Later, the coroner said she had been there "for several days". It was the landlady who had opened the door, thinking Keiko had left without paying the rent.

I have found myself continually bringing to mind that picture — of my daughter hanging in her room for days on end. The horror of that image has never diminished, but it has long ceased to be a morbid matter; as with a wound on one's own body, it is possible to develop an intimacy with the most disturbing of things.

"I'll probably be warmer in the spare room anyhow," Niki said.

"If you're cold at night, Niki, you can simply turn up the heating."

"I suppose so." She gave a sigh. "I haven't slept very well lately. I think I'm getting bad dreams, but I can never remember them properly once I wake up."

"I had a dream last night," I said.

"I think it might be to do with the quiet. I'm not used to it being so quiet at night."

"I dreamt about that little girl. The one we were watching yesterday. The little girl in the park."

"I can sleep right through traffic, but I've forgotten what it's like, sleeping in the quiet." Niki shrugged and dropped some cutlery into the drawer. "Perhaps I'll sleep better in the spare room."

The fact that I mentioned my dream to Niki, that first time I had it, indicates perhaps that I had doubts even then as to its innocence. I must have suspected from the start – without fully knowing why — that the dream had to do not so much with the little girl we had watched, but with my having remembered Sachiko two days previously.

Chapter Four

I was in the kitchen one afternoon preparing the supper before my husband came home from work, when I heard a strange sound coming from the living room. I stopped what I was doing and listened. It came again — the sound of a violin being played very badly. The noises continued for a few minutes then stopped.

When eventually I went into the living room, I found Ogata-San bowed over a chess-board. The late afternoon sun was streaming in and despite the electric fans a humidity had set in all around the apartment. I opened the windows a little wider.

"Didn't you finish your game last night?" I asked, coming over to him.

"No, Jiro claimed he was too tired. A ploy on his part, I suspect. You see, I have him in a nice corner here."

"I see."

"He's relying on the fact that my memory's so foggy these days. So I'm just going over my strategy again."

"How resourceful of you, Father. But I doubt if Jiro's mind works quite so cunningly."

"Perhaps not. I dare say you know him better than I do these days." Ogata-San continued to study the board for several moments, then looked up and laughed. "This must seem amusing to you. Jiro sweating away in his office and here I am preparing a game of chess for when he comes home. I feel like a small child waiting for his father."

"Well, I'd much rather you occupied yourself with chess. Your musical recital earlier was hideous."

"How disrespectful. And I thought you'd be moved, Etsuko."

The violin was on the floor nearby, put back in its case. Ogata-San watched me as I began opening the case.

"I noticed it up there on the shelf," he said. "I took the liberty of bringing it down. Don't look so concerned, Etsuko. I was very gentle with it."

"I can't be sure. As you say, Father's like a child these days." I held up the violin and examined it. "Except small children can't reach up to high shelves."

I tucked the instrument under my chin. Ogata-San continued to watch me.

"Play something for me," he said. "I'm sure you can do better than me."

"I'm sure I can." Once more I held the violin out at arm's length. "But it's been such a long time."

"You mean you haven't been practising? Now that's a pity, Etsuko. You used to be so devoted to the instrument."

"I suppose I was once. But I hardly touch it now."

"A great shame, Etsuko. And you were so devoted. I remember when you used to play in the dead of night and wake up the house."

"Wake up the house? When did I do that?"

"Yes, I remember. When you first came to stay with us." Ogata-San gave a laugh. "Don't look so worried, Etsuko. We all forgave you. Now let me see, who was the composer you used to admire so much? Was it Mendelssohn?"

"Is that true? I woke up the house?"

"Don't look so worried, Etsuko. It was years ago. Play me something by Mendelssohn."

"But why didn't you stop me?"

"It was only for the first few nights. And besides, we didn't mind in the least."

I plucked the strings lightly. The violin was out of tune.

"I must have been such a burden to you in those days," I said, quietly.

"Nonsense."

"But the rest of the family. They must have thought I was

a mad girl."

"They couldn't have thought too badly of you. After all, it ended up with you marrying Jiro. Now come on, Etsuko, enough of this. Play me something."

"What was I like in those days, Father? Was I like a mad person?"

"You were very shocked, which was only to be expected. We were all shocked, those of us who were left. Now, Etsuko, let's forget these things. I'm sorry I ever brought up the matter."

I brought the instrument up to my chin once more.

"Ah," he said, "Mendelssohn."

I remained like that for several seconds, the violin under my chin. Then I brought it down to my lap and sighed. "I hardly play it now," I said.

"I'm sorry, Etsuko." Ogata-San's voice had become solemn. "Perhaps I shouldn't have touched it."

I looked up at him and smiled. "So," I said, "the little child is feeling guilty now."

"It's just that I saw it up there and I remembered it from those days."

"I'll play it for you another time. After I've practised a little."

He gave me a small bow, and the smile returned to his eyes.

"I'll remember you promised, Etsuko. And perhaps you could teach me a little."

"I can't teach you everything, Father. You said you wanted to learn to cook."

"Ah yes. That too."

"I'll play for you the next time you come to stay with us."

"I'll remember you promised," he said.

After supper that evening, Jiro and his father settled down to their game of chess. I cleared up the supper things and then sat down with some sewing. At one point during their game, Ogata-San said:

"I've just noticed something. If you don't mind, I'd like to make that move again."

"Certainly," said Jiro.

"But then it's rather unfair on you. Especially since I seem to have the better of you at the moment."

"No, not at all. Please take the move again."

"You don't mind?"

"Not at all."

They played on in silence.

"Jiro," Ogata-San said after several minutes, "I was just wondering. Have you written that letter yet? To Shigeo Matsuda?"

I looked up from my sewing. Jiro appeared absorbed in the game and did not reply until he had moved his piece. "Shigeo? Well, not yet. I've been meaning to. But I've been so busy just recently."

"Of course. I quite understand. I just happened to think of it, that's all."

"I don't seem to have had much time just recently."

"Of course. There's no hurry. I don't mean to keep pestering you like this. It's just that it might be more appropriate if he heard from you fairly soon. It's a few weeks now since his article appeared."

"Yes, certainly. You're quite right."

They returned to their game. For some moments neither of them spoke. Then Ogata-San said:

"How do you suppose he'll react?"

"Shigeo? I don't know. As I say, I don't know him very well these days."

"He's joined the Communist Party, you say?"

"I'm not certain. He certainly expressed such sympathies when I last saw him."

"A great pity. But then there are so many things in Japan today to sway a young man."

"Yes, no doubt."

"So many young men these days get carried away with ideas and theories. But perhaps he'll back down and apologize. There's nothing like a timely reminder of one's personal obligations. You know, I suspect Shigeo never even stopped to consider what he was doing. I think he wrote that article with a pen in one hand and his books about communism in the other. He may well back down in the end."

"Quite possibly. I've just had so much work recently."

"Of course, of course. Your work must take precedence. Please don't worry about it. Now, was it my move?"

They continued their game, speaking little. Once I heard Ogata-San say: "You're moving just as I anticipated. You'll need to be very clever to escape from that corner."

They had been playing for sometime when there was a knock at the door. Jiro looked up and threw me a glance. I put down my sewing and got to my feet.

When I opened the door, I found two men grinning and bowing at me. It was quite late by then and I thought at first they had come to the wrong apartment. But then I recognized them as two of Jiro's colleagues and asked them in. They stood in the entryway giggling to themselves. One was a tubby little man whose face looked quite flushed. His companion was thinner, with a pale complexion like that of a European; but it seemed he too had been drinking, for pink blotches had appeared on each of his cheeks. They were both wearing ties, loosened untidily, and were holding jackets over their arms.

Jiro seemed pleased to see them and called to them to sit down. But they remained in the entryway, giggling.

"Ah, Ogata," the pale-faced man said to Jiro, "perhaps we've caught you at a bad time."

"Not at all. What are you doing in these parts anyway?"

"We've been to see Murasaki's brother. In fact, we haven't been home yet."

"We came to disturb you because we're afraid to go home," the tubby man put in. "We didn't tell our wives we'd be late."

"What rabble you are, the pair of you," said Jiro. "Why don't you take off your shoes and come up here?"

"We've caught you at a bad time," the pale-faced man said again. "I can see you've got a visitor." He grinned and bowed towards Ogata-San.

"This is my father, but how can I introduce you if you don't come in?"

The visitors finally took off their shoes and seated themselves. Jiro introduced them to his father and they began once more to bow and giggle.

"You gentlemen are from Jiro's firm?" Ogata-San asked.

"Yes, indeed," the tubby man replied. "A great honour it is too, even if he does give us a tough time. We call your son 'Pharaoh' in the office because he urges the rest of us to work like slaves while he does nothing himself."

"What nonsense," said my husband.

"It's true. He orders us around like we're his dogsbodies. Then he sits down and reads the newspaper."

Ogata-San seemed a little confused, but seeing the others laugh he joined in.

"And what's this here?" The pale-faced man indicated the chess-board. "You see, I knew we'd interrupted something."

"We were just playing chess to pass the time," said Jiro.

"Go on playing then. Don't let rabble like us interrupt."

"Don't be silly. How could I concentrate with idiots like you around." Jiro pushed away the chess-board. One or two of the pieces fell over and he stood them up again without looking at the squares. "So. You've been to see Murasaki's brother. Etsuko, get some tea for the gentlemen." My husband had said this despite the fact that I was already on my way to the kitchen. But then the tubby man started to wave his hand frantically.

"Madam, madam, sit down. Please. We'll be going in just a moment. Please be seated."

"It's no trouble," I said, smiling.

"No, madam, I implore you" — he had started to shout quite loudly — "We're just rabble, like your husband says. Please don't make a fuss, please sit down."

I was about to obey him, but then I saw Jiro give me an angry look.

"At least have some tea with us," I said. "It's no trouble at all."

"Now you've sat down, you may as well stay a while," my husband said to the visitors. "Anyway, I want to know about Murasaki's brother. Is he as mad as they say he is?"

"He's a character all right," the tubby man said, with a laugh. "We certainly weren't disappointed. And did anyone tell you about his wife?"

I bowed and made my way into the kitchen unnoticed. I prepared the tea and put on to a plate some cakes I had been making earlier that day. I could hear laughter coming from the living room, my husband's voice amongst them. One of the visitors was calling him "Pharaoh" again in a loud voice. When I returned to the living room, Jiro and his visitors seemed in high spirits. The tubby man was relating an anecdote, about some cabinet minister's encounter with General MacArthur. I put the cakes near them, poured out their tea, then sat down beside Ogata-San. Jiro's friends made several more jokes concerning politicians and then the pale-faced man pretended to be offended because his companion had spoken disparagingly of some personage he admired. He kept a straight face while the others teased him.

"By the way, Hanada," my husband said to him. "I heard an interesting story the other day at the office. I was told during the last elections, you threatened to beat your wife with a golf club because she wouldn't vote the way you wanted."

"Where did you pick up this rubbish?"

"I got it from reliable sources."

"That's right," the tubby man said. "And your wife was going to call the police to report political intimidation."

"What rubbish. Besides, I don't have golf clubs any more. I sold them all last year."

"You still have that seven-iron," said the tubby man. "I saw it in your apartment last week. Maybe you used that."

"But you can't deny it, can you, Hanada?" said Jiro.

"It's nonsense about the golf club."

"But it's true you couldn't get her to obey you."

The pale-faced man shrugged. "Well, it's her personal right to vote any way she pleases."

"Then why did you threaten her?" his friend asked.

"I was trying to make her see sense, of course. My wife votes for Yoshida just because he looks like her uncle. That's typical of women. They don't understand politics. They think they can choose the country's leaders the same way they choose dresses."

"So you gave her a seven-iron," said Jiro.

"Is that really true?" Ogata-San asked. He had not spoken since I had come back in with the tea. The other three stopped laughing and the pale-faced man looked at Ogata-San with a surprised expression.

"Well, no." He became suddenly formal and gave a small bow. "I didn't actually hit her."

"No, no," said Ogata-San. "I meant your wife and yourself — you voted for separate parties?"

"Well, yes." He shrugged, then giggled awkwardly. "What could I do?"

"I'm sorry. I didn't mean to pry." Ogata-San gave a low bow, and the pale-faced man returned it. As if the bowing were a signal, the three younger men started once more to laugh and talk amongst themselves. They moved off politics and began discussing various members of their firm. When I was pouring more tea, I noticed that the cakes, despite my having put out a generous amount, had almost all disappeared. I finished refilling their teacups, then sat down again beside Ogata-San.

The visitors stayed for an hour or so. Jiro saw them to the door then sat down again with a sigh. "It's getting late," he said. "I'll need to turn in soon."

Ogata-San was examining the chess board. "I think the pieces got jogged a little," he said. "I'm sure the horse was on this square, not that one."

"Quite probably."

"I'll put it here then. Are we agreed on this?"

"Yes, yes, I'm sure you're right. We'll have to finish the game another time, Father. I'll need to retire very shortly."

"How about playing just the next few moves. We may well finish it off."

"Really, I'd rather not. I'm feeling very tired now."

"Of course."

I packed away the sewing I had been doing earlier in the evening and sat waiting for the others to retire. Jiro, however, picked up a newspaper and started to read the back page. Then he took the last remaining cake from the plate and began to eat nonchalantly. After several moments, Ogata-San said:

"Perhaps we ought to just finish it off now. It'll only take a few more moves."

"Father, I really am too tired now. I have work to go to in the morning."

"Yes, of course."

Jiro went back to his newspapers. He continued to eat the cake and I watched several crumbs drop on to the tatami. Ogata-San continued to gaze at the chess-board for some time.

"Quite extraordinary", he said, eventually, "what your friend was saying."

"Oh? What was that?" Jiro did not look up from his newspaper.

"About him and his wife voting for different parties. A few years ago that would have been unthinkable."

"No doubt."

"Quite extraordinary the things that happen now. But that's what's meant by democracy, I suppose." Ogata-San gave a sigh. "These things we've learnt so eagerly from the Americans, they aren't always to the good."

"No, indeed they're not."

"Look what happens. Husband and wife voting for different parties. It's a sad state of affairs when a wife can't be relied on in such matters any more."

Jiro continued to read his newspaper. "Yes, it's regrettable," he said.

"A wife these days feels no sense of loyalty towards the household. She just does what she pleases, votes for a different party if the whim takes her. That's so typical of the way things have gone in Japan. All in the name of democracy people abandon obligations."

Jiro looked up at his father for a brief moment, then turned his eyes back to his paper. "No doubt you're very right," he said. "But surely the Americans didn't bring all bad."

"The Americans, they never understood the way things were in Japan. Not for one moment have they understood. Their ways may be fine for Americans, but in Japan things are different, very different." Ogata-San sighed again. "Discipline, loyalty, such things held Japan together once. That may sound fanciful, but it's true. People were bound by a sense of duty. Towards one's family, towards superiors, towards the country. But now instead there's all this talk of democracy. You hear it whenever people want to be selfish, whenever they want to forget obligations."

"Yes, no doubt you're right." Jiro yawned and scratched the side of his face.

"Take what happened in my profession, for instance. Here was a system we'd nurtured and cherished for years. The Americans came and stripped it, tore it down without a thought. They decided our schools would be like American schools, the children should learn what American children learn. And the Japanese welcomed it all. Welcomed it with a lot of talk about democracy" — he shook his head — "Many fine things were destroyed in our schools."

"Yes, I'm sure that's very true." Jiro glanced up once more. "But surely there were some faults in the old system, in schools as much as anywhere."

"Jiro, what is this? Something you read somewhere?"

"It's just my opinion."

"Did you read that in your newspaper? I devoted my life to the teaching of the young. And then I watched the Americans tear it all down. Quite extraordinary what goes on in schools now, the way children are taught to behave. Extraordinary. And so much just isn't taught any more. Do you know, children leave school today knowing nothing about the history of their own country?"

"That may be a pity, admittedly. But then I remember some odd things from my schooldays. I remember being taught all about how Japan was created by the gods, for instance. How we as a nation were divine and supreme. We had to memorize the text book word for word. Some things aren't such a loss, perhaps."

"But Jiro, things aren't as simple as that. You clearly don't understand how such things worked. Things aren't nearly as simple as you presume. We devoted ourselves to ensuring that proper qualities were handed down, that children grew up with the correct attitude to their country, to their fellows. There was a spirit in Japan once, it bound us all together. Just imagine what it must be like being a young boy today. He's taught no values at school — except perhaps that he should selfishly demand whatever he wants out of life. He goes home and finds his parents fighting because his mother refuses to vote for his father's party. What a state of affairs."

"Yes, I see your point. Now, Father, I'm sorry but I must go to bed."

"We did our best, men like Endo and I, we did our best to nurture what was good in the country. A lot of good has been destroyed."

"It's most regrettable." My husband got to his feet. "Excuse me, Father, but I must sleep. I have another busy day tomorrow."

Ogata-San looked up at his son, a somewhat surprised expression on his face. "Why, of course. How inconsiderate of me to have kept you so late." He gave a small bow.

"Not at all. I'm sorry we can't talk longer, but I really ought to get some sleep now."

"Why, of course."

Jiro wished his father a good night's sleep and left the room. For a few seconds, Ogata-San gazed at the door through which Jiro had disappeared as if he expected his son to return at any moment. Then he turned to me with a troubled look.

"I didn't realize how late it was," he said. "I didn't mean to keep Jiro up."

Chapter Five

"Gone? And had he left you no message at his hotel?"

Sachiko laughed. "You look so astonished, Etsuko," she said. "No, he'd left nothing. He'd gone yesterday morning, that's all they knew. To tell you the truth, I half expected this."

I realized I was still holding the tray. I laid it down carefully then seated myself on a cushion opposite Sachiko. There was a pleasant breeze blowing through the apartment that morning.

"But how terrible for you," I said. "And you were waiting with everything packed and ready."

"This is nothing new to me, Etsuko. Back in Tokyo — that's where I first met him, you see — back in Tokyo, it was just the same thing. Oh no, this is nothing new to me. I've learnt to expect such things."

"And you say you're going back into town tonight? On your own?"

"Don't look so shocked, Etsuko. After Tokyo, Nagasaki seems a tame little town. If he's still in Nagasaki, I'll find him tonight. He may change his hotel, but he won't have changed his habits."

"But this is all so distressing. If you wish, I'd be glad to come and sit with Mariko until you get back."

"Why, how kind of you. Mariko's quite capable of being left on her own, but if you're prepared to spend a couple of hours with her tonight, that would be most kind. But I'm sure this whole thing will sort itself out, Etsuko. You see, when you've come through some of the things I have, you learn not to let small set-backs like this worry you."

"But what if he's . . . I mean, what if he's left Nagasaki altogether?"

"Oh, he hasn't gone far, Etsuko. Besides, if he really meant to leave me, he would have left a note of some kind, wouldn't he? You see, he hasn't gone far. He knows I'll come and find him."

Sachiko looked at me and smiled. I found myself at a loss for any reply.

"Besides, Etsuko," she went on, "he did come all the way down here. He came down all this way to Nagasaki to find me at my uncle's house, all that way from Tokyo. Now why would he have done that if he didn't mean everything he's promised? You see, Etsuko, what he wants most is to take me to America. That's what he wants. Nothing's changed really, this is just a slight delay." She gave a quick laugh. "Sometimes, you see, he's like a little child."

"But what do you think your friend means by going off like this? I don't understand."

"There's nothing to understand, Etsuko, it hardly matters. What he really wants is to take me to America and lead a steady respectable life there. That's what he really wants. Otherwise why would he have come all that way and found me at my uncle's house? You see, Etsuko, this isn't anything to be so worried about."

"No, I'm sure it isn't."

Sachiko seemed about to speak again, but then appeared to stop herself. She stared down at the tea things on the tray. "Well then, Etsuko," she said, with a smile, "let's pour the tea."

She watched in silence as I poured. Once when I glanced quickly towards her, she smiled as if to encourage me. I finished pouring the tea and for a moment or two we sat there quietly.

"Incidentally, Etsuko," Sachiko said, "I take it you've spoken to Mrs Fujiwara and explained my position to her."

"Yes. I saw her the day before yesterday."

"I suppose she'd been wondering what had become of me."

"I explained to her that you'd been called away to America. She was perfectly understanding about it."

"You see, Etsuko," said Sachiko, "I find myself in a difficult situation now."

"Yes, I can appreciate that."

"As regards finances, as well as everything else."

"Yes, I see," I said, with a small bow. "If you wish, I could certainly talk to Mrs Fujiwara. I'm sure under the circumstances she'd be happy to . . ."

"No, no, Etsuko" — Sachiko gave a laugh — "I've no desire to return to her little noodle shop. I fully expect to be leaving for America in the near future. It's merely a case of things being delayed a little, that's all. But in the meantime, you see, I'll need a little money. And I was just remembering, Etsuko, how you once offered to assist me in that respect."

She was looking at me with a kindly smile. I looked back at her for a few moments. Then I bowed and said:

"I have some savings of my own. Not a great deal, but I'd be glad to do what I can."

Sachiko bowed gracefully, then lifted her teacup. "I won't embarrass you", she said, "by naming any particular sum. That, of course, is entirely up to you. I'll gratefully accept whatever you feel is appropriate. Of course, the loan will be returned in due course, you can rest assured of that, Etsuko."

"Naturally," I said, quietly. "I had no doubts on that."

Sachiko continued to regard me with her kindly smile. I excused myself and left the room.

In the bedroom, the sun was streaming in, revealing all the dust in the air. I knelt beside a set of small drawers at the foot of our cupboard. From the lowest drawer I removed various items — photograph albums, greeting cards, a folder of water-colours my mother had painted — laying them carefully on the floor beside me. At the bottom of the drawer was the black lacquer gift-box. Lifting the lid, I found the several letters I had preserved — unknown to my husband — together with two or three small photographs. From beneath these, I took out the envelope containing my money. I carefully put back everything as it had been and closed the drawer. Before leaving the room, I opened the wardrobe, chose a silk scarf of a suitably discreet pattern, and wrapped it around the envelope.

When I returned to the living room, Sachiko was refilling her teacup. She did not look up at me, and when I laid the folded scarf on the floor beside her, she carried on pouring the tea without glancing at it. She gave me a nod as I sat down, then began to sip from her cup. Only once, as she was lowering her teacup, did she cast a quick sideways glance at the bundle beside her cushion.

"There's something you don't seem to understand, Etsuko," she said. "You see, I'm not ashamed or embarrassed about anything I've done. You can feel free to ask whatever you like."

"Yes, of course."

"For instance, Etsuko, why is it you never ask me anything about 'my friend', as you insist on calling him? There really isn't anything to get embarrassed about. Why, Etsuko, you're beginning to blush already."

"I assure you I'm not getting embarrassed. In fact . . ."

"But you are, Etsuko, I can see you are." Sachiko gave a laugh and clapped her hands together. "But why can't you understand I've nothing to hide, I've nothing to be ashamed of? Why are you blushing like this? Just because I mentioned Frank?"

"But I'm not embarrassed. And I assure you I've never assumed anything . . ."

"Why do you never ask me about him, Etsuko? There must be all sorts of questions you'd like to ask. So why don't you ask them? After all, everybody else in the neighbourhood seems interested enough, you must be too, Etsuko. So please feel free, ask me anything you like."

"But really, I . . ."

"Come on, Etsuko, I insist. Ask me about him. I do want you to. Ask me about him, Etsuko."

"Very well then."

"Well? Go on, Etsuko, ask."

"Very well. What does he look like, your friend?"

"What does he look like?" Sachiko laughed again. "Is that all you wish to know? Well, he's tall like most of these foreigners, and his hair's going a little thin. He's not old, you understand. Foreigners go bald more easily, did you know that, Etsuko? Now ask me something else about him. There must be other things you want to know."

"Well, quite honestly . . ."

"Come on, Etsuko, ask. I want you to ask."

"But really, there's nothing I wish to . . ."

"But there must be, why won't you ask? Ask me about him, Etsuko, ask me."

"Well, in fact," I said, "I did wonder about one thing."

Sachiko seemed to suddenly freeze. She had been holding her hands together in front of her, but now she lowered them and placed them back on her lap.

"I did wonder", I said, "if he spoke Japanese at all."

For a moment, Sachiko said nothing. Then she smiled and her manner seemed to relax. She lifted her teacup again and took several sips. Then when she spoke again, her voice sounded almost dreamy.

"Foreigners have so much trouble with our language," she said. She paused and smiled to herself. "Frank's Japanese is quite terrible, so we converse in English. Do you know English at all, Etsuko? Not at all? You see, my father used to speak good English. He had connections in Europe and he always used to encourage me to study the language. But then of course, when I married, I stopped learning. My husband forbade it. He took away all my

English books. But I didn't forget it. When I met foreigners in Tokyo, it came back to me."

We sat in silence for a little while. Then Sachiko gave a tired sigh.

"I suppose I'd better get back fairly soon," she said. She reached down and picked up the folded scarf. Then without inspecting it, she dropped it into her handbag.

"You won't have a little more tea?" I asked.

She shrugged. "Just a little more perhaps."

I refilled the cups. Sachiko watched me, then said: "If it's inconvenient — about tonight, I mean — it wouldn't matter at all. Mariko should be capable of being left on her own by now."

"It's no trouble. I'm sure my husband won't object."

"You're very kind, Etsuko," Sachiko said, in a flat tone. Then she said: "I should warn you, perhaps. My daughter has been in a somewhat difficult mood these past few days."

"That's all right," I said, smiling. "I'll need to get used to children in every kind of mood."

Sachiko went on drinking her tea slowly. She seemed in no hurry to be returning. Then she put down her teacup and for some moments sat examining the back of her hands.

"I know it was a terrible thing that happened here in Nagasaki," she said, finally. "But it was bad in Tokyo too. Week after week it went on, it was very bad. Towards the end we were all living in tunnels and derelict buildings and there was nothing but rubble. Everyone who lived in Tokyo saw unpleasant things. And Mariko did too." She continued to gaze at the back of her hands.

"Yes," I said. "It must have been a very difficult time."

"This woman. This woman you've heard Mariko talk about. That was something Mariko saw in Tokyo. She saw other things in Tokyo, some terrible things, but she's always remembered that woman." She turned over her hands and looked at the palms looking from one to the other as if to compare them.

"And this woman," I said. "She was killed in an air-raid?"

"She killed herself. They said she cut her throat. I never knew her. You see, Mariko went running off one morning. I can't remember why, perhaps she was upset about something. Anyway she went running off out into the streets, so I went chasing after her. It was very early, there was nobody about. Mariko ran down an alleyway, and I followed after her. There was a canal at the end and the woman was kneeling there, up to her elbows in water. A young woman, very thin. I knew something was wrong as soon as I saw her. You see, Etsuko, she turned round and smiled at Mariko. I knew something was wrong and Mariko must have done too because she stopped running. At first I thought the woman was blind, she had that kind of look, her eyes didn't seem to actually see anything. Well, she brought her arms out of the canal and showed us what she'd been holding under the water. It was a baby. I took hold of Mariko then and we came out of the alley."

I remained silent, waiting for her to continue. Sachiko helped herself to more tea from the pot.

"As I say," she said, "I heard the woman killed herself. That was a few days afterwards."

"How old was Mariko then?"

"Five, almost six. She saw other things in Tokyo. But she always remembers that woman."

"She saw everything? She saw the baby?"

"Yes. Actually, for a long time I thought she hadn't understood what she'd seen. She didn't talk about it afterwards. She didn't even seem particularly upset at the time. She didn't start talking about it until a month or so later. We were sleeping in this old building then. I woke up in the night and saw Mariko sitting up, staring at the doorway. There wasn't a door, it was just this doorway, and Mariko was sitting up looking at it. I was quite alarmed. You see, there was nothing to stop anyone walking into the building. I asked Mariko what was wrong and she said a woman had been standing there watching us. I asked what sort of woman and Mariko said it was the one we'd seen that morning. Watching us from the doorway. I got up and looked around but there wasn't anyone there. It's quite possible, of course, that some woman was standing there. There was nothing to stop anyone stepping inside."

"I see. And Mariko mistook her for the woman you'd seen."

"I expect that's what happened. In any case, that's when it started, Mariko's obsession with that woman. I thought she'd grown out of it, but just recently it's started again. If she starts to talk about it tonight, please don't pay her any attention."

"Yes, I see."

"You know how it is with children," said Sachiko. "They play at make-believe and they get confused where their fantasies begin and end."

"Yes, I suppose it's nothing unusual really."

"You see, Etsuko, things were very difficult when Mariko was born."

"Yes, they must have been," I said. "I'm very fortunate, I know."

"Things were very difficult. Perhaps it was foolish to have married when I did. After all, everyone could see a war was coming. But then again, Etsuko, no one knew what a war was really like, not in those days. I married into a highly respected family. I never thought a war could change things so much."

Sachiko put down her teacup and passed a hand through her hair. Then she smiled quickly. "As regards tonight, Etsuko," she said, "my daughter is quite capable of amusing herself. So please don't bother too much with her."

Mrs Fujiwara's face often grew weary when she talked about her son.

"He's becoming an old man," she was saying. "Soon he'll have only the old maids to choose from."

We were sitting in the forecourt of her noodle shop. Several tables were occupied by office-workers having their lunch.

"Poor Kazuo-San," I said, with a laugh. "But I can understand how he feels. It was so sad about Miss Michiko. And they were engaged for a long time, weren't they?"

"Three years. I never saw the point in these long engagements. Yes, Michiko was a nice girl. I'm sure she'd be the first to agree with me about Kazuo mourning her like this. She would have wanted him to continue with his life."

"It must be difficult for him though. To have built up plans for so long only for things to end like that."

"But that's all in the past now," said Mrs Fujiwara. "We've all had to put things behind us. You too, Etsuko, I remember you were very heartbroken once. But you managed to carry on."

"Yes, but I was fortunate. Ogata-San was very kind to me in those days. I don't know what would have become of me otherwise."

"Yes, he was very kind to you. And of course, that's how you met your husband. But you deserved to be fortunate."

"I really don't know where I'd be today if Ogata-San hadn't taken me in. But I can understand how difficult it must be — for your son, I mean. Even me I still think about Nakamura-San sometimes. I can't help it. Sometimes I wake up and forget. I think I'm still back here, here in Nakagawa . . ."

"Now, Etsuko, that's no way to talk." Mrs Fujiwara looked at me for some moments, then gave a sigh. "But it happens to me too. Like you say, in the mornings, just as you wake, it can catch you unawares. I often wake up thinking I'll have to hurry and get breakfast ready for them all."

We fell silent for a moment. Then Mrs Fujiwara laughed a little.

"You're very bad, Etsuko," she said. "See, you've got me talking like this now."

"It's very foolish of me," I said. "In any case, Nakamura-San and I, there was never anything between us. I mean, nothing had been decided."

Mrs Fujiwara went on looking at me, nodding to some private train of thought. Then across the forecourt a customer stood up, ready to leave.

I watched Mrs Fujiwara go over to him, a neat young man in shirt-sleeves. They bowed to each other and began chatting cheerfully. The man made some remark as he buttoned his briefcase and Mrs Fujiwara laughed heartily. They exchanged bows once more, then he disappeared into the afternoon rush. I was grateful for the opportunity to compose my emotions. When Mrs Fujiwara came back, I said:

"I'd better be leaving you soon. You're very busy just now."

"You just stay there and relax. You've only just sat down. I'll get you some lunch."

"No, that's all right."

"Now, Etsuko, if you don't eat here, you won't eat lunch for another hour. You know how important it is for you to eat regularly at this stage."

"Yes, I suppose so."

Mrs Fujiwara looked at me closely for a moment. Then she said: "You've everything to look forward to now, Etsuko. What are you so unhappy about?"

"Unhappy? But I'm not unhappy in the least."

She continued to look at me, and I laughed nervously.

"Once the child comes," she said, "you'll be delighted, believe me. And you'll make a splendid mother, Etsuko."

"I hope so."

"Of course you will."

"Yes." I looked up and smiled.

Mrs Fujiwara nodded, then rose to her feet once more.

The inside of Sachiko's cottage had grown increasingly dark — there was only one lantern in the room — and at first I thought Mariko was staring at a black mark on the wall. She reached out a finger and the shape moved a little. Only then did I realize it was a spider.

"Mariko, leave that alone. That's not nice."

She put both hands behind her back, but went on staring at the spider.

"We used to have a cat once," she said. "Before we came here. She used to catch spiders."

"I see. No, leave it alone, Mariko."

"But it's not poisonous."

"No, but leave it alone, it's dirty."

"The cat we used to have, she could eat spiders. What would happen if I ate a spider?"

"I don't know, Mariko."

"Would I be sick?"

"I don't know." I went back to the sewing I had brought with me. Mariko continued to watch the spider. Eventually she said: "I know why you came here tonight."

"I came because it's not nice for little girls to be on their own."

"It's because of the woman. It's because the woman might come again."

"Why don't you show me some more drawings? The ones you showed me just now were lovely."

Mariko did not reply. She moved over to the window and looked out into the darkness.

"Your mother won't be long now," I said. "Why don't you show me some more drawings."

Mariko continued to look into the darkness. Eventually, she returned to the corner where she had been sitting before the spider had attracted her attention.

"How did you spend your day today, Mariko?" I asked. "Did you do any drawing?"

"I played with Atsu and Mee-Chan."

"That's nice. And where do they live? Are they from the apartments?"

"That's Atsu" — she pointed to one of the small black kittens beside her — "and that's Mee-Chan."

I laughed. "Oh, I see. They're lovely little kittens, aren't they? But don't you ever play with other children? The children from the apartments?"

"I play with Atsu and Mee-Chan."

"But you should try and make friends with the other children. I'm sure they're all very nice."

"They stole Suji-Chan. He was my favourite kitten."

"They stole him? Oh dear, I wonder why they did that."

Mariko began stroking a kitten. "I've lost Suji-Chan now."

"Perhaps he'll turn up soon. I'm sure the children were just playing."

"They killed him. I've lost Suji-Chan now."

"Oh. I wonder why they did a thing like that."

"I threw stones at them. Because they said things."

"Well, you shouldn't throw stones, Mariko."

"They said things. About Mother. I threw stones at them and they took Suji-Chan and wouldn't give him back."

"Well, you've still got your other kittens."

Mariko moved across the room towards the window again. She was just tall enough to lean her elbows on the ledge. For a few minutes she looked into the darkness, her face close to the pane.

"I want to go out now," she said, suddenly.

"Go out? But it's far too late, it's dark outside. And your mother will be back any time now."

"But I want to go out."

"Stay here now, Mariko."

She continued to look outside. I tried to see what was visible to her; from where I sat I could see only darkness.

"Perhaps you should be kinder to the other children. Then you could make friends with them."

"I know why Mother asked you to come here."

"You can't expect to make friends if you throw stones."

"It's because of the woman. It's because Mother knows about the woman."

"I don't understand what you're talking about, Mariko-San. Tell me more about your kittens. Will you draw more pictures of them when they get bigger?"

"It's because the woman might come again. That's why Mother asked you."

"I don't think so."

"Mother's seen the woman. She saw her the other night."

I stopped sewing for a second and looked up at Mariko. She had turned away from the window and was gazing at me with a strangely expressionless look.

"Where did your mother see this — this person?"

"Out there. She saw her out there. That's why she asked you."

Mariko came away from the window and returned to her kittens. The older cat had appeared and the kittens had curled up to their mother. Mariko lay down beside them and started to whisper. Her whispering had a vaguely disturbing quality.

"Your mother should be home soon," I said. "I wonder what she can be doing."

Mariko continued whispering.

"She was telling me all about Frank-San," I said. "He sounds a very nice man."

The whispering noises stopped. We stared at each other for a second.

"He's a bad man," Mariko said.

"Now that's not a nice thing to say, Mariko-San. Your mother told me all about him and he sounds very nice. And I'm sure he's very kind to you, isn't he?"

She got to her feet and went to the wall. The spider was still there.

"Yes, I'm sure he's a nice man. He's kind to you, isn't he, Mariko-San?"

Mariko reached forward. The spider moved quite slowly along the wall.

"Mariko, leave that alone."

"The cat we had in Tokyo, she used to catch spiders. We were going to bring her with us."

I could see the spider more clearly in its new position. It had thick short legs, each leg casting a shadow on the yellow wall.

"She was a good cat," Mariko continued. "She was going to come with us to Nagasaki."

"And did you bring her?"

"She disappeared. The day before we were leaving. Mother promised we could bring her, but she disappeared."

"I see."

She moved suddenly and caught one of the spider's legs. The remaining legs crawled frantically around her hand as she brought it away from the wall.

"Mariko, let that go. That's dirty."

Mariko turned over her hand and the spider crawled into her palm. She closed her other hand over it so that it was imprisoned.

"Mariko, put that down."

"It's not poisonous," she said, coming closer to me.

"No, but it's dirty. Put it back in the corner."

"It's not poisonous though."

She stood in front of me, the spider inside her cupped hands. Through a gap in her fingers, I could see a leg moving slowly and rhythmically.

"Put it back in the corner, Mariko."

"What would happen if I ate it? It's not poisonous."

"You'd be very sick. Now, Mariko, put it back in the corner."

Mariko brought the spider closer to her face and parted her lips.

"Don't be silly, Mariko. That's very dirty."

Her mouth opened wider, and then her hands parted and the spider landed in front of my lap. I started back. The spider sped along the tatami into the shadows behind me. It took me a moment to recover, and by then Mariko had left the cottage.

Chapter Six

I cannot be sure now how long I spent searching for her that night. Quite possibly it was for a considerable time, for I was advanced in my pregnancy by then and careful to avoid hurried movements. Besides, once having come outside, I was finding it strangely peaceful to walk beside the river. Along one section of the bank, the grass had grown very tall. I must have been wearing sandals that night for I can remember distinctly the feel of the grass on my feet. As I walked, there were insects making noises all around me.

Then eventually I became aware of a separate sound, a rustling noise as if a snake were sliding in the grass behind me. I stopped to listen, then realized what had caused it; an old piece of rope had tangled itself around my ankle and I had been dragging it through the grass. I carefully released it from around my foot. When I held it up to the moonlight it felt damp and muddy between my fingers.

"Hello, Mariko," I said, for she was sitting in the grass a short way in front of me, her knees hunched up to her chin. A willow tree — one of several that grew on the bank — hung over the spot where she sat. I took a few steps towards her until I could make out her face more clearly.

"What's that?" she asked.

"Nothing. It just tangled on to my foot when I was walking."

"What is it though?"

"Nothing, just a piece of old rope. Why are you out here?"

"Do you want to take a kitten?"

"A kitten?"

"Mother says we can't keep the kittens. Do you want one?"

"I don't think so."

"But we have to find homes for them soon. Or else Mother says we'll have to drown them."

"That would be a pity."

"You could have Atsu."

"We'll have to see."

"Why have you got that?"

"I told you, it's nothing. It just caught on to my foot." I took a step closer. "Why are you doing that, Mariko?"

"Doing what?"

"You were making a strange face just now."

"I wasn't making a strange face. Why have you got the rope?"

"You were making a strange face. It was a very strange face."

"Why have you got the rope?"

I watched her for a moment. Signs of fear were appearing on her face.

"Don't you want a kitten then?" she asked.

"No, I don't think so. What's the matter with you?"

Mariko got to her feet. I came forward until I reached the willow tree. I noticed the cottage a short distance away, the shape of its roof darker than the sky. I could hear Mariko's footsteps running off into the darkness.

When I reached the door of the cottage, I could hear Sachiko's voice from within, talking angrily. They both turned to me as I came in. Sachiko was standing in the middle of the room, her daughter before her. In the light cast by the lantern, her carefully prepared face had a mask-like quality.

"I fear Mariko's been giving you trouble," she said to me.

"Well, she ran outside . . ."

"Say sorry to Etsuko-San." She gripped Mariko's arm roughly.

"I want to go outside again."

"You won't move. Now apologize."

"I want to go outside."

With her free hand, Sachiko slapped the child sharply on the back of her thigh. "Now, apologize to Etsuko-San."

Small tears were appearing in Mariko's eyes. She looked at me briefly, then turned back to her mother. "Why do you always go away?"

Sachiko raised her hand again warningly.

"Why do you always go away with Frank-San?"

"Are you going to say you're sorry?"

"Frank-San pisses like a pig. He's a pig in a sewer."

Sachiko stared at her child, her hand still poised in the air.

"He drinks his own piss."

"Silence."

"He drinks his own piss and he shits in his bed."

Sachiko continued to glare, but remained quite still.

"He drinks his own piss." Mariko pulled her arm free and walked across the room with an air of nonchalance. At the entryway she turned and stared back at her mother. "He pisses like a pig," she repeated, then went out into the darkness.

Sachiko stared at the entryway for some moments, apparently oblivious of my presence.

"Shouldn't someone go after her?" I said, after a while.

Sachiko looked at me and seemed to relax a little. "No," she said, sitting down. "Leave her."

"But it's very late."

"Leave her. She can come back when she pleases."

A kettle had been steaming on the open stove for some time. Sachiko took it off the flame and began making tea. I watched her for several moments, then asked quietly:

"Did you find your friend?"

"Yes, Etsuko," she said. "I found him." She continued with her tea-making, not looking up at me. Then she said: "It was very kind of you to have come here tonight. I do apologize about Mariko."

I continued to watch her. Eventually, I said: "What are your plans now?"

"My plans?" Sachiko finished filling the teapot, then poured the remaining water on to the flame. "Etsuko, I've told you many times, what is of the utmost importance to me is my daughter's welfare. That must come before everything else. I'm a mother, after all. I'm not some young saloon girl with no regard for decency. I'm a mother, and my daughter's interests come first."

"Of course."

"I intend to write to my uncle. I'll inform him of my whereabouts and I'll tell him as much as he has a right to know about my present circumstances. Then if he wishes, I'll discuss with him the possibilities of our returning to his house." Sachiko picked up the teapot in both hands and began to shake it gently. "As a matter of fact, Etsuko, I'm rather glad things have turned out like this. Imagine how unsettling it would have been for my daughter, finding herself in a land full of foreigners, a land full of Ame-kos. And suddenly having an Ame-ko for a father, imagine how confusing that would be for her. Do you understand what I'm saying, Etsuko? She's had enough disturbance in her life already, she deserves to be somewhere settled. It's just as well things have turned out this way."

I murmured something in assent.

"Children, Etsuko," she went on, "mean responsibility. You'll discover that yourself soon enough. And that's what he's really scared of, anyone can see that. He's scared of Mariko. Well, that's not acceptable to me, Etsuko. My daughter comes first. It's just as well things have turned out this way." She went on rocking the teapot in her hands.

"This must be very distressing for you," I said, eventually.

"Distressing?" — Sachiko laughed — "Etsuko, do you imagine little things like this distress me? When I was your age, perhaps. But not any more. I've gone through too much over the last few years. In any case, I was expecting this to happen. Oh yes, I'm not surprised at all. I expected this. The last time, in Tokyo, it was much the same. He disappeared and spent all our money, drank it all in three days. A lot of it was my money too. Do you know, Etsuko, I actually worked as a maid in a hotel? Yes, as a maid. But I didn't complain, and we almost had enough, a few more weeks and we could have got a ship to America. But then he drank it all. All those weeks I spent scrubbing floors on my knees and he drank it all up in three days. And now there he is again, in a bar with his worthless saloon girl. How can I place my daughter's future in the hands of a man like that? I'm a mother, and my daughter comes first."

We fell silent again. Sachiko put the teapot down in front of her and stared at it.

"I hope your uncle will prove understanding," I said.

She gave a shrug. "As far as my uncle's concerned, Etsuko, I'll discuss the matter with him. I'm willing to do so for Mariko's sake. If he proves unhelpful, then I'll just find some alternative course. In any case, I've no intention of accompanying some foreign drunkard to America. I'm quite happy he's found some saloon girl to drink with him, I'm sure they deserve one another. But as far as I'm concerned, I'm going to do what's best for Mariko, and that's my decision."

For some time, Sachiko continued to stare at the teapot. Then she sighed and got to her feet. She went over to the window and peered out into the darkness.

"Should we go and look for her now?" I said.

"No," Sachiko said, still looking out. "She'll be back soon. Let her stay out if that's what she wants."

I feel only regret now for those attitudes I displayed towards Keiko. In this country, after all, it is not unexpected that a young woman of that age should wish to leave home. All I succeeded in doing, it would seem, was to ensure that when she finally left — now almost six years ago — she did so severing all her ties with me. But then I never imagined she could so quickly vanish beyond my reach; all I saw was that my daughter, unhappy as she was at home, would find the world outside too much for her. It was for her own protection I opposed her so vehemently.

That morning — the fifth day of Niki's visit — I awoke during the early hours. What occurred to me first was that I could no longer hear the rain as on previous nights and mornings. Then I remembered what had awoken me.

I lay under the covers looking in turn at those objects visible in the pale light. After several minutes, I felt somewhat calmer and closed my eyes again. I did not sleep, however. I thought of the landlady — Keiko's landlady — and how she had finally opened the door of that room in Manchester.

I opened my eyes and once more looked at the objects in the room. Finally I rose and put on my dressing gown. I made my way to the bathroom, taking care not to arouse Niki, asleep in the spare room next to mine. When I came out of the bathroom, I remained standing on the landing for some time. Beyond the staircase, at the far end of the hallway, I could see the door of Keiko's room. The door, as usual, was shut. I went on staring at it, then moved a few steps forward. Eventually, I found myself standing before it. Once, as I stood there, I thought I heard a small sound, some movement from within. I listened for a while but the sound did not come again. I reached forward and opened the door.

Keiko's room looked stark in the greyish light; a bed covered with a single sheet, her white dressing table, and on the floor, several cardboard boxes containing those of her belongings she had not taken with her to Manchester. I stepped further into the room. The curtains had been left open and I could see the orchard below. The sky looked pale and white; it did not appear to be raining. Beneath the window, down on the grass, two birds were pecking at some fallen apples. I started to feel the cold then and returned to my room.

"A friend of mine's writing a poem about you," said Niki. We were eating breakfast in the kitchen.

"About me? Why on earth is she doing that?"

"I was telling her about you and she decided she'd write a poem. She's a brilliant poet."

"A poem about me? How absurd. What is there to write about? She doesn't even know me."

"I just said, Mother. I told her about you. It's amazing how well she understands people. She's been through quite a bit herself, you see."

"I see. And how old is this friend of yours?"

"Mother, you're always so obsessed about how old people are. It doesn't matter how old someone is, it's what they've experienced that counts. People can get to be a hundred and not experience a thing."

"I suppose so." I gave a laugh and glanced towards the windows. Outside, it had started to drizzle.

"I was telling her about you," Niki said. "About you and Dad and how you left Japan. She was really impressed. She appreciates what it must have been like, how it wasn't quite as easy as it sounds."

For a moment, I went on gazing at the windows. Then I said quickly: "I'm sure your friend will write a marvellous poem." I took an apple from the fruit basket and Niki watched as I began to peel it with my knife.

"So many women", she said, "get stuck with kids and

lousy husbands and they're just miserable. But they can't pluck up the courage to do a thing about it. They'll just go on like that for the rest of their lives."

"I see. So you're saying they should desert their children, are you, Niki?"

"You know what I mean. It's pathetic when people just waste away their lives."

I did not speak, although my daughter paused as if expecting me to do so.

"It couldn't have been easy, what you did, Mother. You ought to be proud of what you did with your life."

I continued to peel the apple. When I had finished, I dried my fingers on the napkin.

"My friends all think so too," said Niki. "The ones I've told anyway."

"I'm very flattered. Please thank your marvellous friends."

"I was just saying, that's all."

"Well, you've made your point quite clearly now."

Perhaps I was unnecessarily curt with her that morning, but then it was presumptious of Niki to suppose I would need reassuring on such matters. Besides, she has little idea of what actually occurred during those last days in Nagasaki. One supposes she has built up some sort of picture from what her father has told her. Such a picture, inevitably, would have its inaccuracies. For, in truth, despite all the impressive articles he wrote about Japan, my husband never understood the ways of our culture, even less a man like Jiro. I do not claim to recall Jiro with affection, but then he was never the oafish man my husband considered him to be. Jiro worked hard to do his part for the family and he expected me to do mine; in his own terms, he was a dutiful husband. And indeed, for the seven years he knew his daughter, he was a good father to her. Whatever else I convinced myself of during those final days, I never pretended Keiko would not miss him.

But such things are long in the past now and I have no wish to ponder them yet again. My motives for leaving Japan were justifiable, and I know I always kept Keiko's interests very much at heart. There is nothing to be gained in going over such matters again.

I had been pruning the pot plants along the window ledge for some time when I realized how quiet Niki had become. When I turned to her, she was standing in front of the fireplace, looking past me out into the garden. I turned back to the window, trying to follow her gaze; despite the mist on the pane, the garden was still clearly discernible. Niki, it seemed, was gazing over to a spot near the hedge, where the rain and wind had put into disarray the canes which supported the young tomato plants.

"I think the tomatoes are ruined for this year," I said. "I've really rather neglected them."

I was still looking at the canes when I heard the sound of a drawer being pulled open, and when I turned again, Niki was continuing with her search. She had decided after breakfast to read through all her father's newspaper articles, and had spent much of the morning going through all the drawers and bookshelves in the house.

For some minutes, I continued working on my pot plants; there were a large number of them, cluttering the window ledge. Behind me, I could hear Niki going through the drawers. Then she became quiet again, and when I turned to her, she was once more gazing past me, out into the garden.

"I think I'll go and do the goldfish now," she said.

"The goldfish?"

Without replying, Niki left the room, and a moment later I saw her go striding across the lawn. I wiped away a little mist from the pane and watched her. Niki walked to the far end of the garden, to the fish-pond amidst the rockery. She poured in the feed, and for several seconds remained standing there, gazing into the pond. I could see her figure in profile; she looked very thin, and despite her fashionable clothes there was still something unmistakably childlike about her. I watched the wind disturb her hair and wondered why she had gone outside without a jacket.

On her way back, she stopped beside the tomato plants and in spite of the heavy drizzle stood contemplating them for some time. Then she took a few steps closer and with much care began straightening the canes. She stood up several that had fallen completely, then, crouching down so her knees almost touched the wet grass, adjusted the net I had laid above the soil to protect the plants from marauding birds.

"Thank you, Niki," I said to her when she came in. "That was very thoughtful of you."

She muttered something and sat down on the settee. I noticed she had become quite embarrassed.

"I really have been rather neglectful about those tomatoes this year," I went on. "Still, it doesn't really matter, I suppose. I never know what to do with so many tomatoes these days. Last year, I gave most of them to the Morrisons."

"Oh God," said Niki, "the Morrisons. And how are the dear old Morrisons?"

"Niki, the Morrisons are perfectly kind people. I've never understood why you need to be so disparaging. You and Cathy used to be the best of friends once."

"Oh yes, Cathy. And how's she these days? Still living at home, I suppose?"

"Well, yes. She works in a bank now."

"Typical enough."

"That seems to me a perfectly sensible thing to be doing at her age. And Marilyn's married now, did you know?"

"Oh yes? And who did she marry?"

"I don't remember what her husband does. I met him

once. He seemed very pleasant."

"I expect he's a vicar or something like that."

"Now, Niki, I really don't see why you have to adopt this tone. The Morrisons have always been extremely kind to us."

Niki sighed impatiently. "It's just the way they do things," she said. "It makes me sick. Like the way they've brought up their kids."

"But you've hardly seen the Morrisons in years."

"I saw them often enough when I used to know Cathy. People like that are so hopeless. I suppose I ought to feel sorry for Cathy."

"You're blaming her because she hasn't gone to live in London like you have? I must say, Niki, that doesn't sound like the broadmindedness you and your friends seem so proud of."

"Oh, it doesn't matter. You don't understand what I'm talking about anyway." She glanced towards me, then heaved another sigh. "It doesn't matter," she repeated, looking the other way.

I continued to stare at her for a moment. Eventually, I turned back to the window ledge and for some minutes worked on in silence.

"You know, Niki," I said, after some time, "I'm very pleased you have good friends you enjoy being with. After all, you must lead your own life now. That's only to be expected."

My daughter gave no reply. When I glanced at her, she was reading one of the newspapers she had found in the drawer.

"I'd be interested to meet your friends," I said. "You're always welcome to bring any of them here."

Niki flicked her head to prevent her hair falling across her vision, and continued to read. A look of concentration had appeared on her face.

I went back to my plants, for I could read these signals

well enough. There is a certain subtle and yet quiet emphatic manner Niki adopts whenever I display curiosity concerning her life in London; it is her way of telling me I will regret it if I persist. Consequently, my picture of her present life is built largely upon speculation. In her letters, however — and Niki is very good about remembering to write — she mentions certain things she would never touch upon in conversation. That is how I have learnt, for instance, that her boyfriend's name is David and that he is studying politics at one of the London colleges. And yet, during conversation, if I were even to enquire after his health, I know that barrier would come firmly down.

This rather aggressive regard for privacy reminds me very much of her sister. For in truth, my two daughters had much in common, much more than my husband would ever admit. As far as he was concerned, they were complete opposites; furthermore, it became his view that Keiko was a difficult person by nature and there was little we could do for her. In fact, although he never claimed it outright, he would imply that Keiko had inherited her personality from her father. I did little to contradict this, for it was the easy explanation, that Jiro was to blame, not us. Of course, my husband never knew Keiko in her early years; if he had, he may well have recognized how similar the two girls were during their respective early stages. Both had fierce tempers, both were possessive; if they became upset, they would not like other children forget their anger quickly, but would remain moody for most of the day. And yet, one has become a happy, confident young woman — I have every hope for Niki's future — while the other, after becoming increasingly miserable, took her own life. I do not find it as easy as my husband did to put the blame on Nature, or else on Jiro. However, such things are in the past now, and there is little to be gained in going over them here.

"By the way, Mother," said Niki. "That *was* you this

morning, wasn't it?"

"This morning?"

"I heard these sounds this morning. Really early, about four o'clock."

"I'm sorry I disturbed you. Yes, that was me." I began to laugh. "Why, who else did you imagine it was?" I continued to laugh, and for a moment could not stop. Niki stared at me, her newspaper still held open before her. "Well, I'm sorry I woke you, Niki," I said, finally controlling my laughter.

"It's all right, I was awake anyway. I can't seem to sleep properly these days."

"And after all that fuss you made about the rooms. Perhaps you should see a doctor."

"Maybe I will." Niki went back to her newspaper.

I laid down the clippers I had been using and turned to her. "You know, it's strange. I had that dream again this morning."

"What dream?"

"I was telling you about it yesterday, but I don't suppose you were listening. I dreamt about that little girl again."

"What little girl?"

"The one we saw playing on the swing the other day. When we were in the village having coffee."

Niki shrugged. "Oh, that one," she said, not looking up.

"Well, actually, it isn't that little girl at all. That's what I realized this morning. It seemed to be that little girl, but it wasn't."

Niki looked at me again. Then she said: "I suppose you mean it was her. Keiko."

"Keiko?" I laughed a little. "What a strange idea. Why should it be Keiko? No, it was nothing to do with Keiko."

Niki continued to look at me uncertainly.

"It was just a little girl I knew once," I said to her. "A long time ago."

"Which little girl?"

"No one you know. I knew her a long time ago."

Niki gave another shrug. "I can't even get to sleep in the first place. I think I only slept about four hours last night."

"That's rather disturbing, Niki. Especially at your age. Perhaps you should see a doctor. You can always go and see Dr Ferguson."

Niki made another of her impatient gestures and went back to her father's newspaper article. I watched her for a moment.

"In fact, I realized something else this morning," I said. "Something else about the dream."

My daughter did not seem to hear.

"You see," I said, "the little girl isn't on a swing at all. It seemed like that at first. But it's not a swing she's on."

Niki murmured something and carried on reading.

PART TWO

Chapter Seven

As the summer grew hotter, the stretch of wasteground outside our apartment block became increasingly unpleasant. Much of the earth lay dried and cracked, while water which had accumulated during the rainy season remained in the deeper ditches and craters. The ground bred all manner of insects, and the mosquitoes in particular seemed everywhere. In the apartments there was the usual complaining, but over the years the anger over the wasteground had become resigned and cynical.

I crossed that ground regularly that summer to reach Sachiko's cottage, and indeed it was a loathsome journey; insects often caught in one's hair, and there were grubs and midges visible amidst the cracked surface. I still remember those journeys vividly, and they — like those misgivings about motherhood, like Ogata-San's visit — serve today to bring a certain distinctness to that summer. And yet in many ways, that summer was much like any other. I spent many moments — as I was to do throughout succeeding years — gazing emptily at the view from my apartment window. On clearer days, I could see far beyond the trees on the opposite bank of the river, a pale outline of hills visible against the clouds. It was not an unpleasant view, and on occasions it brought me a rare sense of relief from the emptiness of those long afternoons I spent in that apartment.

Apart from the matter of the wasteground, there were other topics which preoccupied the neighbourhood that summer. The newspapers were full of talk about the occupation coming to an end and in Tokyo politicians were busy in argument with each other. In the apartments, the issue was discussed frequently enough, but with much the same cynicism as coloured talk concerning the waste-ground. Received with more urgency were the reports of the child murders that were alarming Nagasaki at the time. First a boy, then a small girl had been found battered to death. When a third victim, another little girl, had been found hanging from a tree there was near-panic amongst the mothers in the neighbourhood. Understandably, little comfort was taken from the fact that the incidents had taken place on the other side of the city: children became a rare sight around the housing precinct, particularly in the evening hours.

I am not sure to what extent these reports worried Sachiko at the time. Certainly she seemed less inclined to leave Mariko unattended, but then I suspect this had more to do with other developments in her life; she had received a reply from her uncle, expressing his willingness to take her back into his household, and soon after this news, I noticed a change come over Sachiko's attitude to the little girl: she seemed somehow more patient and relaxed with the child.

Sachiko had betrayed much relief about her uncle's letter, and at first I had little reason to doubt she would return to his house. However, as the days went by, my suspicions grew about her intentions. For one thing, I discovered some days after the arrival of the letter that Sachiko had not yet mentioned the matter to Mariko. And then, as the weeks went on, not only did Sachiko make no preparations for moving, she had not, so I discovered, sent a reply to her uncle.

Had Sachiko not been so peculiarly reluctant to talk about her uncle's household, I doubt if it would have occurred to me to ponder such a topic. As it was, I grew curious, and despite Sachiko's reticence I managed to gather certain impressions; for one thing, the uncle was not, it seemed, related by blood, but was a relative of Sachiko's husband; Sachiko had never known him prior to arriving at his house several months earlier. The uncle was wealthy, and since his house was an unusually large one — and his daughter and a housemaid the only other occupants — there had been plenty of room for Sachiko and her little girl. Indeed, one thing Sachiko did mention more than once was her recollection of how large parts of that house had remained empty and silent.

In particular, I became curious about the uncle's daughter, who I gathered to be an unmarried woman of roughly Sachiko's age. Sachiko would say little about her cousin, but then I do recall one conversation we had around that time. I had by then formed an idea that Sachiko's slowness in returning to her uncle had to do with some tension which existed between herself and the cousin. I must have tentatively put this to Sachiko that morning, for it provoked one of the few occasions upon which she talked explicitly about the time she had spent at her uncle's house. The conversation comes back to me quite vividly; it was one of those dry windless mornings of mid-August, and we were standing on the bridge at the top of our hill, waiting for a tram to take us into the city. I cannot remember where it was we were going that day, or where we had left Mariko — for I recall the child was not with us. Sachiko was gazing out at the view from the bridge, holding up a hand to shield her face from the sun.

"It puzzles me, Etsuko," she said, "how you ever managed to get hold of such an idea. On the contrary, Yasuko and I were the best of friends, and I'm greatly looking forward to seeing her again. I really don't understand how you could have thought otherwise, Etsuko."

"I'm sorry, I must have been mistaken," I said. "For some reason, I supposed you had some reservations about returning there."

"Not at all, Etsuko. When you first met me, it's quite

true, I was in the process of considering certain other possibilities. But a mother can't be blamed for considering the different options that arise for her child, can she? It just so happened that for a while there seemed an interesting option open to us. But having given it further consideration, I've now rejected it. That's all there is to it, Etsuko, I've no further interest in these other plans that were suggested to me. I'm glad everything has turned out for the best, and I'm looking forward to returning to my uncle's house. As for Yasuko-San, we have the highest regard for each other. I don't understand what could have made you suppose otherwise, Etsuko."

"I do apologize. It's just that I thought you once mentioned a quarrel of some kind."

"A quarrel?" She looked at me for a second, and then a smile spread over her face. "Oh, now I understand what you're referring to. No, Etsuko, that was no quarrel. That was just some trivial tiff we had. What was it about now? You see, I don't even remember, it was so trivial. Oh yes, that's right, we were arguing about which of us should prepare the supper. Yes, really, that's all it was. You see, Etsuko, we used to take it in turns. The housemaid would cook one night, my cousin the next, then it would be my turn. The housemaid was taken ill on one of her nights, and Yasuko and I both wanted to cook. Now you mustn't misunderstand, Etsuko, we generally got on very well. It's just that when you see so much of one person and no one else, things can get out of proportion at times."

"Yes, I do understand. I'm sorry, I was quite mistaken."

"You see, Etsuko, when you have a housemaid to do all the little jobs for you, it's surprising how slowly the time goes by. Yasuko and I, we tried to occupy ourselves one way or another, but really there was little to do other than sit and talk all day. All those months we sat in that house together, we hardly saw an outsider the whole time. It's a wonder we didn't really quarrel. Properly, I mean."

"Yes, it certainly is. I obviously misunderstood you before."

"Yes, Etsuko, I'm afraid you did. I only happen to remember the incident because it occurred just before we left and I haven't seen my cousin since. But it's absurd to call it a quarrel." She gave a laugh. "In fact, I expect Yasuko's thinking of it and laughing too."

Perhaps it was that same morning, we decided that before Sachiko went away, we would go together on a day's outing somewhere. And indeed, one hot afternoon not long afterwards, I accompanied Sachiko and her daughter to Inasa. Inasa is the hilly area of Nagasaki overlooking the harbour, renowned for its mountain scenery; it was not so far from where we lived — in fact it was the hills of Inasa I could see from my apartment window — but in those days, outings of any sort were rare for me, and the trip to Inasa seemed like a major excursion. I remember I looked forward to it for days; it is, I suppose, one of the better memories I have from those times.

We crossed to Inasa by ferry at the height of the afternoon. Noises from the harbour followed us across the water — the clang of hammers, the whine of machinery, the occasional deep sound from a ship's horn — but in those days, in Nagasaki, such sounds were not unpleasing; they were the sounds of recovery and they were still capable then of bringing a certain uplifting feeling to one's spirits.

Once we had crossed the water, the sea-winds seemed to blow more freely and the day no longer felt so stifling. The sounds of the harbour, carried in the wind, still reached us as we sat on a bench in the forecourt of the cable-car station. We were all the more grateful for the breeze, for the forecourt offered scant shelter from the sun; it was simply an open area of concrete which — being peopled that day largely by children and their mothers — resembled a school playground. Over to one side, behind a set of turnstiles, we could see the wooden platforms where the cable-cars came to rest. For some moments we sat mesmerized by the sight of the cable-cars climbing and falling; one car would go rising away into the trees, gradually turning into a small dot against the sky, while its companion came lower, growing larger, until it heaved itself to a halt at the platform. Inside a small hut beside the turnstiles, a man was operating some levers; he wore a cap, and after each car had come down safely, he would lean out and chat to a group of children who had gathered to watch.

The first of our encounters that day with the American woman occurred as a result of our deciding to take the cable-car to the hilltop. Sachiko and her daughter had gone to buy the tickets and for a moment I was left sitting alone on the bench. Then I noticed at the far end of the forecourt a small stall selling sweets and toys. Thinking I would perhaps buy some candy for Mariko, I got to my feet and walked over to it. Two children were there before me, arguing about what to buy. While I waited for them, I noticed among the toys a pair of plastic binoculars. The children continued to quarrel, and I glanced back across the forecourt. Sachiko and Mariko were still standing by the turnstiles; Sachiko seemed to be in conversation with two women.

"Can I be of service, madam?"

The children had gone. Behind the stall was a young man in a neat summer uniform.

"May I try these?" I pointed to the binoculars.

"Certainly, madam. It's just a toy, but quite effective."

I put the binoculars to my face and looked towards the hill-slope; they were surprisingly powerful. I turned to the forecourt and found Sachiko and her daughter in the lenses. Sachiko had dressed for the day in a light-coloured kimono tied with an elegant sash — a costume, I suspected, reserved only for special occasions — and she cut a graceful figure amidst the crowd. She was still talking to the two women, one of whom looked like a foreigner.

"A hot day again, madam," the young man said, as I handed him the money. "Are you riding on the cable-car?"

"We're just about to."

"It's a magnificent view. That's a television tower we're building on the top. By next year, the cable-car will go right up to it, right to the top."

"How splendid. Have a nice day, won't you."

"Thank you, madam."

I made my way back across the forecourt with the binoculars. Although at that time I did not understand English, I guessed at once that the foreign woman was American. She was tall, with red wavy hair and glasses which pointed up at the corners. She was addressing Sachiko in a loud voice, and I noted with surprise the ease with which Sachiko replied in English. The other woman was Japanese; she had noticeably plump features, and appeared to be around forty or so. Beside her was a tubby little boy of about eight or nine. I bowed to them as I arrived, wished them a pleasant day, then handed Mariko the binoculars.

"It's just a toy," I said. "But you might be able to see a few things."

Mariko opened the wrapping and examined the binoculars with a serious expression. She looked through them, first around the forecourt, then up at the hill-slope.

"Say thank you, Mariko," Sachiko said.

Mariko continued to look through the binoculars. Then she brought them away from her face and put the plastic strap over her head.

"Thank you, Etsuko-San," she said, a little grudgingly.

The American woman pointed to the binoculars, said something in English and laughed. The binoculars had also attracted the attention of the tubby boy, who previously had been watching the hill-slope and the descending cable-car. He took a few steps towards Mariko, his eyes on the binoculars.

"That was very kind of you, Etsuko," said Sachiko.

"Not at all. It's just a toy."

The cable-car arrived and we went through the turnstiles, on to the hollow wooden boards. The two women and the tubby boy, it seemed, were to be the only other passengers. The man with the cap came out of his hut and ushered us one by one into the car. The interior looked stark and metallic. There were large windows on all sides and benches ran along the two larger walls.

The car remained at the platform for several more minutes and the tubby boy began to walk around impatiently. Beside me, Mariko was looking out of the window, her knees up on the bench. From our side of the car, we could see the forecourt and the gathering of young spectators at the turnstiles. Mariko seemed to be testing the effectiveness of her binoculars, holding them to her eyes one moment, taking them away the next. Then the tubby boy came and knelt on the bench beside her. For a little while, the two children ignored each other. Finally, the boy said:

"I want to have a look now." He held out his hand for the binoculars. Mariko looked at him coldly.

"Akira, don't ask like that," said his mother. "Ask the little lady nicely."

The boy took his hand away and looked at Mariko. The little girl stared back. The boy turned and went to another window.

The children at the turnstiles waved as the car began to pull away. I instinctively reached for the metal bar running along the window, and the American woman made a nervous noise and laughed. The forecourt was growing smaller and then the hillside began to move beneath us; the cable-car swayed gently as we climbed higher; for a moment, the treetops seemed to brush against the windows, then suddenly a large dip opened beneath us and we were hanging in the sky. Sachiko laughed softly and pointed to something out of the window. Mariko continued to look through her binoculars.

The cable-car finished its climb and we filed out cautiously as if uncertain we had arrived on solid ground. The higher station had no concrete forecourt, and we stepped off the wooden boards into a small grass clearing. Other than the uniformed man who ushered us out, there were no other people in sight. At the back of the clearing, almost amidst the pine trees, stood several wooden picnic tables. The near edge of the clearing where we had disembarked was marked by a metal fence, which separated us from a cliff-edge. When we had regained our bearings a little, we wandered over to the fence and looked out over the falling mountainside. After a moment, the two women and the boy joined us.

"Quite breathtaking, isn't it?" the Japanese woman said to me. "I'm just showing my friend all the interesting sights. She's never been in Japan before."

"I see. I hope she's enjoying it here."

"I hope so. Unfortunately, I don't understand English so well. Your friend seems to speak it much better than I do."

"Yes, she speaks it very well."

We both glanced towards Sachiko. She and the American woman were again exchanging remarks in English.

"How nice to be so well educated," the woman said to me. "Well, I hope you all have a nice day."

We exchanged bows, then the woman made gestures to her American guest, suggesting they move off.

"Please may I look," the tubby boy said, in an angry voice. Again, he was holding out his hand. Mariko stared at him, as she had done in the cable-car.

"I want to see it," the boy said, more fiercely.

"Akira, remember to ask the little lady nicely."

"Please! I want to see it."

Mariko continued to look at him for a second, then took the plastic strap from around her neck and handed the boy the binoculars. The boy put them to his face and for some moments gazed over the fence.

"These aren't any good," he said finally, turning to his mother. "They aren't nearly as good as mine. Mother, look, you can't even see those trees over there properly. Take a look."

He held the binoculars towards his mother. Mariko reached for them but the boy snatched them away and again offered them to the woman.

"Take a look, Mother. You can't even see those trees, the near ones."

"Akira, give them back to the little lady now."

"They aren't nearly as good as mine."

"Now, Akira, that's not a nice thing to say. You know everyone isn't as lucky as you."

Mariko reached for the binoculars and this time the boy let go.

"Say thank you to the little lady," said his mother.

The boy said nothing and started to walk away. The mother laughed a little.

"Thank you very much," she said to Mariko. "You were very kind." Then she smiled in turn towards Sachiko and myself. "Splendid scenery, isn't it?" she said. "I do hope you have a nice day."

The path was covered with pine needles and rose up the side of the mountain in zig-zags. We walked at an easy pace, often stopping to rest. Mariko was quiet and — rather to my surprise — showed no signs of wishing to misbehave. She did however display a curious reluctance to walk alongside her mother and myself. One moment she would be lagging behind, causing us to cast anxious glances over our shoulders; the next moment, she would go running past us and walk on ahead.

We met the American woman for the second time an hour or so after we had disembarked from the cable-car. She and her companion were coming back down the path and, recognizing us, gave cheerful greetings. The tubby boy, coming behind them, ignored us. As she passed, the American woman said something to Sachiko in English, and when Sachiko replied, gave a loud laugh. She seemed to want to stop and talk, but the Japanese woman and her son did not break their step; the American woman waved and walked on.

When I complimented Sachiko on her command of English, she laughed and said nothing. The encounter, I noticed, had had a curious effect upon her. She became quiet, and walked on beside me as if lost in thought. Then, when Mariko had once more rushed on ahead, she said to me:

"My father was a highly respected man, Etsuko. Highly respected indeed. But his foreign connections almost resulted in my marriage proposal being withdrawn." She smiled slightly and shook her head. "How odd, Etsuko. That all seems like another age now."

"Yes," I said. "Things have changed so much."

The path bent sharply and began to climb again. The trees fell away and suddenly the sky seemed huge all around us. Up ahead, Mariko shouted something and pointed. Then she hurried on excitedly.

"I never saw a great deal of my father," Sachiko said. "He was abroad much of the time, in Europe and America. When I was young, I used to dream I'd go to America one day, that I'd go there and become a film actress. My mother used to laugh at me. But my father told me if I learnt my English well enough, I could easily become a business girl. I used to enjoy learning English."

Mariko had stopped at what looked like a plateau. She shouted something to us again.

"I remember once," Sachiko went on, "my father brought a book back from America for me, an English version of *A Christmas Carol*. That became something of an ambition of mine, Etsuko. I wanted to learn English well enough to read that book. Unfortunately, I never had the chance. When I married, my husband forbade me to continue learning. In fact, he made me throw the book away."

"That seems rather a pity," I said.

"My husband was like that, Etsuko. Very strict and very patriotic. He was never the most considerate of men. But he came from a highly distinguished family and my parents considered it a good match. I didn't protest when he forbade me to study English. After all, there seemed little point any more."

We reached the spot where Mariko was standing; it was a square area of ground that jutted off the edge of the path, bound in by several large boulders. A thick tree trunk fallen on to its side had been converted into a bench, the top surface having been smoothed and flattened. Sachiko and I sat down to recover our breath.

"Don't go too near the edge, Mariko," Sachiko called. The little girl had walked out to the boulders and was looking at the view with her binoculars.

I had a rather precarious feeling, perched on the edge of that mountain looking out over such a view; a long way down below us, we could see the harbour looking like a dense piece of machinery left in the water. Across the harbour, on the opposite bank, rose the series of hills that led into Nagasaki. The land at the foot of the hills was busy with houses and buildings. Far over to our right, the harbour opened out on to the sea.

We sat there for a while, recovering our breath and enjoying the breeze. Then I said:

"You wouldn't think anything had ever happened here, would you? Everything looks so full of life. But all that area down there" — I waved my hand at the view below us —

"all that area was so badly hit when the bomb fell. But look at it now."

Sachiko nodded, then turned to me with a smile. "How cheerful you are today, Etsuko," she said.

"But it's so good to come out here. Today I've decided I'm going to be optimistic. I'm determined to have a happy future. Mrs Fujiwara always tells me how important it is to keep looking forward. And she's right. If people didn't do that, then all this" — I pointed again at the view — "all this would still be rubble."

Sachiko smiled again. "Yes, as you say, Etsuko. It would all be rubble." For a few moments, she continued to gaze at the view below us. "Incidentally, Etsuko," she said, after a while, "your friend, Mrs Fujiwara. I assume she lost her family in the war."

I nodded. "She had five children. And her husband was an important man in Nagasaki. When the bomb fell, they all died except her eldest son. It must have been such a blow to her, but she just kept going."

"Yes," said Sachiko, nodding slowly, "I thought something of that nature had happened. And did she always have that noodle shop of hers?"

"No, of course not. Her husband was an important man. That was only afterwards, after she lost everything. Whenever I see her, I think to myself I have to be like her, I should keep looking forward. Because in many ways, she lost more than I did. After all, look at me now. I'm about to start a family of my own."

"Yes, how right you are." The wind had disturbed Sachiko's carefully combed hair. She passed her hand through it, then took a deep breath, "How right you are Etsuko, we shouldn't keep looking back to the past. The war destroyed many things for me, but I still have my daughter. As you say, we have to keep looking forward."

"You know," I said, "it's only in the last few days I've really thought about what it's going to be like. To have a child, I mean. I don't feel nearly so afraid now. I'm going to look forward to it. I'm going to be optimistic from now on."

"And so you should, Etsuko. After all, you have a lot to look forward to. In fact, you'll discover soon enough, it's being a mother that makes life truly worthwhile. What do I care if life is a little dull at my uncle's house? All I want is what's best for my daughter. We'll get her the best private tuition and she'll catch up on her schoolwork in no time. As you say, Etsuko, we must look forward to life."

"I'm so glad you feel like that," I said. "We should both of us be grateful really. We may have lost a lot in the war, but there's still so much to look forward to."

"Yes, Etsuko. There's a lot to look forward to."

Mariko came nearer and stood in front of us. Perhaps she had overheard some of our conversation, for she said to me:

"We're going to live with Yasuko-San again. Did Mother tell you?"

"Yes," I said, "she did. Are you looking forward to living there again, Mariko-San?"

"We might be able to keep the kittens now," the little girl said. "There's plenty of room at Yasuko-San's house."

"We'll have to see about that, Mariko," said Sachiko.

Mariko looked at her mother for a moment. Then she said: "But Yasuko-San likes cats. And anyway, Maru was Yasuko-San's cat before we took her. So the kittens are hers too."

"Yes, Mariko, but we'll have to see. We'll have to see what Yasuko-San's father will say."

The little girl regarded her mother with a sullen look, then turned to me once more. "We might be able to keep them," she said, with a serious expression.

Towards the latter part of the afternoon, we found ourselves back at the clearing where we had first stepped off the cable-car. There still remained in our lunch-boxes some biscuits and chocolates, so we sat down for a snack at one of the picnic tables. At the other end of the clearing, a handful of people were gathered near the metal fence, awaiting the cable-car that would take them back down the mountain.

We had been sitting at the picnic table for several minutes when a voice made us look up. The American woman came striding across the clearing, a broad smile on her face. Without the least sign of bashfulness, she sat down at our table, smiled to us in turn, then began to address Sachiko in English. She was, I supposed, grateful for the chance to communicate other than by means of gestures. Looking around, I spotted the Japanese woman nearby, putting a jacket on her son. She appeared less enthusiastic for our company, but eventually she came towards our table with a smile. She sat down opposite me, and when her son sat beside her, I could see the extent to which mother and child shared the same plump features; most noticeably, their cheeks had a kind of fleshy sagginess to them, not unlike the cheeks of bulldogs. The American woman, all the while, continued to talk loudly to Sachiko.

At the arrival of the strangers, Mariko had opened her sketchbook and begun to draw. The plump-faced woman, after exchanging a few pleasantries with me, turned to the little girl.

"And have you enjoyed your day?" she asked Mariko. "It's very pretty up here, isn't it?"

Mariko continued to crayon her page, not looking up. The woman, however, did not seem in the least deterred.

"What are you drawing there?" she asked. "It looks very nice."

This time, Mariko stopped drawing and looked at the woman coldly.

"That looks very nice. May we see?" The woman reached forward and took the sketchbook. "Aren't these nice, Akira," she said to her son. "Isn't the little lady clever?"

The boy leaned across the table for a better view. He

regarded the drawings with interest, but said nothing.

"They're very nice indeed." The woman was turning over the pages. "Did you do all these today?"

Mariko remained silent for a moment. Then she said: "The crayons are new. We bought them this morning. It's harder to draw with new crayons."

"I see. Yes, new crayons are harder, aren't they? Akira here draws too, don't you, Akira?"

"Drawing's easy," the boy said.

"Aren't these nice little pictures, Akira?"

Mariko pointed to the open page. "I don't like that one there. The crayons weren't worn in enough. The one on the next page is better."

"Oh yes. This one's lovely!"

"I did it down at the harbour," said Mariko. "But it was noisy and hot down there, so I hurried."

"But it's very good. Do you enjoy drawing?"

"Yes."

Sachiko and the American woman had both turned towards the sketchbook. The American woman pointed at the drawing and uttered loudly several times the Japanese word for "delicious".

"And what's this?" the plump-faced woman continued. "A butterfly! It must have been very hard to draw it so well. It couldn't have stayed still for very long."

"I remembered it," said Mariko. "I saw one earlier on."

The woman nodded, then turned to Sachiko. "How clever your daughter is. I think it's very commendable for a child to use her memory and imagination. So many children at this age are still copying out of books."

"Yes," said Sachiko. "I suppose so."

I was rather surprised at the dismissiveness of her tone, for she had been talking to the American woman in her most gracious manner. The tubby boy leaned further across the table and put his finger to the page.

"Those ships are too big," he said. "If that's supposed to

be a tree, then the ships would be much smaller."

His mother considered this for a moment. "Well, perhaps," she said. "But it's a lovely little drawing all the same. Don't you think so, Akira?"

"The ships are far too big," said the boy.

The woman gave a laugh. "You must excuse Akira," she said to Sachiko. "But you see, he has a quite distinguished tutor for his drawing, and so he's obviously much more discerning about these things than most children his age. Does your daughter have a tutor for her drawing?"

"No, she doesn't." Again, Sachiko's tone was unmistakably cold. The woman, however, appeared to notice nothing.

"It's not a bad idea at all," she went on. "My husband was against it at first. He thought it was quite enough for Akira to have home tuition for maths and science. But I think drawing is important too. A child should develop his imagination while he's young. The teachers at school all agreed with me. But he gets on best with maths. I think maths is very important, don't you?"

"Yes, indeed," said Sachiko. "I'm sure it's very useful."

"Maths sharpens children's minds. You'll find most children good at maths are good at most other things. My husband and I were in no disagreement about getting a maths tutor. And it's been well worth it. Last year, Akira always came third or fourth in his class, but this year he's been top throughout."

"Maths is easy," the boy announced. Then he said to Mariko: "Do you know the nine times table?"

His mother laughed again. "I expect the little lady's very clever too. Her drawing certainly shows promise."

"Maths is easy," the boy said again. "The nine times table is easy as anything."

"Yes, Akira knows all his multiplication now. A lot of children his age only know it up to three or four. Akira, what's nine times five?"

"Nine times five make forty-five!"

"And nine times nine?"

"Nine times nine make eighty-one!"

The American woman asked Sachiko something, and when Sachiko nodded she clapped her hands and once more repeated the word "delicious" several times.

"Your daughter seems a bright little lady," the plump-faced woman said to Sachiko. "Does she enjoy school? Akira likes almost everything at school. Apart from maths and drawing, he gets on very well with geography. My friend here was very surprised to find Akira knew the names of all the large cities in America. Weren't you, Suzie-San?" The woman turned to her friend and spoke several faltering words of English. The American woman did not appear to understand, but smiled approvingly towards the boy.

"But maths is Akira's favourite subject. Isn't it, Akira?"

"Maths is easy!"

"And what does the little lady enjoy most at school?" the woman asked, turning again to Mariko.

Mariko did not answer for a moment. Then she said: "I like maths too."

"You like maths too. That's splendid."

"What's nine times six then?" the boy asked her angrily.

"It's so nice when children take an interest in their schoolwork, isn't it?" said his mother.

"Go on, what's nine times six?"

I asked: "What does Akira-San want to do when he grows up?"

"Akira, tell the lady what you're going to become."

"Head Director of Mitsubishi Corporation!"

"His father's firm," his mother explained. "Akira's already very determined."

"Yes, I see," I said, smiling. "How wonderful."

"Who does *your* father work for?" the boy asked Mariko.

"Now, Akira, don't be too inquisitive, it's not nice." The

woman turned to Sachiko again. "A lot of boys his age are still saying they want to be policemen or firemen. But Akira's wanted to work for Mitsubishi since he was much younger."

"Who does *your* father work for?" the boy asked again. This time his mother, instead of intervening, looked towards Mariko expectantly.

"He's a zoo-keeper," said Mariko.

For a brief moment, no one spoke. Curiously, the answer seemed to humble the boy, and he sat back on his bench with a sulky expression. Then his mother said a little uncertainly:

"What an interesting occupation. We're very fond of animals. Is your husband's zoo near here?"

Before Sachiko could reply, Mariko had clambered off the bench noisily. Without a word, she walked away from us, towards a cluster of trees nearby. We all watched her for a moment.

"Is she your eldest?" the woman asked Sachiko.

"I have no others."

"Oh, I see. It's no bad thing really. A child can become more independent that way. I think a child often works harder too. There's six years' difference between this one" — she put her hand on the boy's head — "and the eldest one."

The American woman produced a loud exclamation and clapped her hands. Mariko was progressing steadily up the branches of a tree. The plump-faced woman turned in her seat and looked up at Mariko worriedly.

"Your daughter's quite a tomboy," she said.

The American woman repeated the word "tomboy" gleefully, and clapped her hands again.

"Is it safe?" the plump-faced woman asked. "She might fall."

Sachiko smiled, and her manner towards the woman seemed to grow suddenly warmer. "Are you not used to children climbing trees?" she asked.

The woman continued to watch anxiously. "Are you sure it's safe? A branch may break."

Sachiko gave a laugh. "I'm sure my daughter knows what she's doing. Thank you all the same for your concern. It's so kind of you." She gave the woman an elegant bow. The American woman said something to Sachiko, and they began conversing again in English. The plump-faced woman turned away from the trees.

"Please don't think me impertinent," she said, putting a hand on my arm, "but I couldn't help noticing. Will this be your first time?"

"Yes," I said, with a laugh. "We're expecting it in the autumn."

"How splendid. And your husband, is he also a zoo-keeper?"

"Oh no. He works for an electronics firm."

"Really?"

The woman began to give me advice concerning the care of babies. Meanwhile, I could see over her shoulder the boy wandering away from the table towards Mariko's tree.

"And it's an idea to let the child hear a lot of good music," the woman was saying. "I'm sure that makes a lot of difference. A child should hear good music amongst his earliest sounds."

"Yes, I'm very fond of music."

The boy was standing at the foot of the tree, looking up at Mariko with a puzzled expression.

"Our older son doesn't have as fine an ear for music as Akira," the woman went on. "My husband says this is because he didn't hear enough good music when he was a baby, and I tend to think he's right. In those days, the radio was broadcasting so much military music. I'm sure it did no good at all."

As the woman continued to talk, I could see the boy trying to find a foothold in the tree-trunk. Mariko had come lower and appeared to be advising him. Beside me, the American woman kept laughing loudly, occasionally uttering single words of Japanese. The boy finally managed to hoist himself off the ground; he had one foot pressed into a crevice and was holding on to a branch with both hands. Although only a few centimetres off the ground, he seemed in a state of high tension. It was hard to say if she did so deliberately, but as she lowered herself, the little girl trod firmly on the boy's fingers. The boy gave a shriek, falling clumsily.

The mother turned in alarm. Sachiko and the American woman, neither of whom had seen the incident, also turned towards the fallen boy. He was lying on his side making a loud noise. His mother ran to him and kneeling beside him began to feel his legs. The boy continued his noises. Across the clearing, passengers waiting for the cable-car were all looking our way. After a minute or so, the boy came sobbing to the table, guided by his mother.

"Tree-climbing is so dangerous," the woman said, angrily.

"He didn't fall far," I assured her. "He was hardly on the tree at all."

"He might have broken a bone. I think children should be discouraged from climbing trees. It's so silly."

"She kicked me," the boy sobbed. "She kicked me off the tree. She tried to kill me."

"She kicked you? The little girl kicked you?"

I saw Sachiko cast a glance towards her daughter. Mariko was once more high up the tree.

"She tried to kill me."

"The little girl kicked you?"

"Your son just slipped," I interrupted quickly. "I saw it all. He hardly fell any distance."

"She kicked me. She tried to kill me."

The woman also turned and glanced towards the tree.

"He just slipped," I said again.

"You shouldn't be doing such silly things, Akira," the woman said, angrily. "It's very very dangerous to climb trees."

"She tried to kill me."

"You're not to go up trees."

The boy continued to sob.

In Japanese cities, much more so than in England, the restaurant owners, the teahouse proprietors, the shop-keepers all seem to will the darkness to fall; long before the daylight has faded, lanterns appear in the windows, lighted signs above doorways. Nagasaki was already full of the colours of night-time as we came back out into the street that evening; we had left Inasa in the late afternoon and had been eating supper on the restaurant floor of the Hamaya department store. Afterwards, reluctant to end the day, we found ourselves strolling through the sidestreets, in little hurry to reach the tram depot. In those days, I remember it had become the vogue for young couples to be seen in public holding hands — something Jiro and I had never done — and as we walked we saw many such couples seeking their evening's entertainment. The sky, as often on those summer evenings, had become a pale purple colour.

Many of the stalls sold fish, and at that time of the evening, when the fishing boats were coming into the harbour, one would often see men pushing their way through the crowded sidestreets, carrying on their shoulders baskets heavy with freshly caught fish. It was in one such sidestreet, filled with litter and casually strolling people, that we came across the *kujibiki* stand. Since it was never my habit to indulge in *kujibiki* and since it has no equivalents here in England — except perhaps in fair-grounds — I might well have forgotten the existence of such a thing were it not for my memory of that particular evening.

We stood at the back of the crowd and watched. A woman was holding up a young boy of around two or three; up on the platform, a man with a handkerchief tied around his head was stooping forward with the bowl so the child could reach. The boy managed to pick out a ticket, but did not seem to know what to do with it. He held it in his hand and looked emptily at the amused faces all around him. The man with the handkerchief bent lower and made some remark to the child which caused the people round about to laugh. In the end, the mother lowered her child, took the ticket from him, and handed it to the man. The ticket won a lipstick, which the woman accepted with a laugh.

Mariko was standing on her tip-toes, trying to see the prizes displayed at the back of the stall. Suddenly she turned to Sachiko and said: "I want to buy a ticket."

"It's rather a waste of money, Mariko."

"I want to buy a ticket." There was a curious urgency in her manner. "I want to try the *kujibiki*."

"Here you are, Mariko-San." I offered her a coin.

She turned to me, a little surprised. Then she took the coin and pushed her way through to the front of the crowd.

A few more contestants tried their luck; a woman won a piece of candy, a middle-aged man won a rubber ball. Then came Mariko's turn.

"Now, little princess," — the man shook the bowl with deliberation — "close your eyes and think hard about that big bear over there."

"I don't want the bear," said Mariko.

The man made a face and the people laughed. "You don't want that big furry bear? Well, well, little princess, what is it you want then?"

Mariko pointed to the back of the stall. "That basket," she said.

"The basket?" The man shrugged. "All right, princess, close your eyes tight and think about your basket. Ready?"

Mariko's ticket won a flowerpot. She came back to where

we were standing and handed me her prize.

"Don't you want it?" I asked. "You won it."

"I wanted the basket. The kittens need a basket of their own now."

"Well, never mind."

Mariko turned to her mother. "I want to try once more."

Sachiko sighed. "It's getting late now."

"I want to try. Just once more."

Again, she pushed her way to the platform. As we waited, Sachiko turned to me and said:

"It's funny, but I had a quite different impression of her. Your friend, Mrs Fujiwara, I mean."

"Oh?"

Sachiko leaned her head to see past the spectators. "No, Etsuko," she said, "I'm afraid I never saw her in quite the way you do. Your friend struck me as a woman with nothing left in her life."

"But that's not true," I said.

"Oh? And what does she have to look forward to, Etsuko? What does she have to live for?"

"She has her shop. It's nothing grand, but it means a lot to her."

"Her shop?"

"And she has her son. Her son has a very promising career."

Sachiko was looking again towards the stall. "Yes, I suppose so," she said, with a tired smile. "I suppose she has her son."

This time Mariko won a pencil, and came back to us with a sullen expression. We started to go, but Mariko was still looking towards the *Kujibiki* stand.

"Come on," Sachiko said. "Etsuko-San needs to be getting home now."

"I want to try once more. Just once more."

Sachiko sighed impatiently, then looked at me. I shrugged and gave a laugh.

"All right," said Sachiko. "Try once more."

Several more people won prizes. Once a young woman won a face-compact and the appropriateness of the prize provoked some applause. On seeing Mariko appear for the third time, the man with the handkerchief pulled another of his amusing faces.

"Well, little princess, back again! Still want the basket? Wouldn't you prefer that big furry bear?"

Mariko said nothing, waiting for the man to offer her the bowl. When she had picked out a ticket, the man examined it closely, then glanced behind him to where the prizes were exhibited. He scrutinized the ticket once more, then finally gave a nod.

"You haven't won the basket. But you have won — a *major prize!*"

There was laughter and applause all around. The man went to the back of the stall and returned with what looked like a large wooden box.

"For your mother to keep her vegetables in!" he announced — to the crowd rather than to Mariko — and for a brief moment held up the prize. Beside me, Sachiko burst into laughter and joined in the applause. A gangway formed to allow Mariko through with her prize.

Sachiko was still laughing as we came away from the crowd. She had laughed so much that small tears had appeared in her eyes; she wiped them away and looked at the box.

"What a strange-looking thing," she said, passing it to me.

It was the size of an orange box and surprisingly light; the wood was smooth but unvarnished, and on one side were two sliding panels of wire gauze.

"It may come in useful," I said, sliding open a panel.

"I won a major prize," said Mariko.

"Yes, well done," Sachiko said.

"I won a kimono once," Mariko said to me. "In Tokyo, I won a kimono once."

"Well, you've won again."

"Etsuko, perhaps you could carry my bag. Then I could carry this object home."

"I won a major prize," said Mariko.

"Yes, you were very good," said her mother, and laughed a little.

We walked away from the *kujibiki* stand. The street was littered with discarded newspapers and all manner of rubbish.

"The kittens could live in there, couldn't they?" Mariko said. "We could put rugs inside it and that could be their house."

Sachiko looked doubtfully at the box in her arms. "I'm not sure they'd like it so much."

"That could be their house. Then when we go to Yasuko-San's house, we could carry them in there."

Sachiko smiled tiredly.

"We could, couldn't we, Mother? We could carry the kittens in there."

"Yes, I suppose so," said Sachiko. "Yes, all right. We'll carry the kittens in there."

"So we can keep the kittens then?"

"Yes, we can keep the kittens. I'm sure Yasuko-San's father won't object."

Mariko ran a little way ahead, then waited for us to catch up.

"So we won't have to find homes for them any more?"

"No, not now. We're going to Yasuko-San's house, so we'll keep the kittens after all."

"We won't have to find owners then. We can keep them all. We could take them in the box, couldn't we, Mother?"

"Yes," said Sachiko. Then she tossed back her head and once more began to laugh.

I often find myself recalling Mariko's face the way I saw it that evening on the tram going home. She was staring out of the window, her forehead pressed against the glass; a boyish face, caught in the changing lights of the city rattling by outside. Mariko remained silent throughout that journey home, and Sachiko and I conversed little. Once, I remember, Sachiko asked:

"Will your husband be angry with you?"

"Quite possibly," I said, with a smile. "But I did warn him yesterday I might be late."

"It's been an enjoyable day."

"Yes. Jiro will just have to sit and get angry. I've enjoyed today very much."

"We must do it again, Etsuko."

"Yes, we must."

"Remember, won't you, to come and visit me after I move."

"Yes, I'll remember."

We fell silent again after that. It was a little later, just as the tram slowed for a stop, I felt Sachiko give a sudden start. She was looking down the carriage, to where two or three people had gathered near the exit. A woman was standing there looking at Mariko. She was around thirty or so, with a thin face and tired expression. It was conceivable she was gazing at Mariko quite innocently, and but for Sachiko's reaction I doubt if my suspicions would have been aroused. In the meantime, Mariko continued to look out of the window, quite unaware of the woman.

The woman noticed Sachiko looking at her and turned away. The tram came to a stop, the doors opened and the woman stepped out.

"Did you know that person?" I asked, quietly.

Sachiko laughed a little. "No. I just made a mistake."

"You mistook her for someone else?"

"Just for a moment. There wasn't even a resemblance really." She laughed again, then glanced outside to check where we were.

Chapter Eight

In retrospect it seems quite clear why Ogata-San remained with us for as long as he did that summer. Knowing his son well enough, he must have recognized Jiro's strategy over the matter concerning Shigeo Matsuda's magazine article; my husband was simply waiting for Ogata-San to return home to Fukuoka so the whole affair could be forgotten. Meanwhile, he would continue to agree readily that such an attack on the family name should be dealt with both promptly and firmly, that the matter was his concern as much as his father's, and that he would write to his old schoolfriend as soon as he had time. I can see now, with hindsight, how typical this was of the way Jiro faced any potentially awkward confrontation. Had he not, years later, faced another crisis in much the same manner, it may be that I would never have left Nagasaki. However, that is by the way.

I have recounted earlier some details of the evening my husband's two drunken colleagues arrived to interrupt the chess game between Jiro and Ogata-San. That night, as I prepared for bed, I felt a strong urge to talk to Jiro about the whole business concerning Shigeo Matsuda; while I did not wish Jiro to write such a letter against his will, I was feeling more and more keenly that he should make his position clearer to his father. As it was, however, I refrained from mentioning the subject that night, just as I had done on previous occasions. For one thing, my husband would have considered it no business of mine to comment on such a matter. Furthermore, at that time of night, Jiro was invariably tired and any attempts to converse would only make him impatient. And in any case, it was never in the nature of our relationship to discuss such things openly.

Throughout the following day, Ogata-San remained in the apartment, often studying the chess game which — so he told me — had been interrupted at a crucial stage the previous night. Then that evening, an hour or so after we had finished supper, he brought out the chess-board again and began once more to study the pieces. Once, he looked up and said to my husband:

"So, Jiro. Tomorrow's the big day then."

Jiro looked up from his newspaper and gave a short laugh. "It's nothing to make a fuss about," he said.

"Nonsense. It's a big day for you. Of course, it's imperative you do your best for the firm, but in my view this is a triumph in itself, whatever the outcome tomorrow. To be asked to represent the firm at this level, so early in your career, that can't be usual, even these days."

Jiro gave a shrug. "I suppose not. Of course, even if tomorrow goes exceptionally well, that's no guarantee I'll get the promotion. But I suppose the manager must be reasonably pleased with my efforts this year."

"I should think he has great faith in you, by all accounts. And how do you think it will go tomorrow?"

"Smoothly enough, I should hope. At this stage all the parties involved need to co-operate. It's more a case of laying the groundwork for the real negotiations in the autumn. It's nothing so special."

"Well, we'll have to just wait and see how it goes. Now, Jiro, why don't we finish off this game. We've been at it for three days."

"Oh yes, the game. Of course, Father, you realize however successful I am tomorrow, that's no guarantee I'll be given the promotion."

"Of course not, Jiro, I realize these things. I came up through a competitive career myself. I know only too well how it is. Sometimes others are chosen in preference who by all rights shouldn't even be considered your equals. But you mustn't let such things deter you. You persevere and triumph in the end. Now, how about finishing off this game."

My husband glanced towards the chess-board, but showed no sign of moving nearer it. "You'd just about won, if I remember," he said.

"Well, you're in quite a difficult corner, but there's a way out if you can find it. Do you remember, Jiro, when I first taught you this game, how I always warned you about using the castles too early? And you still make the same mistake. Do you see?"

"The castles, yes. As you say."

"And incidentally, Jiro, I don't think you're thinking your moves out in advance, are you? Do you remember how much trouble I once took to make you plan at least three moves ahead. But I don't think you've been doing that."

"Three moves ahead? Well, no, I suppose I haven't. I can't claim to be an expert like yourself, Father. In any case, I think we can say you've won."

"In fact, Jiro, it became painfully obvious very early in the game, that you weren't thinking your moves out. How often have I told you? A good chess player needs to think ahead, three moves on at the very least."

"Yes, I suppose so."

"For instance, why did you move this horse here? Jiro, look, you're not even looking. Can you even remember why you moved this here?"

Jiro glanced towards the board. "To be honest, I don't remember," he said. "There was probably a good enough reason at the time."

"A good enough reason? What nonsense, Jiro. For the first few moves, you were planning ahead, I could see that. You actually had a strategy then. But as soon as I broke that down, you gave up, you began playing one move at a time. Don't you remember what I always used to tell you? Chess is all about maintaining coherent strategies. It's about not giving up when the enemy destroys one plan, but to immediately come up with the next. A game isn't won and lost at the point when the king is finally cornered. The game's sealed when a player gives up having any strategy at all. When his soldiers are all scattered, they have no common cause, and they move one piece at a time, that's when you've lost."

"Very well, Father, I admit it. I've lost. Now perhaps we can forget about it."

Ogata-San glanced towards me, then back at Jiro. "Now what kind of talk is that? I studied this board quite hard today and I can see three separate means by which you can escape."

My husband lowered his newspaper. "Forgive me if I'm mistaken," he said, "but I believe you just said yourself, the player who cannot maintain a coherent strategy is inevitably the loser. Well, as you've pointed out so repeatedly, I've been thinking only one move at a time, so there seems little point in carrying on. Now if you'll excuse me, I'd like to finish reading this report."

"Why, Jiro, this is sheer defeatism. The game's far from lost, I've just told you. You should be planning your defence now, to survive and fight me again. Jiro, you always had a streak of defeatism in you, ever since you were young. I'd hoped I'd taken it out of you, but here it is again, after all this time."

"Forgive me, but I fail to see what defeatism has to do with it. This is merely a game . . ."

"It may indeed be just a game. But a father gets to know his son well enough. A father can recognize these unwelcome traits when they arise. This is hardly a quality I'm proud of in you, Jiro. You gave up as soon as your first strategy collapsed. And now when you're forced on to the defensive, you sulk and don't want to play the game any more. Why, this is just the way you were at nine years old."

"Father, this is all nonsense. I have better things to do than think about chess all day."

Jiro had spoken quite loudly, and for a moment Ogata-San looked somewhat taken aback.

"It may be very well for you, Father," my husband continued. "You have the whole day to dream up your strategies and ploys. Personally, I have better things to do with my time."

With that, my husband returned to his paper. His father continued to stare at him, an astonished look on his face. Then finally, Ogata-San began to laugh.

"Come, Jiro," he said, "we're shouting at each other like a pair of fishermen's wives." He gave another laugh. "Like a pair of fishermen's wives."

Jiro did not look up.

"Come on, Jiro, let's stop our argument. If you don't want to finish the game, we don't have to finish it."

My husband still gave no sign of having heard.

Ogata-San laughed again. "All right, you win. We won't play any more. But let me show you how you could have got out of this little corner here. There's three things you could have done. The first one's the most simple and there's little I could have done about it. Look, Jiro, look here. Jiro, look, I'm showing you something."

Jiro continued to ignore his father. He had all the appearance of someone solemnly absorbed in his reading. He turned over a page and carried on reading.

Ogata-San nodded to himself, laughing quietly. "Just like when he was a child," he said. "When he doesn't get his own way, he sulks and there's nothing to be done with him." He glanced towards where I was sitting and laughed rather oddly. Then he turned back to his son. "Jiro, look. Let me show you this at least. It's simplicity itself."

Quite suddenly, my husband flung down his newspaper and made a movement towards his father. Clearly, what he had intended was to knock the chess-board across the floor and all the pieces with it. But he moved clumsily and before he could strike the board, his foot had upset the teapot beside him. The pot rolled on to its side, the lid fell open with a rattle, and the tea ran swiftly across the surface of the tatami. Jiro, not sure what had occurred, turned and stared at the spilt tea. Then he turned back and glared at the chess-board. The sight of the chessmen, still upright on their squares, seemed to anger him all the more, and for a moment I thought he would make another attempt to upset them. As it was, he got to his feet, snatched up his newspaper, and left the room without a word.

I went over quickly to where the tea had spilt. Some of the liquid had begun to soak into the cushion Jiro had been sitting on. I moved the cushion and rubbed at it with the edge of my apron.

"Just like he used to be," Ogata-San said. A faint smile had appeared around his eyes. "Children become adults but they don't change much."

I went out into the kitchen and found a cloth. When I returned, Ogata-San was sitting just as I had left him, the smile still hovering around his eyes. He was gazing at the puddle on the tatami and looked deep in thought. Indeed, he seemed so absorbed by the sight of the tea, I hesitated a little before kneeling down to wipe it away.

"You mustn't let this upset you, Etsuko," he said, eventually. "It's nothing to upset yourself about."

"No." I continued to wipe the tatami.

"Well, I suppose we might as well turn in fairly soon. It's good to turn in early once in a while."

"Yes."

"You mustn't let this upset you, Etsuko. Jiro will have forgotten the whole thing by tomorrow, you'll see. I remember these spells of his very well. In fact, it makes you quite nostalgic, witnessing a little scene like that. It reminds me so much of when he was small. Yes, it's enough to make you quite nostalgic."

I continued to wipe away the tea.

"Now, Etsuko," he said. "This is nothing to upset yourself about."

I exchanged no further words with my husband until the following morning. He ate his breakfast glancing occasionally at the morning newspaper I had placed beside his bowl. He spoke little and made no comment on the fact that his father had not yet emerged. For my part, I listened carefully for sounds from Ogata-San's room, but could hear nothing.

"I hope it all goes well today," I said, after we had sat in silence for some minutes.

My husband gave a shrug. "It's nothing to make a fuss about," he said. Then he looked up at me and said: "I wanted my black silk tie today, but you seem to have done something with it. I wish you wouldn't meddle with my ties."

"The black silk one? It's hanging on the rail with your other ties."

"It wasn't there just now. I wish you'd stop meddling with them all the time."

"The silk one should be there with the others," I said. "I ironed it the day before yesterday, because I knew you'd be wanting it for today, but I made sure to put it back. Are you sure it wasn't there?"

My husband sighed impatiently and looked down at the newspaper. "It doesn't matter," he said. "This one will have to do."

He continued to eat in silence. Meanwhile, there was still no sign of Ogata-San and eventually I rose to my feet and went to listen outside his door. When after several seconds I had not heard a sound, I was about to slide open the door a little way. But my husband turned and said:

"What are you up to? I haven't got all morning, you know." He pushed his teacup forward.

I seated myself again, put his used dishes away to one side, and poured him some tea. He sipped it rapidly, glancing over the front page of the newspaper.

"This is an important day for us," I said. "I hope it goes well."

"It's nothing to make such a fuss about," he said, not looking up.

However, before he left that morning, Jiro studied himself carefully in the mirror by the entryway, adjusting his tie and examining his jaw to check he had shaved efficiently. When he had left, I went over once more to Ogata-San's door and listened. I still could hear nothing.

"Father?" I called softly.

"Ah, Etsuko," I heard Ogata-San's voice from within. "I might have known you wouldn't let me lie in."

Somewhat relieved, I went to the kitchen to prepare a fresh pot of tea, then laid the table ready for Ogata-San's breakfast. When he eventually sat down to eat, he remarked casually:

"Jiro's left already, I suppose."

"Oh yes, he went a long time ago. I was just about to throw Father's breakfast away. I thought he'd be far too lazy to get up much before noon."

"Now, don't be cruel, Etsuko. When you get to my age, you like to relax once in a while. Besides, this is like a vacation for me, staying here with you."

"Well, I suppose just this once then, Father can be forgiven for being so lazy."

"I won't get the opportunity to lie in like this once I get back to Fukuoka," he said, taking up his chopsticks. Then he sighed deeply. "I suppose it's time I was getting back soon."

"Getting back? But there's no hurry, Father."

"No, I really have to be getting back soon. There's plenty

of work to be getting on with."

"Work? What work is that?"

"Well, for a start, I need to build new panels for the veranda. Then there's the rockery. I haven't even started on it yet. The stones were delivered months ago and they've just been sitting there in the garden waiting for me." he gave a sigh and began to eat. "I certainly won't get to lie in like this once I get back."

"But there's no need to go just yet, is there, Father? Your rockery can wait a little longer."

"You're very kind, Etsuko. But time's pressing on now. You see, I'm expecting my daughter and her husband down again this autumn, and I'll need to get all this work finished before they come. Last year and the year before, they came to see me in the autumn. So I rather suspect they'll want to come again this year."

"I see."

"Yes, they're bound to want to come again this autumn. It's the most convenient time for Kikuko's husband. And Kikuko's always saying in her letters how curious she is to see my new house."

Ogata-San nodded to himself, then carried on eating from his bowl. I watched him for a while.

"What a loyal daughter Kikuko-San is to you, Father," I said. "It's a long way to come, all that way from Osaka. She must miss you."

"I suppose she feels the need to get away from her father-in-law once in a while. I can't think why else she would want to come so far."

"How unkind, Father. I'm sure she misses you. I'll have to tell her what you're saying."

Ogata-San laughed. "But it's true. Old Watanabe rules over them like a war-lord. Whenever they come down, they're forever talking about how intolerable he's getting. Personally I rather like the old man, but there's no denying he's an old war-lord. I expect they'd like some place like this, Etsuko, an apartment like this just to themselves. It's no bad thing, young couples living away from the parents. More and more couples do it now. Young people don't want overbearing old men ruling over them for ever."

Ogata-San seemed to remember the food in his bowl and began to eat hurriedly. When he had finished, he got to his feet and went over to the window. For a moment he stood there, his back to me, looking at the view. Then he adjusted the window to let in more air, and took a deep breath.

"Are you pleased with your new house, Father?" I asked.

"My house? Why, yes. It'll need a little more work here and there, as I say. But it's much more compact. The Nagasaki house was far too large for just one old man."

He continued to gaze out of the window; in the sharp morning light, all I could see of his head and shoulders was a hazy outline.

"But it was a nice house, the old house," I said. "I still stop and look at it if I'm walking that way. In fact, I went past it last week on my way back from Mrs Fujiwara's."

I thought he had not heard me, for he continued to gaze silently out at the view. But a moment later, he said:

"And how did it look, the old house?"

"Oh, much the same. The new occupants must like it the way Father left it."

He turned towards me slightly. "And what about the azaleas, Etsuko? Were the azaleas still in the gateway?" The brightness still prevented me from seeing his face clearly, but I supposed from his voice that he was smiling.

"Azaleas?"

"Well, I suppose there's no reason why you should remember." He turned back to the window and stretched out his arms. "I planted them in the gateway that day. The day it was all finally decided."

"The day what was decided?"

"That you and Jiro were to be married. But I never told you about the azaleas, so I suppose it's rather unreasonable of me to expect you to remember about them."

"You planted some azaleas for me? Now that was a nice thought. But no, I don't think you ever mentioned it."

"But you see, Etsuko, you asked for them." He had turned towards me again. "In fact, you positively ordered me to plant them in the gateway."

"What? — I laughed — "I ordered you?"

"Yes, you ordered me. Like I was some hired gardener. Don't you remember? Just when I thought it was all settled at last, and you were finally to become my daughter-in-law, you told me there was one thing more, you wouldn't live in a house without azaleas in the gateway. And if I didn't plant azaleas then the whole thing would be called off. So what could I do? I went straight out and planted azaleas."

I laughed a little. "Now you mention it," I said, "I remember something like that. But what nonsense, Father. I never forced you."

"Oh yes, you did, Etsuko. You said you wouldn't live in a house without azaleas in the gateway." He came away from the window and sat down opposite me again. "Yes, Etsuko," he said "just like a hired gardener."

We both laughed and I began to pour out the tea.

"Azaleas were always my favourite flowers, you see," I said.

"Yes. So you said."

I finished pouring and we sat silently for a few moments, watching the steam rise from the teacups.

"And I had no idea then," I said. "About Jiro's plans, I mean."

"No."

I reached forward and placed a plate of small cakes by his teacup. Ogata-San regarded them with a smile. Eventually, he said:

"The azaleas came up beautifully. But by that time, of course, you'd moved away. Still, it's no bad thing at all, young couples living on their own. Look at Kikuko and her husband. They'd love to have a little place of their own, but old Watanabe won't even let them consider it. What an old war-lord he is."

"Now I think of it," I said, "there *were* azaleas in the gateway last week. The new occupants must agree with me. Azaleas are essential for a gateway."

"I'm glad they're still there." Ogata-San took a sip from his teacup. Then he sighed and said with a laugh: "What an old war-lord that Watanabe is."

Shortly after breakfast, Ogata-San suggested we should go and look around Nagasaki — "like the tourists do", as he put it. I agreed at once and we took a tram into the city. As I recall, we spent some time at an art gallery, and then, a little before noon, we went to visit the peace memorial in the large public park not far from the centre of the city.

The park was commonly known as "Peace Park" — I never discovered whether this was the official name — and indeed, despite the sounds of children and birds, an atmosphere of solemnity hung over that large expanse of green. The usual adornments, such as shrubs and fountains, had been kept to a minimum, and the effect was a kind of austerity; the flat grass, a wide summer sky, and the memorial itself — a massive white statue in memory of those killed by the atomic bomb — presiding over its domain.

The statue resembled some muscular Greek god, seated with both arms outstretched. With his right hand, he pointed to the sky from where the bomb had fallen; with his other arm — stretched out to his left — the figure was supposedly holding back the forces of evil. His eyes were closed in prayer.

It was always my feeling that the statue had a rather cumbersome appearance, and I was never able to associate it with what had occurred that day the bomb had fallen, and those terrible days which followed. Seen from a distance, the figure looked almost comical, resembling a policeman conducting traffic. It remained for me nothing more than a statue, and while most people in Nagasaki seemed to appreciate it as some form of gesture, I suspect the general feeling was much like mine. And today, should I by chance recall that large white statue in Nagasaki, I find myself reminded primarily of my visit to Peace Park with Ogata-San that morning, and that business concerning his post-card.

"It doesn't look quite so impressive in a picture," I remember Ogata-San saying, holding up the postcard of the statue which he had just bought. We were standing some fifty yards or so from the monument. "I've been meaning to send a card for some time," he continued. "I'll be going back to Fukuoka any day now, but I suppose it's still worth sending. Etsuko, do you have a pen? Perhaps I should send it straight away, otherwise I'm bound to forget."

I found a pen in my handbag and we sat down on a bench nearby. I became curious when I noticed him staring at the blank side of the card, his pen poised but not writing. Once or twice, I saw him glance up towards the statue as if for inspiration. Finally I asked him:

"Are you sending it to a friend in Fukuoka?"

"Well, just an acquaintance."

"Father's looking very guilty," I said. "I wonder who it can be he's writing to."

Ogata-San glanced up with a look of astonishment. Then he burst into loud laughter. "Guilty? Am I really?"

"Yes, very guilty. I wonder what Father gets up to when there's no one to keep an eye on him."

Ogata-San continued to laugh loudly. He was laughing so much I could feel the bench shake. He recovered a little and said: "Very well, Etsuko. You've caught me. You've caught me writing to my *girl-friend* — he used the English word. "Caught me red-handed." He began laughing again.

"I always suspected Father led a glamorous life in Fukuoka."

"Yes, Etsuko" — he was still laughing a little — "a very glamorous life." Then he took a deep breath and looked down once more at his postcard. "You know, I really don't know what to write. Perhaps I could just send it with nothing written. After all, I only wanted to show her what the memorial looks like. But then again, perhaps that's rather too informal."

"Well, I can't advise you, Father, unless you reveal who this mysterious lady is."

"The mysterious lady, Etsuko, runs a small restaurant in Fukuoka. It's quite near my house so I usually go there for my evening meals. I talk to her sometimes, she's pleasant enough, and I promised I'd send her a postcard of the peace memorial. I'm afraid that's all there is to it."

"I see, Father. But I'm still suspicious."

"Quite a pleasant old woman, but she gets tiresome after a while. If I'm the only customer, she stands and talks all through the meal. Unfortunately there aren't many other suitable places to eat nearby. You see, Etsuko, if you'd teach me to cook, as you promised, then I wouldn't need to suffer the likes of her."

"But it would be pointless," I said, laughing. "Father would never get the hang of it."

"Nonsense. You're simply afraid I'll surpass you. It's most selfish of you, Etsuko. Now let me see" — he looked at his postcard once more — "What can I say to the old lady?"

"Do you remember Mrs Fujiwara?" I asked. "She runs a noodle shop now. Near Father's old house."

"Yes, so I hear. A great pity. Someone of her position running a noodle shop."

"But she enjoys it. It gives her something to work for. She often asks after you."

"A great pity," he said again. "Her husband was a distinguished man. I had much respect for him. And now she's running a noodle shop. Extraordinary." He shook his head gravely. "I'd call in and pay my respects, but then I suppose she'd find that rather awkward. In her present circumstances, I mean."

"Father, she's not ashamed to be running a noodle shop. She's proud of it. She says she always wanted to run a business, however humble. I expect she'd be delighted if you called on her."

"Her shop is in Nakagawa, you say?"

"Yes. Quite near the old house."

Ogata-San seemed to consider this for some time. Then he turned to me and said: "Right, then, Etsuko. Let's go and pay her a visit." He scribbled quickly on the postcard and gave me back the pen.

"You mean, go now, Father?" I was a little taken aback by his sudden decisiveness.

"Yes, why not?"

"Very well. I suppose she could give us lunch."

"Yes, perhaps. But I've no wish to humiliate the good lady."

"She'd be pleased to give us lunch."

Ogata-San nodded and for a moment did not speak. Then he said with some deliberation: "As a matter of fact, Etsuko, I'd been thinking of visiting Nakagawa for some time now. I'd like to call in on a certain person there."

"Oh?"

"I wonder if he'd be in at this time of day."

"Who is it you wish to call on, Father?"

"Shigeo. Shigeo Matsuda. I've been intending to pay him a call for some time. Perhaps he takes his lunch at home, in which case I may just catch him. That would be preferable to disturbing him at his school."

For a few minutes, Ogata-San gazed towards the statue, a slightly puzzled look on his face. I remained silent, watching the postcard he was rotating in his hands. Then suddenly he slapped his knees and stood up.

"Right, Etsuko," he said, "let's do that then. We'll try Shigeo first, then we could call in on Mrs Fujiwara."

It must have been around noon that we boarded the tram to take us to Nakagawa; the car was stiflingly crowded and the streets outside were filled with the lunchtime hordes. But as we came away from the city centre, the passengers became more sparse, and by the time the car reached its terminus at Nakagawa, there were only a handful of us left.

Stepping out of the tram, Ogata-San paused for a moment and stroked his chin. It was not easy to tell whether he was savouring the feeling of being back in the district, or whether he was simply trying to remember the way to Shigeo Matsuda's house. We were standing in a concrete yard surrounded by several empty tram cars. Above our heads, a maze of black wires crossed the air. The sun was shining down with some force, causing the painted surfaces of the cars to gleam sharply.

"What heat," Ogata-San remarked, wiping his forehead. Then he began to walk, leading the way towards a row of houses which began on the far side of the tram yard.

The district had not changed greatly over the years. As we walked, the narrow roads twisted, climbed and fell. Houses, many of them still familiar to me, stood wherever the hilly landscape would permit; some were perched precariously on slopes, others squeezed into unlikely corners. Blankets and laundry hung from many of the balconies. We walked on, past other houses more grand-looking, but we passed neither Ogata-San's old house nor the house I had once lived in with my parents. In fact, the thought occurred to me that perhaps Ogata-San had chosen a route so as to deliberately avoid them.

I doubt if we walked for much more than ten or fifteen

minutes in all, but the sun and the steep hills became very tiring. Eventually we stopped halfway up a steep path, and Ogata-San ushered me underneath the shelter of a leafy tree that hung over the pavement. Then he pointed across the road to a pleasant-looking old house with large sloping roof-tiles in the traditional manner.

"That's Shigeo's place," he said. "I knew his father quite well. As far as I know, his mother still lives with him." Then Ogata-San began to stroke his chin, just as he had done on first stepping off the tram. I said nothing and waited.

"Quite possibly he won't be home," said Ogata-San. "He'll probably spend the lunch break in the staff room with his colleagues."

I continued to wait silently. Ogata-San remained standing beside me, gazing at the house. Finally, he said:

"Etsuko, how far is it to Mrs Fujiwara's from here? Have you any idea?"

"It's just a few minutes' walk."

"Now I think of it, perhaps it may be best if you went on ahead, and I could meet you there. That may be the best thing."

"Very well. If that's what you wish."

"In fact, this was all very inconsiderate of me."

"I'm not an invalid, Father."

He laughed quickly, then glanced again towards the house. "I think it might be best," he said again. "You go on ahead."

"Very well."

"I don't expect to be long. In fact" — he glanced once more towards the house — "in fact, why don't you wait here until I pull the bell. If you see me go in, then you can go on to Mrs Fujiwara's. This has all been very inconsiderate of me."

"It's perfectly all right, Father. Now listen carefully, or else you'll never find the noodle shop. You remember where the doctor used to have his surgery?"

But Ogata-San was no longer listening. Across the road, the entrance gate had slid open, and a thin young man with spectacles had appeared. He was dressed in his shirt-sleeves and held a small briefcase under his arm. He squinted a little as he stepped further into the glare, then bent over the briefcase and began searching through it. Shigeo Matsuda looked thinner and more youthful than I remembered him from the few occasions I had met him in the past.

Chapter Nine

Shigeo Matsuda tied the buckle of his briefcase, then glancing about him with a distracted air came walking over to our side of the road. For a brief moment he glanced our way but, not recognizing us, went walking on.

Ogata-San watched him go by. Then when the young man had gone several yards down the road, he called out: "Ah, Shigeo!"

Shigeo Matsuda stopped and turned. Then he came towards us with a puzzled look.

"How are you, Shigeo?"

The young man peered through his spectacles, then burst into cheerful laughter.

"Why, Ogata-San! Now this is an unexpected surprise!" He bowed and held out his hand. "What a splendid surprise. Why Etsuko-San too! How are you? How nice to meet again."

We exchanged bows, and he shook hands with us both. Then he said to Ogata-San:

"Were you by any chance about to visit me? This is bad luck, my lunch break's almost over now." He glanced at his watch. "But we could go back inside for a few minutes."

"No, no," said Ogata-San hurriedly. "Don't let us interrupt your work. It just so happened we were passing this way, and I remembered you lived here. I was just pointing out your house to Etsuko."

"Please, I can spare a few minutes. Let me offer you some tea at least. It's a sweltering day out here."

"No, no. You must get to work."

For a moment the two men stood looking at each other.

"And how is everything, Shigeo?" Ogata-San asked. "How are things at the school?"

"Oh, much the same as ever. You know how it is. And you, Ogata-San, you're enjoying your retirement, I hope? I had no idea you were in Nagasaki. Jiro and I seem to have lost touch these days." Then he turned to me and said: "I'm always meaning to write, but I'm so forgetful."

I smiled and made some polite comment. Then the two men looked at each other again.

"You're looking splendidly well, Ogata-San," Shigeo Matsuda said. "You find Fukuoka to your liking?"

"Yes, a fine city. My hometown, you know."

"Really?"

There was another pause. Then Ogata-San said: "Please don't let us keep you. If you have to hurry away, I quite understand."

"No, no. I have a few minutes yet. A pity you weren't passing a little earlier. Perhaps you'd care to call in before you leave Nagasaki."

"Yes, I'll try to. But there's so many people to visit."

"Yes, I can understand how it is."

"And your mother, is she well?"

"Yes, she's fine. Thank you."

For a moment, they fell silent again.

"I'm glad everything's going well," Ogata-San said, eventually. "Yes, we were just passing this way and I was telling Etsuko-San you lived here. In fact, I was just remembering how you used to come and play with Jiro, when you were both little boys."

Shigeo Matsuda laughed. "Time really flies by, doesn't it?" he said.

"Yes. I was just saying as much to Etsuko. In fact, I was just about to tell her about a curious little thing. I happened to remember it, when I saw your house. A curious little thing."

"Oh yes?"

"Yes. I just happened to remember it when I saw your house, that's all. You see, I was reading something the other day. An article in a journal. The *New Education Digest*, I think it was called."

The young man said nothing for a moment, then he adjusted his position on the pavement and put down his briefcase.

"I see," he said.

"I was rather surprised to read it. In fact, I was quite astonished."

"Yes. I suppose you would be."

"It was quite extraordinary, Shigeo. Quite extraordinary."

Shigeo Matsuda took a deep breath and looked down at the ground. He nodded, but said nothing.

"I'd meant to come and speak to you for some days now," Ogata-San continued. "But of course, the matter slipped my mind. Shigeo, tell me honestly, do you believe a word of what you wrote? Explain to me what made you write such things. Explain it to me, Shigeo, then I can go home to Fukuoka with my mind at rest. At the moment, I'm very puzzled."

Shigeo Matsuda was prodding a pebble with the end of his shoe. Finally he sighed, looked up at Ogata-San and adjusted his spectacles.

"Many things have changed over the last few years," he said.

"Well, of course they have. I can see that much. What kind of answer is that, Shigeo?"

"Ogata-San, let me explain." He paused and looked down at the ground again. For a second or two, he scratched at his ear. "You see, you must understand. Many things have changed now. And things are changing still. We live in a different age from those days when . . . when you were an influential figure."

"But, Shigeo, what has this to do with anything? Things may change, but why write such an article? Have I ever done something to offend you?"

"No, never. At least, not to me personally."

"I should think not. Do you remember the day I introduced you to the principal at your school? That wasn't so long ago, was it? Or was that perhaps a different era too?"

"Ogata-San" — Shigeo Matsuda had raised his voice, and an air of authority seemed to enter his manner — "Ogata-San, I only wish you'd called in an hour earlier. Then perhaps I'd have been able to explain at greater length. There isn't time to talk the whole thing over now. But let me just say this much. Yes, I believed everything I wrote in that article and still do. In your day, children in Japan were taught terrible things. They were taught lies of the most damaging kind. Worst of all, they were taught not to see, not to question. And that's why the country was plunged into the most evil disaster in her entire history."

"We may have lost the war," Ogata-San interrupted, "but that's no reason to ape the ways of the enemy. We lost the war because we didn't have enough guns and tanks, not because our people were cowardly, not because our society was shallow. You have no idea, Shigeo, how hard we worked, men like myself, men like Dr Endo, whom you also insulted in your article. We cared deeply for the country and worked hard to ensure the correct values were preserved and handed on."

"I don't doubt these things. I don't doubt you were sincere and hard working. I've never questioned that for one moment. But it just so happens that your energies were spent in a misguided direction, an evil direction. You weren't to know this, but I'm afraid it's true. It's all behind us now and we can only be thankful."

"This is extraordinary, Shigeo. Can you really believe this? Who taught you to say such things?"

"Ogata-San, be honest with yourself. In your heart of

hearts, you must know yourself what I'm saying is true. And to be fair, you shouldn't be blamed for not realizing the true consequences of your actions. Very few men could see where it was all leading at the time, and those men were put in prison for saying what they thought. But they're free now, and they'll lead us to a new dawn."

"A new dawn? What nonsense is this?"

"Now, I must be on my way. I'm sorry we couldn't discuss this any longer."

"What is this, Shigeo? How can you say these things? You obviously have no idea of the effort and devotion men like Dr Endo gave to their work. You were just a small boy then, how could you know how things were? How can you know what we gave and what we achieved?"

"As a matter of fact, I do happen to be familiar with certain aspects of your career. For instance, the sacking and imprisoning of the five teachers at Nishizaka. April of 1938, if I'm not mistaken. But those men are free now, and they'll help us reach a new dawn. Now please excuse me." He picked up his briefcase and bowed to us in turn. "My regards to Jiro," he added, then turned and walked away.

Ogata-San watched the young man disappear down the hill. He continued to stand there for several more moments, not speaking. Then when he turned to me, there was a smile around his eyes.

"How confident young men are," he said. "I suppose I was much the same once. Very sure of my opinions."

"Father," I said. "Perhaps we should go and see Mrs Fujiwara now. It's time we ate lunch."

"Why, of course, Etsuko. This is very inconsiderate of me, making you stand about in this heat. Yes, let's go and see the good lady. I'll be very pleased to see her again."

We made our way down the hill, then crossed a wooden bridge over a narrow river. Below us, children were playing along the riverbank, some with fishing poles. Once, I said to Ogata-San:

"What nonsense he was speaking."

"Who? You mean Shigeo?"

"What vile nonsense. I don't think you should pay the slightest attention, Father."

Ogata-San laughed, but made no reply.

As always at that hour, the shopping area of the district was busy with people. On entering the shaded forecourt of the noodle shop, I was pleased to see several of the tables occupied with customers. Mrs Fujiwara saw us and came across the forecourt.

"Why, Ogata-San," she exclaimed, recognizing him immediately, "how splendid to see you again. It's been a long time, hasn't it?"

"A long time indeed." Ogata-San returned the bow Mrs Fujiwara gave him. "Yes, a long time."

I was struck by the warmth with which they greeted each other, for as far as I knew Ogata-San and Mrs Fujiwara had never known one another well. They exchanged what seemed an endless succession of bows, before Mrs Fujiwara went to fetch us something to eat.

She returned presently with two steaming bowls, apologizing that she had nothing better for us. Ogata-San bowed appreciatively and began to eat.

"I thought you'd have forgotten me long ago, Mrs Fujiwara," he remarked with a smile. "Indeed, it's been a long time."

"It's such a pleasure to meet again like this," Mrs Fujiwara said, seating herself on the edge of my bench. "Etsuko tells me you reside in Fukuoka these days. I visited Fukuoka several times. A fine city, isn't it?"

"Yes, indeed. Fukuoka is my hometown."

"Fukuoka your hometown? But you lived and worked here for years, Ogata-San. Don't we have any claim on you in Nagasaki?"

Ogata-San laughed and leaned his head to one side. "A man might work and make his contribution in one place, but at the end of it all" — he shrugged and smiled wistfully — "at the end of it all, he still wants to go back to the place where he grew up."

Mrs Fujiwara nodded understandingly. Then she said: "I was just remembering, Ogata-San, the days when you were the headmaster at Suichi's school. He used to be so frightened of you."

Ogata-San laughed. "Yes, I remember your Suichi very well. A bright little boy. Very bright."

"Do you really remember him still, Ogata-San?"

"Yes, of course, I remember Suichi. He used to work very hard. A good little boy."

"Yes, he was a good little boy."

Ogata-San pointed at his bowl with his chopsticks. "This is really marvellous," he said.

"Nonsense. I'm sorry I have nothing better to give you."

"No, really, it's delicious."

"Now let me see," said Mrs Fujiwara. "There was a teacher in those days, she was very kind to Suichi. Now what was her name? Suzuki, I think it was, Miss Suzuki. Have you any idea what became of her, Ogata-San?"

"Miss Suzuki? Ah, yes, I recall her quite well. But I'm afraid I've no idea where she could be now."

"She was very kind to Suichi. And there was that other teacher, Kuroda was his name. An excellent young man."

"Kuroda . . ." Ogata-San nodded slowly. "Ah yes, Kuroda. I remember him. A splendid teacher."

"Yes, a most impressive young man. My husband was very struck by him. Do you know what became of him?"

"Kuroda . . ." Ogata-San was still nodding to himself. A streak of sunlight had fallen across his face, lighting up the many wrinkles around his eyes. "Kuroda, now let me see. I ran into him once, quite by accident. That was at the start of the war. I suppose he went off to fight. I've never heard of him since. Yes, an excellent teacher. There are so many from those days I never hear of now."

Someone called out to Mrs Fujiwara and we watched her go hurriedly across the forecourt to her customer's table. She stood there bowing for several moments, then cleared some dishes from the table and disappeared into the kitchen.

Ogata-San watched her, then shook his head. "A great pity to see her like this," he said, in a low voice. I said nothing and continued to eat. Then Ogata-San leaned across the table and asked: "Etsuko, what did you say was the name of her son? The one who's still alive, I mean."

"Kazuo," I whispered.

He nodded, then returned to his bowl of noodles.

Mrs Fujiwara came back a few moments later. "Such a shame I don't have something better to offer you," she said.

"Nonsense," said Ogata-San. "This is delicious. And how is Kazuo-San these days?"

"He's fine. He's in good health, and he enjoys his work."

"Splendid. Etsuko was telling me he works for a motor car company."

"Yes, he's doing very well there. What's more, he's thinking of marrying again."

"Really?"

"He said once he'd never marry again, but he's starting to look ahead to things now. He has no one in mind as of yet, but at least he's started to think ahead."

"That sounds like good sense," Ogata-San said. "Why, he's still quite a young man, isn't he?"

"Of course he is. He still has all his life ahead of him."

"Of course he has. His whole life ahead of him. You must find him a nice young lady, Mrs Fujiwara."

She laughed. "Don't think I haven't tried. But young women are so different these days. It amazes me, how things have changed so much so quickly."

"Indeed, how right you are. Young women these days

are all so headstrong. And forever talking about washing-machines and American dresses. Etsuko here's no different."

"Nonsense, Father."

Mrs Fujiwara laughed again, then said: "I remember the first time I heard of a washing-machine, I couldn't believe anyone would want such a thing. Spending all that money, when you had two good hands to work with. But I'm sure Etsuko wouldn't agree with me."

I was about to say something, but Ogata-San spoke first: "Let me tell you," he said, "what I heard the other day. A man was telling me this, a colleague of Jiro's, in fact. Apparently at the last elections, his wife wouldn't agree with him about which party to vote for. He had to beat her, but she still didn't give way. So in the end, they voted for separate parties. Can you imagine such a thing happening in the old days? Extraordinary."

Mrs Fujiwara shook her head. "Things are so different now," she said, and sighed. "But I hear from Etsuko, Jiro-San is getting on splendidly now. You must be proud of him, Ogata-San."

"Yes, I suppose that boy's getting on well enough. In fact, today he'll be representing his firm at a most important meeting. It appears they're thinking of promoting him again."

"How marvellous."

"It was only last year he was promoted. I suppose his superiors must have a high opinion of him."

"How marvellous. You must be very proud of him."

"He's a determined worker, that one. He always was from an early age. I remember when he was a boy, and all the other fathers were busy telling their children to study harder, I was obliged to keep telling him to play more, it wasn't good for him to work so hard."

Mrs Fujiwara laughed and shook her head. "Yes, Kazuo's a hard worker too," she said. "He's often reading through his paperwork right into the night. I tell him he shouldn't work so hard, but he won't listen."

"No, they never listen. And I must admit, I was much the same. But when you believe in what you're doing, you don't feel like idling away the hours. My wife was always telling me to take it easy, but I never listened."

"Yes, that's just the way Kazuo is. But he'll have to change his ways if he marries again."

"Don't depend on it," Ogata-San said, with a laugh. Then he put his chopsticks neatly together across his bowl. "Why, that was a splendid meal."

"Nonsense. I'm sorry I couldn't offer you something better. Would you care for some more?"

"If you have more to spare me, I'd be delighted. These days, I have to make the best of such good cooking, you know."

"Nonsense," said Mrs Fujiwara again, getting to her feet.

We had not been back long when Jiro came in from work, an hour or so earlier than usual. He greeted his father cheerfully — his show of temper the previous night apparently quite forgotten — before disappearing to take his bath. He returned a little later, dressed in a kimono, humming a song to himself. He seated himself on a cushion and began to towel his hair.

"Well, how did it go?" Ogata-San asked.

"What's that? Oh, the meeting, you mean. It wasn't so bad. Not so bad at all."

I had been on the point of going into the kitchen, but paused at the doorway, waiting to hear what else Jiro had to say. His father, too, continued to look at him. For several moments, Jiro went on towelling his hair, looking at neither of us.

"In fact," he said at last, "I suppose I did rather well. I persuaded their representatives to sign an agreement. Not exactly a contract, but to all purposes the same thing. My boss was quite surprised. It's unusual for them to commit themselves like that. He told me to take the rest of the day off."

"Why, that's splendid news," Ogata-San said, then gave a laugh. He glanced towards me, then back at his son. "That's splendid news."

"Congratulations," I said, smiling at my husband. "I'm so glad."

Jiro looked up, as if noticing me for the first time.

"Why are you standing there like that?" he asked. "I wouldn't mind some tea, you know." He put down his towel and began combing his hair.

That evening, in order to celebrate Jiro's success, I prepared a more elaborate meal than usual. Neither during supper, nor during the rest of the evening, did Ogata-San mention anything of his encounter with Shigeo Matsuda that day. However, just as we began to eat, he said quite suddenly:

"Well, Jiro, I'll be leaving you tomorrow."

Jiro looked up. "You're leaving? Oh, a pity. Well, I hope you enjoyed your visit."

"Yes, I've had a good rest. In fact, I've been with you rather longer than I planned."

"You're welcome, Father," said Jiro. "No need to rush, I assure you."

"Thank you, but I must be getting back now. There's a few things I have to be getting on with."

"Please come and visit us again, whenever it's convenient."

"Father," I said. "You must come and see the baby when it arrives."

Ogata-San smiled. "Perhaps at New Year then," he said. "But I won't bother you much earlier than that, Etsuko. You'll have enough on your hands without having to contend with me."

"A pity you caught me at such a busy time," my husband said. "Next time, perhaps, I won't be so hard pressed and we'll have more time to talk."

"Now, don't worry, Jiro. Nothing has pleased me more than to see how much you devote yourself to your work."

"Now this deal's finally gone through," said Jiro, "I'll have a little more time. A shame you have to go back just now. And I was thinking of taking a couple of days off too. Still, it can't be helped, I suppose."

"Father," I said, interrupting, "if Jiro's going to take a few days off, can't you stay another week?"

My husband stopped eating, but did not look up.

"It's tempting," Ogata-San said, "but I really think it's time I went back."

Jiro began to eat once more. "A pity," he said.

"Yes, I really must get the veranda finished before Kikuko and her husband come. They're bound to want to come down in the autumn."

Jiro did not reply, and we all ate in silence for a while. Then Ogata-San said:

"Besides, I can't sit here thinking about chess all day." He laughed, a little strangely.

Jiro nodded, but said nothing. Ogata-San laughed again, then for several moments we continued to eat in silence.

"Do you drink sake these days, Father?" Jiro asked eventually.

"Sake? I take a drop sometimes. Not often."

"Since this is your last evening with us, perhaps we should take some sake."

Ogata-San seemed to consider this for a moment. Finally, he said with a smile: "There's no need to make a fuss about an old man like me. But I'll join you in a cup to celebrate your splendid future."

Jiro nodded to me. I went to the cupboard and brought out a bottle and two cups.

"I always thought you'd go far," Ogata-San was saying.

"You always showed promise."

"Just because of what happened today, that's no guarantee they'll give me the promotion," my husband said. "But I suppose my efforts today will have done no harm."

"No, indeed," said Ogata-San. "I doubt if you did yourself much harm today."

They both watched in silence as I poured out the sake. Then Ogata-San laid down his chopsticks and raised his cup.

"Here's to your future, Jiro," he said.

My husband, some food still in his mouth, also raised his cup.

"And to yours, Father," he said.

Memory, I realize, can be an unreliable thing; often it is heavily coloured by the circumstances in which one remembers, and no doubt this applies to certain of the recollections I have gathered here. For instance, I find it tempting to persuade myself it was a premonition I experienced that afternoon, that the unpleasant image which entered my thoughts that day was something altogether different — something much more intense and vivid — than the numerous day-dreams which drift through one's imagination during such long and empty hours.

In all possibility, it was nothing so remarkable. The tragedy of the little girl found hanging from a tree — much more so than the earlier child murders — had made a shocked impression on the neighbourhood, and I could not have been alone that summer in being disturbed by such images.

It was the latter part of the afternoon, a day or two after our outing to Inasa, and I was occupying myself with some small chores around the apartment when I happened to glance out of the window. The wasteground outside must have hardened significantly since the first occasion I had watched that large American car, for now I saw it coming across the uneven surface without undue difficulty. It continued to come nearer, then bumped up on to the concrete beneath my window. The glare on the windscreen prevented me from seeing clearly, but I received a distinct impression the driver was not alone. The car moved around the apartment block and out of my vision.

It must have been just then that it happened, just as I was gazing towards the cottage in a somewhat confused state of mind. With no apparent provocation, that chilling image intruded into my thoughts, and I came away from the window with a troubled feeling. I returned to my housework, trying to put the picture out of my mind, but it was some minutes before I felt sufficiently rid of it to give consideration to the reappearance of the large white car.

It was an hour or so later I saw the figure walking across the wasteground towards the cottage. I shaded my eyes to see more clearly; it was a woman — a thin figure — and she walked with a slow deliberate step. The figure paused outside the cottage for some time, then disappeared behind the sloping roof. I continued to watch, but she did not re-emerge; to all appearances, the woman had gone inside.

For several moments, I remained at the window, unsure what to do. Then finally, I put on some sandals and left the apartment. Outside, the day was at its hottest, and the journey across those few dried acres seemed to take an eternity. Indeed, the walk to the cottage tired me so much that when I arrived I had almost forgotten my original purpose. It was with a kind of shock, then, that I heard voices from within the cottage. One of the voices was Mariko's; the other I did not recognize. I stepped closer to the entrance, but could make out no words. For several moments I remained there, not sure what I should do. Then I slid open the entrance and called out. The voices stopped. I waited another moment, then stepped inside.

Chapter Ten

After the brightness of the day outside, the interior of the cottage seemed cool and dark. Here and there, the sun came in sharply through narrow gaps, lighting up small patches on the tatami. The odour of damp wood seemed as strong as ever.

It took a second or two for my eyes to adjust. There was an old woman sitting on the tatami, Mariko in front of her. In turning to face me, the old woman moved her head with caution as if in fear of hurting her neck. Her face was thin, and had a chalky paleness about it which at first quite unnerved me. She looked to be around seventy or so, though the frailness of her neck and shoulders could have derived from ill-health as much as from age. Her kimono was of a dark sombre colour, the kind normally worn in mourning. Her eyes were slightly hooded and watched me with no apparent emotion.

"How do you do," she said, eventually.

I bowed slightly and returned some greeting. For a second or two, we looked at each other awkwardly.

"Are you a neighbour?" the old woman asked. She had a slow way of speaking her words.

"Yes," I said. "A friend."

She continued to look at me for a moment, then asked: "Have you any idea where the occupant has gone? She's left the child here on her own."

The little girl had shifted her position so that she was sitting alongside the stranger. At the old woman's question, Mariko looked at me intently.

"No, I've no idea," I said.

"It's odd," said the woman. "The child doesn't seem to know either. I wonder where she could be. I cannot stay long."

We gazed at each other for a few moments more.

"Have you come far?" I asked.

"Quite far. Please excuse my clothes. I've just been attending a funeral."

"I see." I bowed again.

"A sorrowful occasion," the old woman said, nodding slowly to herself. "A former colleague of my father. My father is too ill to leave the house. He sent me to pay his respects. It was a sorrowful occasion." She passed her gaze around the inside of the cottage, moving her head with the same carefulness. "You have no idea where she is?" she asked again.

"No, I'm afraid not."

"I cannot wait long. My father will be getting anxious."

"Is there perhaps some message I could pass on?" I asked.

The old woman did not answer for a while. Then she said: "You could perhaps tell her I came here and was asking after her. I am a relative. My name is Yasuko Kawada."

"Yasuko-San?" I did my best to conceal my surprise. "You're Yasuko-San, Sachiko's cousin?"

The old woman bowed, and as she did so her shoulders trembled slightly. "If you would tell her I was here and that I was asking after her. You have no idea where she could be?"

Again, I denied any knowledge. The woman began nodding to herself once more.

"Nagasaki is very different now," she said. "This afternoon, I could hardly recognize it."

"Yes," I said. "I suppose it's greatly changed. But do you not live in Nagasaki?"

"We've lived in Nagasaki now for many years. It's greatly

changed, as you say. New buildings have appeared, even new streets. It must have been in the spring, the last time I came out into the town. And even since then, new buildings have appeared. I'm certain they were not there in the spring. In fact, on that occasion too, I believe I was attending a funeral. Yes, it was Yamashita-San's funeral. A funeral in the spring seems all the sadder somehow. You are a neighbour, you say? Then I'm very pleased to make your acquaintance." Her face trembled and I saw she was smiling; her eyes had become very thin, and her mouth was curving downwards instead of up. I felt uncomfortable standing in the entryway, but did not feel free to step up to the tatami.

"I'm very pleased to meet you," I said. "Sachiko often mentions you."

"She mentions me?" The woman seemed to consider this for a moment. "We were expecting her to come and live with us. With my father and myself. Perhaps she told you as much."

"Yes, she did."

"We were expecting her three weeks ago. But she has not yet come."

"Three weeks ago? Well, I suppose there must have been some misunderstanding. I know she's preparing to move any day."

The old woman's eyes passed around the cottage once more. "A pity she isn't here," she said. "But if you are her neighbour, then I'm very glad to have made your acquaintance." She bowed to me again, then went on gazing at me. "Perhaps you will pass a message to her," she said.

"Why, certainly."

The woman remained silent for some time. Finally, she said: "We had a slight disagreement, she and I. Perhaps she even told you about it. Nothing more than a misunderstanding, that was all. I was very surprised to find she had packed and left the next day. I was very surprised indeed. I didn't mean to offend her. My father says I am to blame." She paused for a moment. "I didn't mean to offend her," she repeated.

It had never occurred to me before that Sachiko's uncle and cousin would know nothing of the existence of her American friend. I bowed again, at a loss for a suitable reply.

"I've missed her since she left, I confess it," the old woman continued. "I've missed Mariko-San also. I enjoyed their company and it was foolish of me to have lost my temper and said the things I did." She paused again, turned her face towards Mariko, then back to me. "My father, in his own way, misses them also. He can hear, you see. He can hear how much quieter the house is. The other morning I found him awake and he said it reminded him of a tomb. Just like a tomb, he said. It would do my father much good to have them back again. Perhaps she will come back for his sake."

"I'll certainly convey your feelings to Sachiko-San," I said.

"For her own sake too," the old woman said. "After all, it isn't good that a woman should be without a man to guide her. Only harm can come of such a situation. My father is ill, but his life is in no danger. She should come back now, for her own wellbeing if for nothing else." The old woman began to untie a kerchief lying at her side. "In fact, I brought these with me," she said. "Just some cardigans I knitted, nothing more. But it's fine wool. I'd intended to offer them when she came back, but I brought them with me today. I first knitted one for Mariko, then I thought I may as well knit another for her mother." She held up a cardigan, then looked towards the little girl. Her mouth curved downwards again as she smiled.

"They look splendid," I said. "It must have taken you a long time."

"It's fine wool," the woman said again. She wrapped the

kerchief back around the cardigans, then tied it carefully. "Now I must return. My father will be anxious."

She got to her feet and came down off the tatami. I assisted her in putting on her wooden sandals. Mariko had come to the edge of the tatami and the old woman lightly touched the top of the child's head.

"Remember then, Mariko-San," she said, "tell your mother what I told you. And you're not to worry about your kittens. There's plenty of room in the house for them all."

"We'll come soon," Mariko said. "I'll tell Mother."

The woman smiled again. Then she turned to me and bowed. "I'm glad to have made your acquaintance. I cannot stay any longer. My father, you see, is unwell."

"Oh, it's you, Etsuko," Sachiko said, when I returned to her cottage that evening. Then she laughed and said: "Don't look so surprised. You didn't expect me to stay here for ever, did you?"

Articles of clothing, blankets, numerous other items lay scattered over the tatami. I made some appropriate reply and sat down where I would not be in the way. On the floor beside me, I noticed two splendid-looking kimonos I had never seen Sachiko wear. I saw also — in the middle of the floor, packed into a cardboard box — her delicate teaset of pale white china.

Sachiko had opened wide the central partitions to allow the last of the daylight to come into the cottage; despite that, a dimness was fast setting in, and the sunset coming across the veranda barely reached the far corner where Mariko sat watching her mother quietly. Near her, two of the kittens were fighting playfully; the little girl was holding a third kitten in her arms.

"I expect Mariko told you," I said to Sachiko. "There was a visitor for you earlier. Your cousin was here."

"Yes. Mariko told me." Sachiko continued to pack her trunk.

"You're leaving in the morning?"

"Yes," she said, with a touch of impatience. Then she gave a sigh and looked up at me. "Yes, Etsuko, we're leaving in the morning." She folded something away into a corner of her trunk.

"You have so much luggage," I said, eventually. "How will you ever carry it all?"

For a little while, Sachiko did not answer. Then, continuing to pack, she said: "You know perfectly well, Etsuko. We'll put it in the car."

I remained silent. She took a deep breath, and glanced across the room to where I was sitting.

"Yes, we're leaving Nagasaki, Etsuko. I assure you, I had every intention of coming to say goodbye once all the packing was finished. I wouldn't have left without thanking you, you've been most kind. Incidentally, as regards the loan, it will be returned to you through the post. Please don't worry about that." She began to pack again.

"Where is it you're going?" I asked.

"Kobe. Everything's decided now, once and for all."

"Kobe?"

"Yes, Etsuko, Kobe. Then after that, America. Frank has arranged everything. Aren't you pleased for me?" She smiled quickly, then turned away again.

I went on watching her. Mariko, too, was watching her. The kitten in her arms was struggling to join its companions on the tatami, but the little girl continued to hold it firmly. Beside her, in the corner of the room, I saw the vegetable box she had won at the *kujibiki* stall; Mariko, it appeared, had converted the box into a house for her kittens.

"Incidentally, Etsuko, that pile over there" — Sachiko pointed — "those items I'll just have to leave behind. I had no idea there was so much. Some of it is of decent enough quality. Please make use of it if you wish. I don't mean any offence, of course. It's merely that some of it is of good quality."

"But what about your uncle?" I said. "And your cousin?"

"My uncle?" She gave a shrug. "It was kind of him to have invited me into his household. But I'm afraid I've made other plans now. You have no idea, Etsuko, how relieved I'll be to leave this place. I trust I've seen the last of such squalor." Then she looked across to me once more and laughed. "I can see exactly what you're thinking. I can assure you, Etsuko, you're quite wrong. He won't let me down this time. He'll be here with the car, first thing tomorrow morning. Aren't you pleased for me?" Sachiko looked around at the luggage strewn over the floor and sighed. Then stepping over a pile of clothes, she knelt beside the box containing the teaset, and began filling it with rolls of wool.

"Have you decided yet?" Mariko said, suddenly.

"We can't talk about it now, Mariko," said her mother. "I'm busy now."

"But you said I could keep them. Don't you remember?"

Sachiko shook the cardboard box gently; the china still rattled. She looked around, found a piece of cloth and began tearing it into strips.

"You said I could keep them," Mariko said again.

"Mariko, please consider the situation for a moment. How can we possibly take all those creatures with us?"

"But you said I could keep them."

Sachiko sighed, and for a moment seemed to be considering something. She looked down at the teaset, the pieces of cloth held in her hands.

"You did, Mother," Mariko said. "Don't you remember? You said I could."

Sachiko looked up at her daughter, then over towards the kittens. "Things are different now," she said, tiredly. Then a wave of irritation crossed her face, and she flung down the pieces of cloth. "Mariko, how can you think so much of these creatures? How can we possibly take them with us? No, we'll just have to leave them here."

"But you said I could keep them."

Sachiko glared at her daughter for a moment. "Can't you think of anything else?" she said, lowering her voice almost to a whisper. "Aren't you old enough yet to see there are other things besides these filthy little animals? You'll just have to grow up a little. You simply can't have these sentimental attachments for ever. These are just . . . just *animals* don't you see? Don't you understand that, child? Don't you understand?"

Mariko stared back at her mother.

"If you like, Mariko-San," I put in, "I could come and feed them from time to time. Then eventually they'll find homes for themselves. There's no need to worry."

The little girl turned to me. "Mother said I could keep the kittens," she said.

"Stop being so childish," said Sachiko, sharply. "You're being deliberately awkward, as you always are. What does it matter about the dirty little creatures?" She rose to her feet and went over to Mariko's corner. The kittens on the tatami scurried back; Sachiko looked down at them, then took a deep breath. Quite calmly, she turned the vegetable box on to its side — so that the wire-grid panels were facing upwards — reached down and dropped the kittens one by one into the box. She then turned to her daughter; Mariko was still clutching the remaining kitten.

"Give me that," said Sachiko.

Mariko continued to hold the kitten. Sachiko stepped forward and put out her hand. The little girl turned and looked at me.

"This is Atsu," she said. "Do you want to see him, Etsuko-San? This is Atsu."

"Give me that creature, Mariko," Sachiko said. "Don't you understand, it's just an animal. Why can't you understand that, Mariko? Are you really too young? It's not your little baby, it's just an animal, just like a rat or a snake. Now give it to me."

Mariko stared up at her mother. Then slowly, she lowered the kitten and let it drop to the tatami in front of her. The kitten struggled as Sachiko lifted it off the ground. She dropped it into the vegetable box and slid shut the wire grid.

"Stay here," she said to her daughter, and picked the box up in her arms. Then as she came past, she said to me: "It's so stupid, these are just animals, what does it matter?"

Mariko rose to her feet and seemed about to follow her mother. Sachiko turned at the entryway and said: "Do as you're told. Stay here."

For a few moments, Mariko remained standing at the edge of the tatami, looking at the doorway where her mother had disappeared.

"Wait for your mother here, Mariko-San," I said to her.

The little girl turned and looked at me. Then the next moment, she had gone.

For a minute or two, I did not move. Then eventually I got to my feet and put on my sandals. From the doorway, I could see Sachiko down by the water, the vegetable box beside her feet; she appeared not to have noticed her daughter standing several yards behind her, just at the point where the ground began to slope down steeply. I left the cottage and made my way to where Mariko was standing.

"Let's go back to the house, Mariko-San," I said, gently.

The little girl's eyes remained on her mother, her face devoid of any expression. Down in front of us, Sachiko knelt cautiously on the bank, then moved the box a little nearer.

"Let's go inside, Mariko," I said again, but the little girl continued to ignore me. I left her and walked down the muddy slope to where Sachiko was kneeling. The sunset was coming through the trees on the opposite bank, and the reeds that grew along the water's edge cast long shadows on the muddy ground around us. Sachiko had found some grass to kneel on, but that too was thick with mud.

"Can't we let them loose?" I said, quietly. "You never know. Someone may want them."

Sachiko was gazing down into the vegetable box through the wire gauze. She slid open a panel, brought out a kitten and shut the box again. She held the kitten in both hands, looked at it for a few seconds, then glanced up at me. "It's just an animal, Etsuko," she said. "That's all it is."

She put the kitten into the water and held it there. She remained like that for some moments, staring into the water, both hands beneath the surface. She was wearing a casual summer kimono, and the corners of each sleeve touched the water.

Then for the first time, without taking her hands from the water, Sachiko threw a glance over her shoulder towards her daughter. Instinctively, I followed her glance, and for one brief moment the two of us were both staring back up at Mariko. The little girl was standing at the top of the slope, watching with the same blank expression. On seeing her mother's face turn to her, she moved her head very slightly; then she remained quite still, her hands behind her back.

Sachiko brought her hands out of the water and stared at the kitten she was still holding. She brought it closer to her face and the water ran down her wrists and arms.

"It's still alive," she said, tiredly. Then she turned to me and said: "Look at this water, Etsuko. It's so dirty." With an air of disgust, she dropped the soaked kitten back into the box and shut it. "How these things struggle," she muttered, and held up her wrists to show me the scratch-marks. Somehow, Sachiko's hair had also become wet; one drop, then another fell from a thin strand which hung down one side of her face.

Sachiko adjusted her position then pushed the vegetable box over the edge of the bank; the box rolled and landed in the water. To prevent it floating, Sachiko leaned forward and held it down. The water came almost halfway up the wire-grid. She continued to hold down the box, then finally pushed it with both hands. The box floated a little way into the river, bobbed and sank further. Sachiko got to her feet, and we both of us watched the box. It continued to float, then caught in the current and began moving more swiftly downstream.

Some movement caught my eye and made me turn. Mariko had run several yards down the river's edge, to a spot where the bank jutted out into the water. She stood there watching the box float on, her face still expressionless. The box caught in some reeds, freed itself and continued its journey. Mariko began to run again. She ran on some distance along the bank, then stopped again to watch the box. By this time, only a small corner was visible above the surface.

"This water's so dirty," Sachiko said. She had been shaking the water off her hands. She squeezed in turn the sleeve-ends of her kimono, then brushed the mud from her knees. "Let's go back inside, Etsuko. The insects here are becoming intolerable."

"Shouldn't we go and get Mariko? It will be dark soon."

Sachiko turned and called her daughter's name. Mariko was now fifty yards or so away, still looking at the water. She did not seem to hear and Sachiko gave a shrug. "She'll come back in time," she said. "Now, I must finish packing before the light goes completely." She began to walk up the slope towards the cottage.

Sachiko lit the lantern and hung it from a low wooden beam. "Don't worry yourself, Etsuko," she said. "She'll be back soon enough." She made her way through the various items strewn over the tatami, and seated herself, as before, in front of the open partitions. Behind her, the sky had become pale and faded.

She began packing again. I sat down at the opposite side of the room and watched her.

"What are your plans now?" I asked. "What will you do once you arrive in Kobe?"

"Everything's been arranged, Etsuko," she said, without looking up. "There's no need to worry. Frank has seen to everything."

"But why Kobe?"

"He has friends there. At the American base. He's been entrusted with a job on a cargo ship, and he'll be in America in a very short time. Then he'll send us the necessary amount of money, and we'll go and join him. He's seen to all the arrangements."

"You mean, he's leaving Japan without you?"

Sachiko laughed. "One needs to be patient, Etsuko. Once he arrives in America, he'll be able to work and send money. It's by far the most sensible solution. After all, it would be so much easier for him to find work once he's back in America. I don't mind waiting a little."

"I see."

"He's seen to everything, Etsuko. He's found a place for us to stay in Kobe, and he's seen to it that we'll get on a ship at almost half the usual cost." She gave a sigh. "You have no idea how pleased I am to be leaving this place."

Sachiko continued to pack. The pale light from outside fell on one side of her face, but her hands and sleeves were caught in the glow from the lantern. It was a strange effect.

"Do you expect to wait long in Kobe?" I asked.

She shrugged. "I'm prepared to be patient, Etsuko. One needs to be patient."

I could not see in the dimness what it was she was folding; it seemed to be giving her some difficulty, for she opened and refolded it several times.

"In any case, Etsuko," she went on, "why would he have gone to all this trouble if he wasn't absolutely sincere? Why would he have gone to all this trouble on my behalf? Sometimes, Etsuko, you seem so doubting. You should be happy for me. Things are working out at last."

"Yes, of course. I'm very happy for you."

"But really, Etsuko, it would be unfair to start doubting him after he's gone to all this trouble. It would be quite unfair."

"Yes."

"And Mariko would be happier there. America is a far better place for a young girl to grow up. Out there, she could do all kinds of things with her life. She could become a business girl. Or she could study painting at college and become an artist. All these things are much easier in America, Etsuko. Japan is no place for a girl. What can she look forward to here?"

I made no reply. Sachiko glanced up at me and gave a small laugh.

"Try and smile, Etsuko," she said. "Things will turn out well in the end."

"Yes, I'm sure they will."

"Of course they will."

"Yes."

For another minute or so, Sachiko continued with her packing. Then her hands became still, and she gazed across the room towards me, her face caught in that strange mixture of light.

"I suppose you think I'm a fool," she said, quietly. "Don't you, Etsuko?"

I looked back at her, a little surprised.

"I realize we may never see America," she said. "And even if we did, I know how difficult things will be. Did you think I never knew that?"

I gave no reply, and we went on staring at each other.

"But what of it?" said Sachiko. "What difference does it make? Why shouldn't I go to Kobe? After all, Etsuko, what do I have to lose? There's nothing for me at my uncle's house. Just a few empty rooms, that's all. I could sit there in a room and grow old. Other than that there'll be nothing. Just empty rooms, that's all. You know that yourself, Etsuko."

"But Mariko," I said. "What about Mariko?"

"Mariko? She'll manage well enough. She'll just have to." Sachiko continued to gaze at me through the dimness, one side of her face in shadow. Then she said: "Do you think I imagine for one moment that I'm a good mother to her?"

I remained silent. Then suddenly, Sachiko laughed.

"Why are we talking like this?" she said, and her hands began to move busily once more. "Everything will turn out well, I assure you. I'll write to you when I reach America. Perhaps, Etsuko, you'll even come and visit us one day. You could bring your child with you."

"Yes, indeed."

"Perhaps you'll have several children by then."

"Yes," I said, laughing awkwardly. "You never know."

Sachiko gave a sigh and lifted both hands into the air. "There's so much to pack," she murmured. "I'll just have to leave some of it behind."

I sat there for some moments, watching her.

"If you wish," I said, eventually, "I could go and look for Mariko. It's getting rather late."

"You'll only tire yourself, Etsuko. I'll finish packing and if she still hasn't come back we could go and look for her together."

"It's all right. I'll see if I can find her. It's nearly dark now."

Sachiko glanced up, then shrugged. "Perhaps you'd best take the lantern with you," she said. "It's quite slippery along the bank."

I rose to my feet and took the lantern down from the beam. The shadows moved across the cottage as I walked with it towards the doorway. As I was leaving, I glanced back towards Sachiko. I could see only her silhouette, seated before the open partitions, the sky behind her turned almost to night.

Insects followed my lantern as I made my way along the river. Occasionally, some creature would become trapped inside, and I would then have to stop and hold the lantern still until it had found its way out.

In time, the small wooden bridge appeared on the bank ahead of me. While crossing it, I stopped for a moment to gaze at the evening sky. As I recall, a strange sense of tranquillity came over me there on that bridge. I stood there for some minutes, leaning over the rail, listening to the sounds of the river below me. When finally I turned, I saw my own shadow, cast by the lantern, thrown across the wooden slats of the bridge.

"What are you doing here?" I asked, for the little girl was before me, sat crouched beneath the opposite rail. I came forward until I could see her more clearly under my lantern. She was looking at her palms and said nothing.

"What's the matter with you?" I said. "Why are you sitting here like this?"

The insects were clustering around the lantern. I put it down in front of me, and the child's face became more sharply illuminated. After a long silence, she said: "I don't want to go away. I don't want to go away tomorrow."

I gave a sigh. "But you'll like it. Everyone's a little frightened of new things. You'll like it over there."

"I don't want to go away. And I don't like him. He's like a pig."

"You're not to speak like that," I said, angrily. We stared at each other for a moment, then she looked back down at her hands.

"You mustn't speak like that," I said, more calmly. "He's very fond of you, and he'll be just like a new father. Everything will turn out well, I promise."

The child said nothing. I sighed again.

"In any case," I went on, "if you don't like it over there, we can always come back."

This time she looked up at me questioningly.

"Yes, I promise," I said. "If you don't like it over there, we'll come straight back. But we have to try it and see if we like it there. I'm sure we will."

The little girl was watching me closely. "Why are you holding that?" she asked.

"This? It just caught around my sandal, that's all."

"Why are you holding it?"

"I told you. It caught around my foot. What's wrong with you?" I gave a short laugh. "Why are you looking at me like that? I'm not going to hurt you."

Without taking her eyes from me, she rose slowly to her feet.

"What's wrong with you?" I repeated.

The child began to run, her footsteps drumming along the wooden boards. She stopped at the end of the bridge and stood watching me suspiciously. I smiled at her and picked up the lantern. The child began once more to run.

A half-moon had appeared above the water and for several quiet moments I remained on the bridge, gazing at it. Once, through the dimness, I thought I could see Mariko running along the riverbank in the direction of the cottage.

Chapter Eleven

At first, I was sure someone had walked past my bed and out of my room, closing the door quietly. Then I became more awake, and I realized how fanciful an idea this was.

I lay in bed listening for further noises. Quite obviously, I had heard Niki in the next room; she had complained throughout her stay of being unable to sleep well. Or possibly there had been no noises at all, I had awoken again during the early hours from habit.

The sound of birds came from outside, but my room was still in darkness. After several minutes I rose and found my dressing gown. When I opened my door, the light outside was very pale. I stepped further on to the landing and almost by instinct cast a glance down to the far end of the corridor, towards Keiko's door.

Then, for a moment, I was sure I had heard a sound come from within Keiko's room, a small clear sound amidst the singing of the birds outside. I stood still, listening, then began to walk towards the door. There came more noises, and I realized they were coming from the kitchen downstairs. I remained on the landing for a moment, then made my way down the staircase.

Niki was coming out of the kitchen and started on seeing me.

"Oh, Mother, you gave me a real fright."

In the murky light of the hallway, I could see her thin figure in a pale dressing gown holding a cup in both her hands.

"I'm sorry, Niki. I thought perhaps you were a burglar."

My daughter took a deep breath, but still seemed shaken.

Then she said: "I couldn't sleep very well. So I thought I might as well make some coffee."

"What time is it now?"

"About five, I suppose."

She went into the living room, leaving me standing at the foot of the staïrs. I went to the kitchen to make myself coffee before going to join her. In the living room, Niki had opened the curtains and was sitting astride a hard-backed chair, looking emptily out into the garden. The grey light from the window fell on her face.

"Will it rain again, do you think?" I asked.

She shrugged and continued to look out of the window. I sat down near the fireplace and watched her. Then she sighed tiredly and said:

"I don't seem to sleep very well. I keep having these bad dreams all the time."

"That's worrying, Niki. At your age you should have no problems sleeping."

She said nothing and went on looking at the garden.

"What kind of bad dreams do you have?" I asked.

"Oh, just bad dreams."

"Bad dreams about what, Niki?"

"Just bad dreams," she said, suddenly irritated. "What does it matter what they're about?"

We fell silent for a moment. Then Niki said without turning:

"I suppose Dad should have looked after her a bit more, shouldn't he? He ignored her most of the time. It wasn't fair really."

I waited to see if she would say more. Then I said: "Well, it's understandable enough. He wasn't her real father, after all."

"But it wasn't fair really."

Outside, I could see, it was nearly daylight. A lone bird was making its noises somewhere close by the window.

"Your father was rather idealistic at times," I said. "In

those days, you see, he really believed we could give her a happy life over here."

Niki shrugged. I watched her for a little longer, then said: "But you see, Niki, I knew all along. I knew all along she wouldn't be happy over here. But I decided to bring her just the same."

My daughter seemed to consider this for a moment. "Don't be silly," she said, turning to me, "how could you have known? And you did everything you could for her. You're the last person anyone could blame."

I remained silent. Her face, devoid of any make-up, looked very young.

"Anyway," she said, "sometimes you've got to take risks. You did exactly the right thing. You can't just watch your life wasting away."

I put down the coffee cup I had been holding and stared past her, out into the garden. There were no signs of rain and the sky seemed clearer than on previous mornings.

"It would have been so stupid," Niki went on, "if you'd just accepted everything the way it was and just stayed where you were. At least you made an effort."

"As you say. Now let's not discuss it any further."

"It's so stupid the way people just waste away their lives."

"Let's not discuss it any further," I said, more firmly. "There's no point in going over all that now."

My daughter turned away again. We sat without talking for a little while, then I rose to my feet and came closer to the window.

"It looks a much better morning today," I said. "Perhaps the sun will come out. If it does, Niki, we could go for a walk. It would do us a lot of good."

"I suppose so," she mumbled.

When I left the living room, my daughter was still sitting astride her chair, her chin supported by a hand, gazing emptily out into the garden.

When the telephone rang, Niki and I were finishing breakfast in the kitchen. It had rung for her so frequently during the previous few days that it seemed natural she should be the one to go and answer it. By the time she returned, her coffee had grown cold.

"Your friends again?" I asked.

She nodded, then went over to switch on the kettle.

"Actually, Mother," she said, "I'll have to go back this afternoon. Is that all right?" She was standing with one hand on the handle of the kettle, the other on her hip.

"Of course it's all right. It's been very nice having you here, Niki."

"I'll come and see you again soon. But I've really got to be getting back now."

"You don't have to apologize. It's very important you lead your own life now."

Niki turned away and waited for her kettle. The windows above the sink unit had misted over a little, but outside the sun was shining. Niki poured herself coffee, then sat down at the table.

"Oh, by the way, Mother," she said. "You know that friend I was telling you about, the one writing the poem about you?"

I smiled. "Oh yes. Your friend."

"She wanted me to bring back a photo or something. Of Nagasaki. Have you got anything like that? An old postcard or something?"

"I should think I could find something for you. How absurd" — I gave a laugh — "Whatever can she be writing about me?"

"She's a really good poet. She's been through a lot, you see. That's why I told her about you."

"I'm sure she'll write a marvellous poem, Niki."

"Just an old postcard, anything like that. Just so she can see what everything was like."

"Well, Niki, I'm not so sure. It has to show what *everything* was like, does it?"

"You know what I mean."

I laughed again. "I'll have a look for you later."

Niki had been buttering a piece of toast, but now she began to scrape some butter off again. My daughter has been thin since childhood, and the idea that she was concerned at becoming fat amused me. I watched her for a moment.

"Still," I said, eventually, "it's a pity you're leaving today. I was about to suggest we went to the cinema this evening."

"The cinema? Why, what's on?"

"I don't know what kind of films they show these days. I was hoping you'd know more about it."

"Actually, Mother, it's ages since we went to a film together, isn't it? Not since I was little." Niki smiled, and for a moment her face became child-like. Then she put down her knife and gazed at her coffee cup. "I don't go to see films much either," she said. "There's always loads on in London, but we don't go much."

"Well, if you prefer, there's always the theatre. The bus takes you right up to the theatre now. I don't know what they have on at the moment, but we could find out. Is that the local paper there, just behind you?"

"Well, Mother, don't bother. There's not much point."

"I think they do quite good plays sometimes. Some quite modern ones. It'll say in the paper."

"There's not much point, Mother. I'll have to go back today anyhow. I'd like to stay, but I've really got to get back."

"Of course, Niki. There's no need to apologize." I smiled at her across the table. "As a matter of fact, it's a great comfort to me you have good friends you enjoy being with. You're always welcome to bring any of them here."

"Yes, Mother, thank you."

The spare bedroom Niki had been using was small and stark; the sun was streaming into it that morning.

"Will this do for your friend?" I asked, from the doorway.

Niki was packing her suitcase on the bed and glanced up briefly at the calendar I had found. "That's fine," she said.

I stepped further into the room. From the window, I could see the orchard below and the neat rows of thin young trees. The calendar I was holding had originally offered a photograph for each month, but all but the last had been torn away. For a moment, I regarded the remaining picture.

"Don't give me anything important," Niki said. "If there isn't anything, it doesn't matter."

I laughed and laid the picture down on the bed alongside her other things. "It's just an old calendar, that's all. I've no idea why I've kept it."

Niki pushed some hair back behind her ear, then continued packing.

"I suppose," I said, eventually, "you plan to go on living in London for the time being."

She gave a shrug. "Well, I'm quite happy there."

"You must send my best wishes to all your friends."

"All right, I will."

"And to David. That was his name, wasn't it?"

She gave another shrug, but said nothing. She had brought with her three separate pairs of boots and now she was struggling to find a way of putting them in her case.

"I suppose, Niki, you don't have any plans yet to be getting married?"

"What do I want to get married for?"

"I was just asking."

"Why should I get married? What's the point of that?"

"You plan to just go on — living in London, do you?"

"Well, why should I get married? That's so stupid,

Mother." She rolled up the calendar and packed it away. "So many women just get brainwashed. They think all there is to life is getting married and having a load of kids."

I continued to watch her. Then I said: "But in the end, Niki, there isn't very much else."

"God, Mother, there's plenty of things I could do. I don't want to just get stuck away somewhere with a husband and a load of screaming kids. Why are you going on about it suddenly anyway?" The lid of her suitcase would not shut. She pushed down at it impatiently.

"I was only wondering what your plans were, Niki," I said, with a laugh. "There's no need to get so cross. Of course, you must do what you choose."

She opened the lid again and adjusted some of the contents.

"Now, Niki, there's no need to get so cross."

This time, she managed to close the lid. "God knows why I brought so much," she muttered to herself.

"What do you say to people, Mother?" Niki asked. "What do you say when they ask where I am?"

My daughter had decided she need not leave until after lunch and we had come out walking through the orchard behind the house. The sun was still out, but the air was chilly. I gave her a puzzled look.

"I just tell them you're living in London, Niki. Isn't that the truth?"

"I suppose so. But don't they ask what I'm doing? Like that old Mrs Waters the other day?"

"Yes, sometimes they ask. I tell them you're living with your friends. Really, Niki, I had no idea you were so concerned about what people thought of you."

"I'm not."

We continued to walk slowly. In many places, the ground had become marshy.

"I suppose you don't like it very much, do you, Mother?"

"Like what, Niki?"

"The way things are with me. You don't like me living away. With David and all that."

We had come to the end of the orchard. Niki stepped out on to a small winding lane and crossed to the other side, towards the wooden gates of a field. I followed her. The grass field was large and rose gradually as it spread away from us. At its crest, we could see two thin sycamore trees against the sky.

"I'm not ashamed of you, Niki," I said. "You must live as you think best."

My daughter was gazing at the field. "They used to have horses here, didn't they?" she said, putting her arms up on to the gate. I looked, but there were no horses to be seen.

"You know, it's strange," I said. "I remember when I first married, there was a lot of argument because my husband didn't want to live with his father. You see, in those days that was still quite expected in Japan. There was a lot of argument about that."

"I bet you were relieved," Niki said, not taking her eyes from the field.

"Relieved? About what?"

"About not having to live with his father."

"On the contrary, Niki. I would have been happy if he'd lived with us. Besides, he was a widower. It's not a bad thing at all, the old Japanese way."

"Obviously, you'd say that now. I bet that's not what you thought at the time though."

"But Niki, you really don't understand. I was very fond of my father-in-law." I looked at her for a moment, then finally gave a laugh. "Perhaps you're right. Perhaps I was relieved he didn't come to live with us. I don't remember now." I reached forward and touched the top of the wooden gate. A little moisture came away on my fingers. I realized Niki was watching me and I held up my hand to show her.

"There's still some frost," I said.

"Do you still think about Japan a lot, Mother?"

"I suppose so." I turned back to the field. "I have a few memories."

Two ponies had appeared near the sycamore trees. For a moment they stood quite still, in the sunshine, side by side.

"That calendar I gave you this morning," I said. "That's a view of the harbour in Nagasaki. This morning I was remembering the time we went there once, on a day-trip. Those hills over the harbour are very beautiful."

The ponies moved slowly behind the trees.

"What was so special about it?" said Niki.

"Special?"

"About the day you spent at the harbour."

"Oh, there was nothing special about it. I was just remembering it, that's all. Keiko was happy that day. We rode on the cable-cars." I gave a laugh and turned to Niki. "No, there was nothing special about it. It's just a happy memory, that's all."

My daughter gave a sigh. "Everything's so quiet out here," she said. "I don't remember things being this quiet."

"Yes, it must seem quiet after London."

"I suppose it gets a bit boring sometimes, out here on your own."

"But I enjoy the quiet, Niki. I always think it's so truly like England out here."

I turned away from the field, and for a moment looked back towards the orchard behind us.

"All those trees weren't here when we first came," I said, eventually. "It was all fields, and you could see the house from here. When your father first brought me down here, Niki, I remember thinking how so truly like England everything looked. All these fields, and the house too. It was just the way I always imagined England would be and I was so pleased."

Niki took a deep breath and moved away from the gate. "We'd better be getting back," she said. "I'll have to be going fairly soon."

As we walked back through the orchard, the sky seemed to cloud over.

"I was just thinking the other day," I said, "perhaps I should sell the house now."

"Sell it?"

"Yes. Move somewhere smaller perhaps. It's just an idea."

"You want to sell the house?" My daughter gave me a concerned look. "But it's a really nice house."

"But it's so large now."

"But it's a really nice house, Mother. It'd be a shame."

"I suppose so. It was just an idea, Niki, that's all."

I would like to have seen her to the railway station — it is only a few minutes' walk — but the idea seemed to embarrass her. She left shortly after lunch with an oddly self-conscious air, as if she were leaving without my approval. The afternoon had turned grey and windy, and I stood in the doorway as she walked down to the end of the drive. She was dressed in the same tight-fitting clothes she had arrived in, and her suitcase made her drag her step a little. When she reached the gate, Niki glanced back and seemed surprised to find me still standing at the door. I smiled and waved to her.